Las aventuras de

ARTHUR GORDON PYM

$\cdot$

EDGAR ALLAN POE

ALMA CLÁSICOS ILUSTRADOS

Título original: *The Narrative of Arthur Gordon Pym of Nantucke*

La presente edición se ha publicado con la autorización de Editorial EDAF, S. L. U.
© Traducción: Aníbal Froufe
Ilustraciones: Sebastián Cabrol

© de esta edición:
Editorial Alma
Anders Producciones S.L., 2019
www.editorialalma.com

Diseño de la colección: lookatcia.com
Diseño de cubierta: lookatcia.com
Maquetación y revisión: LocTeam, S.L.

ISBN: 978-84-17430-30-6
Depósito legal: B9874-2019

Impreso en España
Printed in Spain

El papel de este libro proviene de bosques gestionados de manera sostenible.

Las aventuras de

ARTHUR
GORDON
PYM

Edgar Allan Poe

Ilustraciones de
Sebastián Cabrol

Edición revisada y actualizada

ÍNDICE

Las aventuras

DE

ARTHUR GORDON PYM

DE NANTUCKET

COMPRENDE LOS DETALLES DE UN MOTÍN Y LAS ATROCES CARNICERÍAS
A BORDO DEL BERGANTÍN NORTEAMERICANO GRAMPUS, EN SU VIAJE
A LOS MARES DEL SUR, EN EL MES DE JUNIO DE 1827

CON UNA CRÓNICA DE LA RECONQUISTA DEL NAVÍO POR
LOS SUPERVIVIENTES; SU NAUFRAGIO Y LAS HORRIBLES
CONSECUENCIAS SUFRIDAS POR EL HAMBRE; SU RESCATE
POR LA INTERVENCIÓN DE LA GOLETA JANE GUY;
LA BREVE TRAVESÍA DE ESTA ÚLTIMA POR
EL OCÉANO ANTÁRTICO; SU CAPTURA, Y
LA MASACRE DE SU TRIPULACIÓN EN
UN ARCHIPIÉLAGO EN EL

PARALELO OCHENTA Y CUATRO DE LATITUD SUR;

JUNTO CON LAS INCREÍBLES AVENTURAS Y
DESCUBRIMIENTOS

MÁS AL SUR,

POR LOS CUALES ESTA PENOSA CALAMIDAD DIO LUGAR

PREFACIO

— ◆ —

A MI REGRESO a Estados Unidos hace unos meses, después de la extraordinaria serie de aventuras en los mares del Sur y en otras partes, de las que se da cuenta en las páginas siguientes, la casualidad hizo que entrase en el círculo de varios señores de Richmond (Virginia), quienes sentían un profundo interés por todas las cuestiones relativas a las regiones que yo había visitado, y que me apremiaron vivamente, como un deber mío, para que le diese a conocer al público mi relato. Sin embargo, tenía varias razones para no hacerlo: algunas de ellas eran de índole absolutamente privada y sólo me conciernen a mí. Otras eran de índole distinta. Una consideración que me desalentaba era que, al no haber llevado diario alguno durante buena parte del tiempo en que estuve ausente, temía no poder escribir de memoria una relación tan minuciosa y detallada que tuviese la *apariencia* de veracidad que realmente poseía, exceptuando tan sólo la natural e inevitable exageración a la que todos somos propensos al narrar sucesos que han influido de manera poderosa en nuestra imaginación. Otro motivo era que, al tratarse de acontecimientos de naturaleza tan indudablemente maravillosa, y al no tener medio de atestiguar como es debido mis afirmaciones (a no ser por el testimonio de un solo individuo, el de un indio mestizo), tan sólo podía esperar que diesen crédito a mis palabras mi familia y aquellos amigos que, por conocerme de toda la vida, tenían motivos para confiar en mi veracidad. Por todo ello, lo más probable sería que el público en general considerase esta obra como una mera fantasía tan insolente como ingeniosa. La desconfianza en mis propias aptitudes como escritor era, no obstante, una de las causas principales que me impedían seguir los consejos de mis amigos.

Entre aquellos señores de Virginia que demostraban más interés por mi relato, sobre todo en la parte que se refería al océano Antártico, figuraba un tal míster Poe, director del *Southern Literary Messenger,* una revista mensual editada por míster Thomas W. White, en la ciudad de Richmond. Este señor, de manera muy especial, me aconsejaba con energía que preparase enseguida un relato completo de todo lo que yo había visto y padecido, y que confiase en la sagacidad y el sentido común del público. Me insistía, y con razón, en que, por muy mal escrito que estuviera, mi libro se vendería muy bien, pues su misma torpeza, si hubiese alguna, ayudaría a recibirlo como algo verídico.

No obstante estas razones, no me decidí a hacer lo que me indicaba. Después, viendo que el asunto no me interesaba, me propuso que le permitiese redactar a su modo un relato de la primera parte de mis aventuras, basándose en hechos que yo mismo le había proporcionado, para publicarlo en el *Southern Messenger* en forma de novela. Accedí a ello sin objeción alguna, tan sólo impuse la condición de que se conservase mi nombre verdadero. Dos capítulos de la pretendida novela aparecieron, pues, en el *Messenger* de enero y febrero (1837), y para que se considerase ciertamente como novela, el nombre de míster Poe figuró en el sumario de los números de la revista.

La acogida que tuvo este trabajo me indujo, al fin, a emprender la recopilación y publicación regular de dichas aventuras; pues vi que, a pesar del carácter novelesco que de manera tan ingeniosa se le había dado a la parte de mi narración aparecida en el *Messenger* (sin que se cambiase ni alterase ni un solo hecho), el público no se mostraba dispuesto a considerarlo como fantasía. Míster Poe recibió varias cartas en las que se expresaba a las claras la convicción de lo contrario. De esto deduje que los hechos de mi relato podían resultar de tal naturaleza que en sí mismos llevasen la prueba de su autenticidad, y que, en consecuencia, tenía poco que temer en lo tocante a la incredulidad pública.

Después de hacer semejante *exposé,* se verá al instante, en las páginas que siguen, lo que está escrito de mi puño y letra, y asimismo se verá que no se tergiversó ningún hecho en las primeras y escasas páginas que fueron escritas por míster Poe. Ni siquiera a aquellos lectores que no hayan leído el *Messenger* hará falta indicarles dónde termina la parte escrita por míster Poe y dónde comienza la mía, pues la diferencia de estilo salta enseguida a la vista.

A. G. Pym

Nueva York, julio de 1838

CAPÍTULO I

— ● —

ME LLAMO Arthur Gordon Pym. Mi padre era un respetable comerciante de pertrechos navales con base en Nantucket, mi localidad natal. Mi abuelo materno era procurador con buena clientela. Hombre afortunado en todo, había ganado bastante dinero especulando con las acciones del Edgarton New Bank, como se llamaba antaño. Con estos y otros medios había logrado reunir un buen capital. Creo que me quería más que a nadie en el mundo, y yo esperaba heredar a su muerte la mayor parte de sus bienes. Al cumplir los seis años me envió a la escuela del anciano míster Ricketts, un señor manco y de costumbres excéntricas, muy conocido por casi todos los que han visitado New Bedford. Permanecí en su colegio hasta los dieciséis años, y de allí salí para la academia que míster E. Ronald tenía en la montaña. Aquí me hice amigo íntimo del hijo de míster Barnard, capitán de fragata, que solía navegar por cuenta de la casa Lloyd y Vredenburgh. Míster Barnard también era muy conocido en New Bedford, y estoy seguro de que tiene muchos parientes en Edgarton. Su hijo se llamaba Augustus y tenía casi dos años más que yo. Había ido a pescar ballenas con su padre a bordo del John Donaldson, y siempre me estaba hablando de sus aventuras en el Pacífico Sur. Yo solía ir a su casa con frecuencia, donde permanecía todo el día, y a veces pasaba allí la noche. Dormíamos en la misma cama, y se las ingeniaba para mantenerme despierto casi hasta el alba. Me contaba historias de los indígenas de la isla de Tinián y de otros lugares que había visitado en sus viajes. Al final acabé interesándome por lo que me contaba, y cedí a un deseo cada vez más intenso de hacerme a la mar. Yo poseía un barco de vela llamado Ariel, que valdría unos setenta y cinco dólares. Tenía media cubierta o tumbadillo, y estaba aparejado como un balandro. No recuerdo su tonelaje, pero en él debían de caber diez personas sin pasar estrecheces. Con esta embarcación cometimos las mayores temeridades imaginables. Al recordarlas ahora me maravillo de seguir con vida.

Voy a narrar una de estas aventuras, a modo de introducción de un relato más extenso y trascendental.

Una noche hubo una fiesta en casa de míster Barnard. Una vez concluida, Augustus y yo estábamos bastante mareados. Como acostumbrábamos hacer en circunstancias similares, me quedé a dormir allí antes que regresar a mi casa. Augustus se acostó muy tranquilo, a mi parecer (era cerca de la una cuando se acabó la reunión), sin hablar ni una palabra de su tema favorito. Llevaríamos acostados una media hora, y yo ya me estaba durmiendo, cuando se levantó de repente y, profiriendo un terrible juramento, dijo que no dormiría ni por todos los Arthur Pym de la cristiandad, soplando como soplaba una brisa tan hermosa del sudoeste. Nunca había sentido tanto asombro, pues no sabía lo que tramaba. Pensé que el vino y los licores lo habían trastornado por completo. Pero siguió hablando con gran serenidad. Me acusó de creerlo borracho, aunque nunca había estado tan lúcido. Y añadió que le incomodaba estar tumbado en la cama como un perro en una noche tan hermosa, y que había decidido levantarse, vestirse y salir a hacer alguna travesura en mi barca. No sé decir lo que sentí, pero, apenas había acabado de pronunciar sus palabras, sentí el escalofrío de una inmensa alegría y de una gran excitación, y esa idea loca me pareció la cosa más deliciosa y razonable del mundo. Soplaba un viento fresco y hacía frío, pues estábamos a últimos de octubre, pero salté de la cama en una especie de éxtasis, y le dije que yo era tan valiente como él y que estaba tan harto como él de quedarme en la cama como un perro, y que me hallaba tan dispuesto a divertirme o cometer cualquier locura como cualquier Augustus Barnard de Nantucket.

Nos vestimos sin demora y corrimos adonde estaba amarrada la barca. Se hallaba en el viejo muelle, cerca del depósito de maderas de Pankey & Co., dando bandazos contra los toscos maderos. Augustus saltó dentro y se puso a achicar, pues la lancha estaba medio llena de agua. Una vez hecho esto, izamos el foque y la vela mayor, los mantuvimos desplegados y nos metimos resueltamente mar adentro.

Como he dicho antes, soplaba un viento fresco del sudoeste. La noche estaba despejada y fría. Augustus se puso al timón y yo me situé junto al mástil, sobre la cubierta del camarote. Surcábamos las aguas a gran velocidad. No habíamos hablado desde que soltamos amarras en el muelle. Al fin, le pregunté a mi compañero qué derrotero pensaba tomar y cuándo calculaba que estaríamos de vuelta. Se puso a silbar durante unos instantes, y luego me dijo secamente:

—*Yo* voy al mar. *Tú* puedes irte a casa, si te parece bien.

Al volver la vista hacia él, me di cuenta enseguida de que, a pesar de su fingida *nonchalance*, estaba muy agitado. Lo veía claramente a la luz de la luna: tenía el rostro más pálido que el mármol y las manos le temblaban de tal modo que apenas podía sujetar la caña del timón. Comprendí que algo no marchaba bien y me saltaron todas las alarmas. Por aquel entonces yo apenas sabía cómo gobernar una barca y, por tanto, dependía enteramente de la pericia náutica de mi amigo. Además, el viento había arreciado de repente y nos alejábamos rápidamente de tierra por sotavento. Me avergonzaba mostrarme asustado, así que durante casi media hora guardé un silencio absoluto. Sin embargo, no pude contenerme más y le hablé a Augustus de la conveniencia de regresar. Como había sucedido antes, tardó casi un minuto en responderme o en dar muestras de haber oído mi indicación.

—Sí, enseguida —dijo al fin—. Ya es hora... Enseguida regresamos.

Esperaba esta respuesta, pero había algo en el tono de estas palabras que me infundió una indescriptible sensación de miedo. Volví a mirar a mi

amigo con atención. Tenía los labios completamente lívidos, y sus rodillas se entrechocaban con tal violencia que apenas podía tenerse en pie.

—¡Por Dios, Augustus! —exclamé, vencido por el pavor—. ¿Qué te duele? ¿Qué te sucede?... ¿Qué vas a hacer?

—¿Qué me sucede? —balbució con la mayor sorpresa aparente y, soltando al mismo tiempo la caña del timón, cayó al fondo de la barca—. ¿Qué me sucede?... Nada... ¿Por qué? Nos vamos a casa..., ¿no lo ves?

Comprendí entonces toda la verdad. Corrí hacia él para levantarlo. Estaba borracho, horriblemente borracho... Ya no podía tenerse en pie, ni hablar, ni ver. Tenía los ojos completamente vidriosos. Cuando lo solté, desesperado, rodó como un tronco hasta el agua del fondo, de donde acababa de levantarlo. Era evidente que aquella noche había bebido más de lo que me imaginaba y que su conducta en la cama había sido el resultado de un estado de embriaguez muy acentuado, estado que, como sucede en la demencia, suele permitir a la víctima imitar el comportamiento externo de una persona en pleno uso de sus facultades mentales. Mas la frialdad del ambiente había producido los efectos naturales: la energía mental comenzó a acusar su influencia antes, y la confusa percepción que indudablemente tuvo entonces de su peligrosa situación contribuyó a apresurar la catástrofe. Había perdido el sentido por completo, y no parecía en absoluto probable que lo recobrase en muchas horas.

A duras penas reparará el lector en las verdaderas dimensiones de mi terror. Los vapores etílicos se habían disipado, y yo estaba tan atemorizado como indeciso. Sabía que era incapaz de gobernar la barca y que un viento recio y una fuerte bajamar nos precipitaban a la destrucción. Era evidente que se estaba formando una tempestad a nuestras espaldas. No disponíamos ni de brújula ni de provisiones, y saltaba a la vista que si manteníamos nuestro derrotero perderíamos de vista la tierra antes del amanecer. Estos pensamientos, y otros muchos igual de espantosos, pasaban por mi mente con desconcertante rapidez, y durante unos momentos me tuvieron paralizado e incapaz de hacer nada. La barca cortaba las aguas con terrorífica velocidad, desplegada al viento, sin un rizo en el foque ni en la vela mayor, con las bordas deslizándose enteramente bajo la espuma. Fue de todo punto increíble que no zozobrase, pues Augustus, como he dicho antes, había abandonado el timón y yo estaba demasiado agitado como para pensar en sujetarlo. Pero, por fortuna, la barca se mantuvo a flote, y poco a poco recobré mi presencia de ánimo. El viento arreciaba y arreciaba, y cada vez que nos alzábamos por un cabeceo de la barca, sentíamos cómo rompían las olas sobre nuestra bovedilla, y todo se inundaba; pero yo tenía los miembros tan entumecidos que apenas reparaba en ello. Al fin, aguijoneado por la presencia de ánimo que da la desesperación, corrí al mástil y largué toda la vela mayor. Como era de esperar, cayó volando por fuera de la borda y, al empaparse de agua, arrastró consigo al mástil. Este último accidente me salvó de una muerte casi inevitable. Sólo con el foque, navegué velozmente arrastrado por el viento, embarcando agua de cuando en cuando, pero libre del temor de una muerte inmediata. Empuñé el timón y respiré con más libertad al ver que aún nos quedaba una esperanza de salvación. Augustus seguía inconsciente en el fondo de la barca, y como corría inminente peligro de ahogarse, pues había unos treinta centímetros de agua donde él yacía, me las ingenié para medio incorporarlo, dejarlo sentado y pasarle por el pecho una cuerda que até a la argolla de la cubierta del tumbadillo. Una vez arregladas así las cosas del mejor modo posible si se tenía en cuenta mi estado de agitación y entumecimiento, me encomendé a Dios y me preparé a soportar lo que hubiera de llegar, con toda mi fuerza de voluntad.

Nada más tomar esta resolución, un estrepitoso y prolongado alarido, que parecía salido de las gargantas de mil demonios, se desató de repente y pareció rodear la barca. Nunca olvidaré la intensa angustia que experimenté entonces. Se me erizó el cabello, sentí que la sangre se me congelaba en las venas y que mi corazón cesaba de latir, y sin ni siquiera alzar la vista para averiguar la causa de mi alarma me desplomé inconsciente y cuan largo era sobre el cuerpo de mi compañero.

Al volver en mí, me hallaba en la cámara de un ballenero (el Penguin) que se dirigía a Nantucket. Varias personas se inclinaban sobre mí, y Augustus, más pálido que la muerte, me daba fricciones en las manos. Al verme abrir los ojos, sus exclamaciones de gratitud y alegría producían primero risa y luego llanto en los rudos personajes allí presentes. Después nos explicaron el misterio de nuestra salvación. Nos había arrollado el ballenero, que iba muy ceñido por el viento, para acercarse a Nantucket con todas las velas que podía aventurar desplegadas, y en consecuencia venía casi en ángulo recto a nuestro derrotero. En la proa había varios vigías, pero ninguno vio nuestra barca hasta que el choque se hizo inevitable. Sus gritos de aviso eran los que me habían asustado de un modo tan terrible. Según me contaron, el enorme barco nos pasó por encima, con la facilidad con la que nuestra pequeña embarcación habría pasado por encima de una pluma, y sin notar el más leve impedimento en su marcha. Ni un grito surgió de la cubierta de la víctima. Sólo se oyó un débil y áspero chasquido mezclado con el rugir del viento y del agua, al sumergirse la frágil barca y rozar por un instante la quilla de su destructor. Y eso fue todo. Convencido de que nuestra barca (que, como se recordará, estaba desmantelada) era un simple e inútil casco a la deriva, el capitán (E. T. V. Block, de New London) siguió su ruta sin preocuparse más por el asunto. Por fortuna, dos de los vigías insistieron en que habían visto a una persona en el timón, y sugirieron que había que salvarla. Se produjo una discusión, Block montó en cólera y, al cabo de un rato, dijo que no tenía ninguna obligación de vigilar constantemente los cascarones de nuez, que su barco *no* estaba destinado a una tontería semejante y que si había algún hombre en el agua eso era culpa exclusiva del propio interesado, que podía ahogarse e irse al diablo, o algo así. Al oír cosas de este jaez, Henderson, el piloto, se hizo cargo del asunto, tan justamente indignado como toda la tripulación, pues aquellas palabras revelaban una horrenda crueldad. Habló con claridad y, apoyado por los marineros, le dijo al capitán que bien merecía estar en galeras y que desobedecería sus órdenes aunque lo ahorcasen al poner pie en tierra. Zarandeando a Block, «que se puso muy pálido y no respondió nada», se dirigió a grandes zancadas a la popa, empuñó el timón y con voz firme dijo: «¡Orza a la banda!». Todos volaron a sus puestos, y el barco viró con destreza. Todo esto había llevado casi cinco minutos. Las posibilidades de salvar a quienquiera que hubiese eran muy escasas, siempre y cuando hubiese alguien a bordo de la barca. Sin embargo, como el lector ha visto, nos salvaron a Augustus y a mí. Nuestra salvación pareció deberse a dos de esas felices casualidades que los sabios y los piadosos atribuyen a la especial intervención de la providencia.

Mientras el barco permanecía al pairo, el piloto mandó arriar el chinchorro y saltó dentro de él con los dos hombres que, según creo, afirmaban haberme visto al timón. Acababan de apartarse del costado del ballenero (la luna seguía brillando con intensidad), cuando el barco dio un violento bandazo a barlovento, y Henderson se levantó de su asiento y le gritó a la tripulación que *calase*. No decía nada más, repitiendo con impaciencia su grito: «¡Ciad, ciad!». La tripulación cumplió la orden de retroceder con la mayor presteza, pero el barco ya había dado la vuelta y se había lanzado de lleno en su marcha, aunque todos los marineros se esforzaban por acortar velas. A pesar del peligro que entrañaba el intento, el piloto se asió a las cadenas mayores en cuanto éstas estuvieron a su alcance. Un nuevo y violento bandazo sacó el costado de estribor del barco fuera del agua casi hasta la quilla, y entonces se hizo evidente la causa de su ansiedad. Sujeto del modo más singular al terso y reluciente casco (el Penguin estaba forrado y abadernado de cobre), y chocando con violencia contra él a cada movimiento del barco, se veía el cuerpo de un hombre. Después de varios esfuerzos inútiles, realizados durante los bandazos del barco, me sacaron de mi peligrosa situación y subieron a bordo, pues aquel cuerpo no era sino el mío. Al parecer, uno de los pernos que sujetaban la madera del casco se había salido y abierto paso a través de la chapa de cobre, y había detenido mi marcha cuando yo pasaba por debajo del barco, fijándome de modo tan extraordinario a su fondo. La cabeza del perno había atravesado por el cuello la chaqueta de lana verde que llevaba puesta, y me había rasgado la parte posterior del cuello entre dos tendones, hasta la altura de la oreja derecha. Me metieron de inmediato en la cama, aunque parecía que mi vida se hubiera extinguido por completo. No había ningún médico a bordo. Pero el capitán me colmó de atenciones, supongo que para enmendar, a ojos de la tripulación, su atroz conducta en la parte inicial de la aventura.

Mientras tanto, Henderson se había vuelto a apartar del barco, aunque ahora soplaba un viento casi huracanado. Apenas habían pasado unos minutos cuando tropezó con algunos fragmentos de nuestra barca, y poco después uno de los hombres que lo acompañaban le aseguró que, a intervalos, entre el rugir de la tempestad, oía un grito pidiendo auxilio. Esto indujo a los arriesgados marineros a perseverar en la búsqueda durante más de media hora, aunque el capitán Block les hacía reiteradas señas para que regresasen y aunque a cada minuto que pasaban sobre las aguas en tan frágil bote se exponían al más inminente y mortal peligro. A decir verdad, era casi inconcebible que aquella diminuta embarcación pudiera escapar de la destrucción. Pero estaba construida para el oficio ballenero y todo hacía indicar que se hallaba provista de depósitos de aire, al modo de los botes salvavidas que se emplean en la costa de Gales.

Después de haber buscado en vano, decidieron regresar al barco. Pero nada más tomar esa decisión, un débil grito surgió de un objeto oscuro que pasaba flotando rápidamente cerca de ellos. Se lanzaron en su persecución y enseguida le dieron alcance. Resultó ser la cubierta intacta del tumbadillo del Ariel. Augustus se agitaba junto a él, en aparente agonía. Al tomarlo, vieron que estaba atado con una cuerda a la flotante madera. Esta cuerda, como se recordará, era la que yo le había echado alrededor del pecho y anudado a la argolla, para mantenerlo en posición erguida. Al obrar así había dispuesto, sin saberlo, la manera en que conservaría la vida. El Ariel era de endeble construcción y, al pasar por debajo del Penguin, su armazón saltó en pedazos. Como cabía esperar, la cubierta del tumbadillo reventó debido a la fuerza del agua al entrar allí. Al verse arrancada de cuajo de las vigas maestras, quedó flotando (con otros fragmentos, sin duda) en la superficie. De este modo sostuvo a flote a Augustus, quien escapó así de una muerte terrible.

Sólo transcurrida media hora desde que subiera a bordo del Penguin pudo dar cuenta de quién era, así como entender las explicaciones que le daban acerca de la naturaleza del accidente que le había sucedido a nuestra barca. Al fin, se rehízo del todo y habló largo y tendido acerca de todo lo que había experimentado en el agua. La primera vez que recobró algo el conocimiento se hallaba debajo del agua, girando con velocidad vertiginosa y atado con una cuerda que daba tres o cuatro vueltas muy apretadas cerca del cuello. Un instante después se sintió elevado súbitamente. La cabeza chocó violentamente con un cuerpo duro y volvió a sumirse en la inconsciencia. Al recobrarse de nuevo, se hallaba en plena posesión de sus sentidos, aunque tenía nublado el entendimiento en grado sumo. Era por fin consciente de que se había producido algún accidente y de que estaba en el agua, aunque tenía la boca por encima de la superficie y podía respirar con cierta libertad. El viento veloz tal vez empujara la cubierta y lo arrastrara, como si flotase de espaldas. Por supuesto, mientras conservase aquella posición era casi imposible que se ahogase. De pronto, un golpe de mar lo arrojó directamente sobre el puente, donde procuró mantenerse. Lanzaba gritos de socorro a intervalos. Justo antes de que míster Henderson lo descubriera, se había visto obligado a soltar su asidero por falta de fuerzas. Al caer en el mar, se había dado por perdido. Mientras luchaba no se había acordado ni por asomo del Ariel, ni de ninguno de los asuntos relacionados con la causa de su desastre. Un vago sentimiento de terror y de desesperación se había apoderado por completo de sus facultades. Cuando lo rescataron, se le trastornaron todas las facultades mentales y, como ya he dicho, pasó una hora a bordo del Penguin antes de darse cuenta de su situación. Por lo que se refiere a mí, me reanimaron de un estado que bordeaba casi la muerte (y después de haber probado en vano todos los demás medios durante tres horas y media) gracias a vigorosas fricciones con franelas mojadas en aceite caliente, tal como había sugerido Augustus. La herida del cuello presentaba un aspecto terrible, pero era banal. No tardé en reponerme de sus efectos.

El Penguin entró en puerto hacia las nueve de la mañana, después de haber capeado una de las borrascas más recias jamás desencadenadas en Nantucket. Augustus y yo logramos llegar a casa de míster Barnard a la hora del desayuno, que, por fortuna, se había retrasado algo, debido a la reunión de la noche anterior. Imagino que todos los comensales se hallaban demasiado fatigados como para advertir nuestro aspecto de cansancio, pues, por supuesto, no habría resistido el más leve examen. Sin embargo, los muchachos pueden fingir de maravilla, y creo firmemente que ninguno de nuestros amigos de Nantucket sospechó ni por asomo que la terrible historia que contaban algunos marineros acerca de que habían pasado por encima de una embarcación en el mar y de que se habían ahogado unos treinta o cuarenta pobres diablos tenía que ver con nuestra barca Ariel, con mi compañero y conmigo mismo. Los dos hemos hablado muchas veces del asunto, y nunca hemos dejado de estremecernos. En una de nuestras conversaciones, Augustus se sinceró conmigo y me confesó que jamás había experimentado una sensación tan aguda de desaliento como cuando a bordo de nuestra pequeña embarcación fue consciente de las dimensiones de su embriaguez y sintió que se estaba hundiendo bajo los efectos de su influencia.

CAPÍTULO II

— • —

EN CUESTIONES de mero prejuicio, en pro o en contra nuestra, no solemos sacar deducciones con entera certeza, aunque se parta de los datos más sencillos. Podría imaginarse que la catástrofe que acabo de relatar enfriaría mi incipiente pasión por el mar. Por el contrario, nunca experimenté un deseo más vivo por las arriesgadas aventuras de la vida del navegante que una semana después de nuestra milagrosa salvación. Este breve periodo fue suficiente para borrar de mi memoria la parte sombría y para iluminar vívidamente todos los aspectos agradables y pintorescos del peligroso accidente. Mis conversaciones con Augustus se hacían cada día más frecuentes y más interesantes. Tenía una manera de referir las historias del océano (más de la mitad de las cuales sospecho ahora que eran inventadas) que impresionaba mi temperamento entusiasta y fascinaba mi sombría pero ardiente imaginación. Y lo extraño era que cuando más me entusiasmaba en favor de la vida marinera era cuando describía los momentos más terribles de sufrimiento y desesperación. Apenas me interesaba por la faceta más alegre del cuadro general. Mis visiones predilectas eran las de los naufragios y las del hambre, las de la muerte o cautividad entre hordas bárbaras, las de una vida arrastrada entre penas y lágrimas, sobre una gris y desolada roca, en pleno océano inaccesible y desconocido. Estas visiones o deseos, pues tal era el carácter que asumían, son comunes, según me han asegurado después, entre la clase harto numerosa de los melancólicos, y en la época de que hablo las consideraba tan sólo como visiones proféticas de un destino que sentía que se iba a cumplir. Augustus se identificaba por completo con mi modo de pensar, y es probable que nuestra intimidad hubiese producido, en parte, un recíproco intercambio en nuestros caracteres.

Año y medio después del desastre del Ariel, la casa armadora Lloyd y Vredenburgh (que, según tengo entendido, estaba relacionada en cierto modo con los señores Enberby, de Liverpool) estaba reparando y equipando el bergantín Grampus para ir a la caza de la ballena. Era un barco viejo y no estaba en condiciones para echarse a la mar, incluso contando con todas las reparaciones que se le hicieron. No alcanzo a explicarme cómo lo eligieron en perjuicio de otros barcos buenos, pertenecientes a los mismos dueños; pero el caso es que lo eligieron. A míster Barnard le encomendaron el mando, y Augustus iba a acompañarlo. Mientras se equipaba al bergantín me apremiaba constantemente sobre la excelente ocasión que se me ofrecía para satisfacer mis deseos de viajar. Yo lo escuchaba con anhelo pero el asunto no tenía tan fácil arreglo. Mi padre no se oponía de manera abierta pero a mi madre le daban ataques de nervios en cuanto se mencionaba el proyecto. Y sobre todo mi abuelo, de quien yo tanto esperaba, juró que no me dejaría ni un chelín si volvía a hablarle del asunto. Pero, lejos de desanimarme, estas dificultades no hacían más que avivar mi deseo. Resolví partir a toda costa, y en cuanto le comuniqué mi resolución a Augustus urdimos un plan para lograrlo. Mientras tanto, me abstuve de hablar con ninguno de mis parientes acerca del viaje. Como me dedicaba de manera evidente a mis estudios habituales, se imaginaron que había abandonado el proyecto. Más tarde examiné mi conducta en aquella ocasión y sentí, sobre todo, desagrado y sorpresa. Sólo puedo admitir la gran hipocresía que empleé para conseguir mi proyecto —hipocresía que presidió todas las palabras y actos de mi vida durante tan largo espacio de tiempo— si se tiene en cuenta el ansia ardiente y loca de realizar mis tan queridas visiones de viaje.

Para que mi estratagema se cumpliera no tuve más remedio que confiar-
le a Augustus muchos de los preparativos, pues se pasaba gran parte del día
a bordo del Grampus, atendiendo los trabajos de su padre que se llevaban
a cabo en la cámara y en la bodega. Pero por la noche nos reuníamos para
hablar de nuestras esperanzas. Después de pasar casi un mes de este modo,
sin dar con plan alguno que nos pareciese realizable, mi amigo me dijo al
fin que ya había dispuesto todas las cosas necesarias. Yo tenía un pariente
que vivía en New Bedford, un tal míster Ross, en cuya casa solía pasar de vez
en cuando dos o tres semanas. El bergantín debía hacerse a la mar hacia
mediados de junio (de 1827), y convinimos que un par de días antes de la
salida del barco mi padre recibiría, como de costumbre, una carta de míster
Ross rogándole que me enviase a pasar quince días con Robert y Emmet
(sus hijos). Augustus se encargó de escribir la carta y de hacerla llegar a su
destino. Y mientras mi familia me suponía camino de New Bedford, yo me
iría a reunir con mi compañero, quien me tendría preparado un escondite
en el Grampus. Me aseguró que este escondite sería suficientemente cómodo como para permanecer en él muchos días, durante los cuales no dejaría
que nadie me viera. Me dijo que, cuando el bergantín ya estuviera tan lejos
de tierra que le fuese imposible volver atrás, me instalarían en el camarote
con toda comodidad. En cuanto a su padre, lo más seguro es que se reiría de
la broma. En el camino íbamos a encontrar barcos de sobra para enviarles
una carta a mi casa explicándoles la aventura a mis padres.

Por fin llegó mediados de junio. El plan estaba perfectamente madu-
rado. Se escribió y se entregó la carta, y un lunes por la mañana salí de mi
casa fingiendo que iba a embarcarme en el vapor para New Bedford, pero
fui al encuentro de Augustus, que me estaba aguardando en la esquina de
una calle.

Nuestro plan original consistía en que yo debía esconderme hasta que
anocheciera, y luego deslizarme en el bergantín de manera subrepticia,
pero como nos favoreció una densa niebla, estuvimos de acuerdo en no perder tiempo escondiéndome. Augustus tomó el caminó del muelle y yo lo seguí de cerca, envuelto en un grueso chaquetón de marinero, que me había
traído para evitar que nos reconocieran. Pero al doblar la segunda esquina,

después de pasar el pozo de míster Edmund, con quien me tropecé fue con mi abuelo, el viejo míster Peterson.

—¡Válgame Dios, Gordon! —exclamó, mirándome fijamente y después de un prolongado silencio—. ¿Pero de quién es ese chaquetón tan sucio que llevas puesto?

—Señor —respondí, fingiendo tan perfectamente como requerían las circunstancias un aire de sorpresa, y expresándome en los tonos más cortantes de que fui capaz—, señor, incurre usted en un error. En primer lugar, no me llamo Gordon ni Gordin, ni nada parecido. Y, en segundo lugar, no tenemos confianza suficiente como para que llame sucio chaquetón a mi abrigo nuevo.

Desde luego, no sé cómo no me eché a reír delante del anciano al contemplar la sorpresa con que acogió mi respuesta a bocajarro. Retrocedió dos o tres pasos, primero se puso muy pálido y después excesivamente ruborizado, se levantó las gafas, se las quitó al instante y echó a correr cojeando tras de mí, amenazándome con el paraguas en alto. Pero se detuvo enseguida, como si de repente se le hubiese ocurrido otra idea, y, dando media vuelta, se fue calle abajo, trémulo de ira y murmurando entre dientes:

—¡Malditas gafas! ¡Necesito unas nuevas! Habría jurado que este marinero era Gordon. ¡Maldito marinero!

Una vez hubimos dejado atrás este incidente, proseguimos nuestra marcha con mayor prudencia y llegamos a nuestro punto de destino sin novedad.

A bordo apenas había un par de marineros, todos ellos muy atareados en el castillo de proa. Sabíamos muy bien que el capitán Barnard se hallaba en casa de Lloyd y Vredenburgh y que allí seguiría hasta el anochecer. Así pues, no teníamos nada que temer por esta parte. Augustus se acercó al costado del barco, y poco después lo seguí. Los marineros, atareados, no advirtieron mi llegada. Nos dirigimos enseguida a la cámara, donde no encontramos a nadie. El interior era realmente cómodo, cosa rara para tratarse de un ballenero. Había cuatro excelentes camarotes, con literas anchas y cómodas. Observé que también había una gran estufa, y una mullida y amplia alfombra de buena calidad cubría el suelo de la cámara y de los camarotes. El techo tenía unos tres metros de alto. En una palabra, todo parecía mucho más agradable y espacioso de lo que me había imaginado. Pero Augustus me dejó poco tiempo para observar, e insistió en la necesidad de que me ocultara con la mayor rapidez posible. Se dirigió a su camarote, que se hallaba a estribor del bergantín, junto a los baluartes. Al entrar, cerró la puerta y echó el cerrojo. Pensé que nunca había visto una habitación tan bonita como aquélla. Tenía unos nueve metros de largo, y no había más que una litera, espaciosa y cómoda. En la parte más cercana a los baluartes quedaba un espacio de algo menos de medio metro cuadrado con una mesa, una silla y una estantería llena de libros, sobre todo de viajes. Había también otras pequeñas comodidades, entre las que no debo olvidar una especie de aparador o refrigerador, en el que Augustus me tenía preparada una selecta provisión de conservas y bebidas.

Augustus presionó con los nudillos cierto lugar de la alfombra, en un rincón del espacio que acabo de mencionar, haciéndome comprender que una porción del piso, de unos cuarenta centímetros cuadrados, había sido cortada cuidadosamente y ajustada de nuevo. Mientras presionaba, esta porción se alzó por un extremo lo suficiente como para permitir introducir los dedos por debajo. De este modo, levantó la boca de la trampa (a la que la alfombra estaba asegurada por medio de clavos), y vi que conducía a la bodega de popa. Luego encendió una pequeña bujía con una cerilla, la colocó en una linterna sorda y descendió por la abertura, invitándome a que lo siguiera. Así lo hice, y luego cerró la tapa del agujero, para lo que se valió de un clavo que tenía en la parte de abajo. De esta forma, la alfombra recobraba su posición primitiva en el piso del camarote y ocultaba todos los rastros de la abertura.

La bujía daba una luz tan débil que apenas podía caminar a tientas por entre aquella intrincada masa de maderas. Me acostumbré a la oscuridad poco a poco y avancé cada vez más seguro, asido a la chaqueta de mi amigo. Después de serpentear por numerosos pasillos, estrechos y tortuosos, se detuvo al fin junto a una caja reforzada con hierro, como las que suelen utilizarse para embalar porcelana fina. Medía cerca de un metro de alto por casi dos de largo, pero era muy estrecha. Encima de ella había dos grandes barriles de aceite vacíos, sobre los cuales se apilaban las esterillas de paja;

llegaban hasta el techo. Y todo alrededor se apiñaba, lo más apretado posible, hasta encajar en el techo, un verdadero caos de provisiones para el barco, junto con una mezcla heterogénea de cajones, cestas, barriles y bultos. Era prácticamente imposible dar un solo paso en dirección a la caja. Luego me enteré de que Augustus había dirigido expresamente la estiba de esa bodega con el propósito de procurarme un escondite. Sólo lo había ayudado un hombre que no pertenecía a la tripulación del bergantín.

Mi compañero me explicó que uno de los lados de la caja podía quitarse a voluntad. Lo apartó y dejó el interior al descubierto. Lo encontré todo muy divertido. Una de las colchonetas de las literas de la cámara cubría todo el fondo, y contenía casi todos los artículos cómodos del barco que podían caber en un espacio tan reducido. Al mismo tiempo, me permitía el sitio suficiente para acomodarme allí, o bien sentado, o bien completamente tumbado. Había, entre otras cosas, libros, pluma, tinta y papel, tres mantas, una gran vasija con agua, un barril de galletas, tres o cuatro salchichones de Bolonia, un jamón enorme, una pierna de cordero asada en fiambre y media docena de botellas de licores y cordiales.

Así pues, procedí de inmediato a tomar posesión de mi reducido aposento. Estaba más contento que un rey al entrar en un palacio nuevo. Luego, Augustus me enseñó el método de cerrar el lado abierto de la caja, y, sosteniendo la bujía junto al techo, me mostró una gruesa cuerda negra que corría a lo largo de él. Me explicó que iba desde mi escondite, a través de todos los recovecos necesarios entre los trastos viejos, hasta un clavo del techo de la bodega, justo debajo de la puerta de la trampa que daba a su camarote. Por medio de esa cuerda yo podía encontrar con facilidad la salida sin su guía, en caso de que un accidente imprevisto me obligara a dar este paso. Luego se despidió, dejándome la linterna, con una abundante provisión de velas y fósforos, y prometiendo acudir a verme siempre que pudiera hacerlo sin llamar la atención. Esto sucedía el 17 de junio.

Permanecí allí tres días con sus noches (según mis cálculos), sin salir de mi escondite más que dos veces con el propósito de estirar las piernas. Me mantenía de pie entre dos cajones que había exactamente frente a la abertura. Durante aquel tiempo no supe nada de Augustus, pero esto apenas me

preocupaba, pues sabía que el bergantín estaba a punto de zarpar y, en la agitación de esos momentos, no era fácil encontrar el momento de bajar a verme. Por último, oí que la trampa se abría y se cerraba, y enseguida me llamó en voz baja preguntándome si seguía bien y si necesitaba algo.

—Nada —contesté—. Estoy todo lo bien que se puede estar. ¿Cuándo zarpa el bergantín?

—Levaremos anclas antes de media hora —respondió—. He venido a decírtelo, pues temía que te alarmases por mi ausencia. No tendré ocasión de bajar de nuevo hasta pasado algún tiempo, tal vez durante tres o cuatro días. A bordo todo marcha bien. Una vez que yo suba y cierre la trampa, sigue la cuerda hasta el clavo. Allí encontrarás mi reloj. Puede serte útil, pues no ves la luz del día para calcular el transcurso del tiempo. Te apuesto a que no eres capaz de decirme cuánto tiempo llevas escondido: sólo tres días; hoy estamos a 20. De buena gana te traería yo mismo el reloj, pero tengo miedo de que me echen de menos.

Y sin decir más se retiró.

Al cabo de una hora percibí con claridad que el bergantín se ponía en movimiento, y me felicité a mí mismo por haber comenzado felizmente el viaje. Contento con esta idea, resolví tranquilizar mi espíritu en la medida de lo posible y esperar el curso de los acontecimientos hasta que pudiese cambiar mi caja por los más espaciosos, si bien apenas más confortables, alojamientos de la cámara. Mi primer cuidado fue tomar el reloj. Dejé la bujía encendida y serpenteé en la oscuridad, siguiendo los innumerables rodeos de la cuerda. En algunos de ellos descubría que, por más empeño que le pusiera, seguía a dos pasos de mi primera posición. Por fin llegué al clavo y, apoderándome del objeto de mi viaje, regresé sin novedad. Me puse a buscar entre los muchísimos libros que me habían proporcionado y elegí uno que trataba de la expedición de Lewis y Clarke a la desembocadura del Columbia. Con esta lectura me distraje un buen rato. Cuando sentí que me dominaba el sueño, apagué la luz y enseguida caí en un sueño profundo.

Al despertarme sentí una extraña y confusa sensación. Tardé un tiempo en poder recordar en qué situación me hallaba, pero, poco a poco, lo recordé todo. Encendí la luz para ver la hora en el reloj, pero se había parado. Por consiguiente, no tenía manera de saber durante cuánto tiempo había dormido. Tenía los miembros entumecidos, y hube de ponerme en pie entre las cajas para aliviarlos. Sentía un hambre casi devoradora. Me acordé del excelente fiambre de cordero que había comido antes de irme a dormir. ¡Cuál no sería mi asombro al descubrir que estaba putrefacto! Esto me inquietó, pues, sumado a la turbación mental que había experimentado al despertarme, me hizo sospechar que había dormido durante un tiempo exageradamente largo. La atmósfera enrarecida de la bodega podía haber contribuido algo a ello y, a la larga, podía producir los efectos más serios. Me dolía mucho la cabeza; me parecía que respiraba con dificultad y, en una palabra, me agobiaban muchos sentimientos cercanos a la melancolía. Pero no me atrevía a abrir la trampa ni a hacer nada que llamase la atención. Me puse a darle cuerda al reloj, resuelto a animarme.

Durante las insoportables veinticuatro horas que siguieron, nadie acudió a verme. Estaba resentido con Augustus y el grosero abandono al que me había sometido. Lo que más me alarmaba era que mi provisión de agua se había reducido a medio cuartillo, y padecía muchísima sed, pues había comido salchichas de Bolonia en abundancia para compensar la pérdida del cordero. Mi inquietud era tal que ni siquiera los libros me distraían. Además, me dominaba el deseo de dormir, pero temblaba ante la idea de que el ambiente viciado contuviera alguna influencia perniciosa, como la de las emanaciones de los braseros.

Mientras tanto, los movimientos del bergantín me indicaban que ya estábamos en alta mar. Un sordo mugido que llegaba a mis oídos, como desde una inmensa distancia, me permitió comprender que soplaba un vendaval de intensidad poco corriente. No me explicaba la ausencia de Augustus. Ya debíamos de estar lo suficientemente lejos como para poder subir sin problemas. Debía de haber sufrido algún accidente; pero, por más vueltas que le daba a la cabeza, no alcanzaba a entender por qué me había dejado prisionero durante tanto tiempo, a no ser que hubiera muerto de manera repentina o se hubiese caído por la borda. La sola idea se me hacía insoportable. Tal vez el bergantín hubiera tropezado con vientos adversos y siguiéramos en las cercanías de Nantucket. Deseché la idea, porque en tal caso el barco habría virado varias veces, y yo estaba plenamente convencido, a juzgar por la constante inclinación a babor, de que navegábamos con una firme brisa de estribor. Además, aun suponiendo que nos hallásemos todavía cerca de la isla, ¿por qué no bajaba Augustus para informarme al respecto? Sumido en esta y otras meditaciones relativas a mi solitaria y triste situación, decidí aguardar otras veinticuatro horas. Transcurridas éstas sin novedades, me dirigiría a la trampa e intentaría hablar con mi amigo o, al menos, respirar un poco de aire fresco y renovar mi provisión de agua.

Preocupado con estos pensamientos, y a pesar de todos mis esfuerzos, caí en un profundo sueño o, más exactamente, sopor. Mis ensueños fueron de lo más terrorífico y me sentía abrumado por toda clase de calamidades y horrores. Entre otros terrores, me veía asfixiado entre enormes almohadas, que me arrojaban demonios del aspecto más feroz y siniestro. Serpientes espantosas me enroscaban entre sus anillos y me miraban de hito en hito con sus relucientes y espantosos ojos. Luego se extendían ante mí desiertos sin límites, de aspecto muy desolado. Troncos de árboles inmensamente altos, secos y sin hojas, se elevaban en infinita sucesión hasta donde alcanzaba mi vista; sus raíces se sumergían bajo enormes ciénagas, cuyas lúgubres aguas yacían intensamente negras, serenas y siniestras. Y aquellos extraños árboles parecían dotados de vitalidad humana, y balanceando de un lado para otro sus esqueléticos brazos pedían clemencia a las silenciosas aguas con los agudos y penetrantes acentos de la angustia y de la desesperación más acerba. La escena cambió, y me encontré, desnudo y solo, en los ardientes arenales del Sahara. A mis pies se hallaba agazapado un fiero león de los trópicos; de repente, abrió sus ojos feroces y se lanzó sobre mí. Con un brinco, se levantó sobre sus patas y dejó al descubierto sus horribles dientes. Un instante después, salió de sus enrojecidas fauces un rugido semejante al trueno, y caí al suelo con violencia. Sofocado en el paroxismo del terror, me medio desperté al fin. Mi pesadilla no había sido del todo una pesadilla. Ahora, al fin, había recuperado la conciencia. Las pezuñas de un monstruo enorme y real se apoyaban con pesadez sobre mi pecho. Sentía en mis oídos su cálido aliento, y sus blancos y espantosos colmillos brillaban ante mí en la oscuridad.

No me habría movido de allí, ni hablado, aunque hubieran dependido mil vidas del movimiento de un miembro o de la articulación de una palabra. La bestia, fuera cual fuese, se mantenía en su postura pero no hacía amago de atacar. Por mi parte, yo seguía completamente desamparado y, suponía, moribundo bajo sus garras. Sentía que las facultades físicas e intelectuales me abandonaban por momentos. En una palabra, sentía que me moría de puro miedo. Mi cerebro se paralizó, me sentí mareado y se me nubló la vista. Incluso las resplandecientes pupilas que me miraban me parecieron más oscuras. Haciendo un postrer y supremo esfuerzo, dirigí una débil plegaria a Dios y me resigné a morir. El sonido de mi voz pareció despertar todo el furor latente del animal. Se precipitó sobre mí; pero ¡cuál no sería mi asombro cuando, lanzando un sordo y prolongado gemido, comenzó a lamerme la cara y las manos con las mayores y las más extravagantes demostraciones de alegría y cariño! Aunque estaba aturdido y sumido en el asombro, reconocí el peculiar gemido de mi perro de Terranova, Tigre, y las caricias que solía prodigarme. Era él. Sentí que se me agolpaba de repente la sangre en las sienes, y una vertiginosa y consoladora sensación de libertad y de vida. Me levanté de manera precipitada de la colchoneta en que había yacido y, arrojándome al cuello de mi fiel compañero y amigo, desahogué la gran opresión de mi pecho derramando un raudal de ardientes lágrimas.

Como en la ocasión anterior, al levantarme de la colchoneta todo me resultaba confuso. Durante un buen rato apenas pude coordinar mis pensamientos pero, de manera muy gradual, recobré las facultades mentales y acudieron de nuevo a mi memoria los pormenores de mi situación. En vano traté de explicarme la presencia de Tigre. Después de hacerme mil conjeturas me limité a alegrarme de que hubiese venido a compartir mi espantosa soledad y a reconfortarme con sus caricias. La mayoría de las personas quiere a sus perros, mas yo sentía por Tigre un afecto fuera de lo común, y estoy seguro de que no había ningún ser que se lo mereciese más. Durante siete años, había sido mi compañero inseparable, y en muchas ocasiones había dado prueba de todas las nobles cualidades que más apreciamos en los animales. De cachorro, lo había arrancado de las garras de un lugareño de Nantucket perverso y ruin, que lo llevaba con una soga al cuello para tirarlo al mar. El perro me pagó esa deuda tres años después, salvándome del ataque de un ladrón en plena calle.

Alcancé el reloj y me lo llevé al oído. Se había parado de nuevo, pero no me sorprendí mucho, pues estaba convencido, a juzgar por mi confusión mental, de que había dormido, como antes, durante un prolongado espacio de tiempo, no sabría decir cuánto. Me abrasaba la fiebre, y la sed me resultaba irresistible. Busqué a tientas lo que me quedaba de mi provisión de agua, pues no tenía luz, ya que la bujía se había consumido por completo, y no podía encontrar la caja de fósforos. A tientas alcancé el cántaro pero estaba vacío. A buen seguro Tigre había saciado su sed, y también había devorado el resto del cordero, cuyo hueso encontré muy mondado en la puerta de la caja. Podía comerme los salchichones medio podridos, pero desistí al pensar que no tenía agua.

Mi debilidad era tal que cualquier movimiento o esfuerzo me consumían, como si me hubiera intoxicado con azogue. Para colmo de males, el bergantín cabeceaba y daba violentos bandazos, y los barriles de aceite que había encima de mi caja amenazaban con caerse y cerrar así la única entrada y salida de mi escondite. Además, el mareo me hacía sufrir lo indecible. Por todo ello resolví dirigirme a la trampa, a fin de pedir auxilio antes de quedarme incapacitado por completo. Busqué a tientas la caja de fósforos y las velas. No sin esfuerzo, encontré los primeros, pero al no dar con las velas en un primer intento (pues recordaba casi de memoria dónde las había puesto), dejé de buscarlas por el momento. Así pues, le ordené a Tigre que se estuviese quieto y emprendí con decisión el camino hacia la trampa.

Este intento no hizo sino poner de manifiesto cuán débil me hallaba. Sólo con la mayor dificultad podía avanzar medio a gatas, y con frecuencia se me doblaban las piernas bruscamente. Cuando caía postrado de bruces, perdía por completo la sensibilidad durante varios minutos. Sin embargo, me esforzaba por avanzar poco a poco, temiendo a cada momento desmayarme entre los estrechos e intrincados recovecos de la estiba. En tal caso, la muerte no se haría esperar. Por fin, haciendo un gran esfuerzo para avanzar con las pocas energías que me quedaban, mi frente chocó violentamente contra el canto de una enorme caja reforzada de hierro. Este accidente sólo me dejó aturdido por unos instantes; pero con indecible pena descubrí que los rápidos y violentos balanceos del barco habían arrojado por completo la caja en medio de mi camino, que de ese modo quedaba obstruido. A pesar de mis esfuerzos, no pude moverla ni una pulgada, tan encajada quedó entre las cajas que la rodeaban y el armazón del barco. Por tanto, a pesar de mi debilidad, tenía, o bien que abandonar la cuerda que me servía de guía y buscar un nuevo paso, o bien saltar por encima del obstáculo y reanudar la marcha por el otro lado. La primera alternativa ofrecía demasiadas dificultades y peligros como para no pensar en ella sin estremecerse. Dado mi estado de debilidad física y mental, me perdería si lo intentaba, y perecería miserablemente en medio de los lúgubres y repugnantes laberintos de la bodega. Por ello, no dudé en reunir todas mis energías y mi voluntad para intentar saltar por encima de la caja como mejor pudiese.

Pero al incorporarme comprobé que la empresa era aún más ardua de lo que mis temores me habían hecho imaginar. A ambos lados del estrecho paso se levantaba una muralla de pesados maderos que a la menor torpeza mía podían caerme sobre la cabeza. Asimismo, la senda podía quedar obstruida por detrás de mí, dejándome encerrado entre dos obstáculos. La caja era larga y difícil de manejar y no mostraba ningún asidero. Traté en vano, por todos los medios de que disponía, de asirme al borde superior, con la esperanza de subir a pulso. Aunque lo hubiera alcanzado, era evidente que mis fuerzas no eran suficientes para la tarea que intentaba; mejor sería que no lo consiguiese. Al final, tras un esfuerzo desesperado para levantar la caja, sentí una fuerte vibración junto a mí. Puse la mano con avidez en el borde de las tablas y descubrí que una, muy ancha, estaba floja. Con la navaja, que por suerte llevaba conmigo, logré, tras muchos esfuerzos, desclavarla por completo. Al mirar por la abertura descubrí, con enorme regocijo, que no tenía tablas en el lado opuesto; en otras palabras, que carecía de tapa. El fondo era la superficie a través de la cual me había abierto camino. Ya no tropecé con dificultades reseñables al seguir a lo largo de la cuerda. De este modo, llegué al clavo por fin. Con el corazón palpitante, me puse en pie y apreté con suavidad la tapa de la trampa. Ésta no se levantó con la facilidad que yo esperaba, y la empujé con más energía, aun temiendo que hubiera en el camarote

alguna otra persona que no fuera mi amigo Augustus. Pero, con gran extra-
ñeza mía, la puerta siguió sin abrirse, y comencé a inquietarme, pues sabía
que antes hacía falta poco o ningún esfuerzo para levantarla. La empujé vigorosamente, pero siguió firme. Empujé con todas mis fuerzas, pero seguía
sin ceder. Empujé con furia, con rabia, con desesperación, pero desafiaba
todos mis esfuerzos. Era evidente, a juzgar por lo firme de la resistencia, que
alguien había descubierto y remachado el agujero, o que le habían puesto
encima algún peso enorme, por lo que era inútil tratar de levantarla.

Cedí al horror y desaliento más puros. En vano trataba de razonar sobre la probable causa de mi encierro definitivo. No podía coordinar las
ideas. Me dejé caer al suelo, y allí me asaltaron, irresistibles, las más lúgubres imaginaciones. Consideraba inminentes las muertes espantosas por
sed, hambre, asfixia y entierro prematuro, entre otros desastres. Por fin
recobré algo de mi presencia de ánimo. Me levanté y palpé con los dedos,
buscando las grietas o ranuras de la abertura. Al encontrarlas, las examiné con detenimiento, por si salía alguna luz del camarote; pero no se veía
nada. Entonces metí la hoja de la navaja entre ellas, hasta que di con un
obstáculo duro. Al rasparlo descubrí que era una sólida masa de hierro. A
juzgar por su peculiar ondulación al tacto cuando pasaba la hoja a lo largo
de ella, deduje que era una cadena. El único recurso que me quedaba era,
o bien desandar camino hasta la caja y abandonarme allí a mi triste destino, o bien serenar los ánimos para maquinar algún plan de evasión. Así
lo hice y, después de vencer innumerables dificultades, regresé a mi alojamiento. Cuando caí en la colchoneta, completamente agotado, Tigre se
tendió cuan largo era a mi lado. Parecía como si, con sus caricias, quisiera
consolarme y darme ánimos.

Pero su extraño comportamiento me llamó la atención. Después de lamerme la cara y las manos durante un rato, dejó de hacerlo de repente y lanzó un sordo gemido. A partir de entonces, siempre que alargaba mi mano
hacia él, lo hallaba invariablemente tumbado sobre el lomo, con las patas
en alto. Esta conducta, repetida con frecuencia, me pareció extraña e inexplicable. Como el perro parecía afligido, pensé que se había hecho daño con
algo y, sujetándole las patas, se las examiné una a una, pero no encontré

rastro alguno de herida. Supuse entonces que tendría hambre y le di un trozo de jamón, que devoró con avidez; pero después reanudó sus extraordinarias maniobras. Supuse que estaba sufriendo, como yo, los tormentos de la sed. Dispuesto a dar por buena esta explicación, reparé no obstante en que sólo le había examinado las patas, y que quizás estuviera herido en el cuerpo o en la cabeza. Le toqué esta última vez con cuidado. No encontré nada. Pero, al pasarle la mano por el lomo, noté una ligera erección del pelo que se extendía por todo él. Palpándolo con el dedo, descubrí una cuerda y, al tirar de ella, hallé que le rodeaba todo el cuerpo. Al examinarla con detenimiento, tropecé con algo semejante a un papel de carta, sujeto con la cuerda de tal manera que quedaba justo debajo de la paletilla izquierda del animal.

CAPÍTULO III

— • —

LA PRIMERA idea que me vino a la mente fue que el papel era una nota de Augustus, y que había sucedido algún accidente inexplicable que le impedía bajar a liberarme de mi calabozo, por lo que había ideado aquel medio para ponerme al corriente del verdadero estado de las cosas. Temblando de ansiedad, me dispuse a buscar los fósforos y las velas. Recordaba vagamente haberlos guardado con cuidado antes de quedarme dormido. Creo de veras que antes de mi última expedición a la trampa me hallaba en perfectas condiciones de recordar el lugar exacto donde los había depositado. Pero ahora me esforzaba en vano por recordarlo, y me pasé más de una hora enfrascado en la inútil e irritante búsqueda de esos malditos objetos. Nunca había sentido tanta ansiedad e incertidumbre. Mientras lo tanteaba todo, con la cabeza junto al lastre, cerca de la abertura de la caja, y fuera de ella, percibí un débil brillo de luz en la dirección de la proa. Muy sorprendido, me dirigí hacia aquella luz que parecía hallarse a pocos pasos de mí. Apenas me moví de donde estaba, pero perdí de vista ese brillo. Para verlo de nuevo tuve que caminar por toda la caja hasta regresar al punto de partida. Entonces moví la cabeza de un lado a otro con cuidado. Comprobé que, si caminaba lentamente y con la mayor precaución, en la dirección opuesta a la que había seguido al principio, podía acercarme a la luz sin perderla de vista. Tras un penoso camino a través de innumerables y angustiosos rodeos, llegué a ella. La luz procedía de unos fragmentos de mis cerillas, que yacían en un barril vacío tumbado de lado. Extrañado por encontrarlos en aquel sitio, puse la mano sobre dos o tres pedazos de cera de vela, que a todas luces había mascado el perro. Comprendí que había devorado toda mi provisión de velas, y perdí la esperanza de poder leer la nota de Augustus. Los restos de cera estaban tan amalgamados con otros desechos del barril que renuncié a utilizarlos, y los dejé como estaban. Tomé como mejor pude las cerillas, o mejor dicho las escasas partículas que quedaban de ellas, y regresé a duras penas a la caja donde estaba Tigre.

No sabía qué hacer. La oscuridad que reinaba en la bodega era tan intensa que no podía verme las manos, aunque las acercase a la cara. Apenas distinguía la tira blanca de papel, y eso sólo si usaba la parte exterior de la retina para mirarla un poco de reojo. Así descubrí que casi se hacía perceptible. De este modo puede comprenderse la oscuridad de mi encierro. La nota de mi amigo, si realmente lo era, no hizo sino aumentar mi turbación, un tormento inútil para mi ya debilitado y agitado espíritu. En vano traté de buscar formas para procurarme luz —tal como, en una situación similar, haría un hombre dominado por el sueño agitador del opio—, todas y cada una de las cuales le parecerían a dicho soñador primero razonables y luego descabellados, del mismo modo que el razonamiento y la imaginación también fluctúan el uno tras la otra. Por último, se me ocurrió una idea que juzgué razonable. Me maravilló que no se me hubiese ocurrido antes. Coloqué la tira de papel sobre el dorso de un libro, y, reuniendo los fragmentos de cerilla que había tomado del barril, los coloqué sobre el papel. Luego, con la palma de la mano, froté todo con fuerza y rapidez. Una luz clara se diseminó de inmediato por toda la superficie. Si hubiera habido algo escrito en ella, seguro que no me habría resultado difícil leerlo. Pero no había ni una sílaba; sólo una blancura triste y desoladora. A los pocos segundos se extinguió la luz, y sentí dentro de mí que mi corazón desfallecía con ella.

He afirmado antes más de una vez que mi intelecto, en un periodo anterior a éste, se había hallado en un estado que bordeaba la imbecilidad. Es cierto que tuve intervalos de lucidez y hasta momentos de energía, pero éstos fueron muy raros. Recuérdese que llevaba muchos días respirando la pestilente atmósfera de un agujero cerrado en un buque ballenero, y que durante buena parte de este tiempo había tenido insuficiente provisión de agua. En las últimas catorce o quince horas me vi privado de ella, y tampoco había dormido durante ese tiempo. Las provisiones saladas habían sido mi sustento principal y, después de perder el fiambre de cordero, mi único alimento, con la salvedad de las galletas, que apenas había comido, pues estaban demasiado secas y duras como para que las tragase mi garganta tumefacta y ardiente. Me sentía ahora en un estado febril. Transcurrieron largas y angustiosas horas de abatimiento desde mi última aventura con las cerillas, hasta que se me ocurrió que sólo había examinado una cara del papel. No intentaré describir la rabia que me acometió (pues creía estar más colérico que otra cosa) al reparar en el tremendo olvido que había cometido. El error no habría sido muy importante si mi propia locura e impetuosidad no lo hubieran hecho casi irreparable. Frustrado al no hallar ni una sola palabra en el papel, lo desgarré como haría un niño y arrojé sus pedazos no sabría decir dónde.

La parte más difícil del problema pude resolverla mediante la sagacidad de Tigre. Tras una larga búsqueda encontré un pedazo de la nota y se lo di a oler al perro, esforzándome en hacerle comprender que debía traerme el resto. Para mi asombro (pues yo no le había enseñado ninguna de las habilidades que dan fama a su especie), pareció entenderme en el acto. Rebuscó durante unos momentos y encontró otro pedazo bastante grande. Me lo trajo y esperó un poco, rozando su hocico contra mi mano, a la espera de mi aprobación por lo que había hecho. Le di un cariñoso golpecito en la cabeza, e inmediatamente retomó la búsqueda. En esta ocasión pasaron unos minutos antes de que volviese, pero cuando lo hizo, llevaba consigo una larga tira que completaba el papel perdido. Al parecer, sólo lo había roto en tres pedazos. Por suerte, no me costó encontrar los escasos fragmentos de cerillas que quedaban, guiado por el brillo que emitían aún una o dos de las partículas. Había aprendido a valorar la virtud de la prudencia, así que me tomé tiempo para reflexionar sobre lo que debía hacer. Seguramente habría algunas palabras escritas en la cara del papel que no había examinado, pero ¿cuál era esa cara? La unión de los pedazos no arrojaba ninguna pista al respecto, aunque me asegurase que las palabras (de haberlas) se hallaban todas en una de las caras, y conectadas de manera apropiada, como habían sido escritas. Tenía la imperiosa necesidad de averiguarlo sin lugar a dudas, porque, de fallar, el fósforo que me quedaba no bastaría para una tercera tentativa. Coloqué el papel sobre un libro, como antes, y me senté unos momentos a meditar a conciencia sobre cómo resolver el asunto. Al fin, juzgué probable que el lado escrito presentase algunas asperezas en su superficie, que un fino sentido del tacto podría reconocer. Decidí intentarlo, y pasé los dedos cuidadosamente sobre la cara que estaba hacia arriba. Pero no percibí nada en absoluto, y volví el papel, ajustándolo sobre el libro. Pasé de nuevo el índice con exquisita precaución, y descubrí un brillo muy débil, pero aún discernible, que seguía al paso del dedo. Pensé que este brillo debía de provenir de algunas diminutas partículas del fósforo con que había cubierto el papel en la prueba anterior. Por tanto, si había algo escrito, debía de estar en la otra cara. Volví de nuevo la nota, y repetí la operación. En cuanto froté el fósforo, surgió un resplandor, como antes, pero esta vez se distinguían varias líneas manuscritas, en grandes caracteres y aparentemente en tinta roja. El resplandor, aunque muy brillante, sólo duró un momento. De no haber estado tan emocionado, me habría dado tiempo de sobra para repasar de arriba abajo las tres frases que aparecieron ante mí; pues vi que eran tres. Sin embargo, ansioso por leerlo todo enseguida, sólo conseguí leer las siete últimas palabras, que decían así: «sangre; tu vida depende de permanecer oculto».

De haber leído el contenido de toda la nota, el sentido completo del aviso que mi amigo había intentado enviarme, estoy convencido de que éste, aunque me hubiese revelado la historia del desastre más inexplicable, no me habría causado ni una pizca del horror atroz e inexpresable que me inspiró el fragmento recibido de aquel modo. Y, además, la palabra *sangre,* esa palabra suprema y tan rica siempre en misterios, sufrimientos y terrores, garrapateado con sangre.

tu vida depende de perer de oculto.

qué banal se me aparecía ahora, de qué manera tan fría y pesada (aislada, como estaba, de las palabras precedentes para calificarla y darle precisión) cayeron sus vagas sílabas, en medio de aquella sombría prisión, dentro de lo más recóndito de mi alma.

Sin duda, Augustus había tenido sus buenas razones para desearme que siguiese oculto, y me forjé mil conjeturas acerca de lo que habría sucedido, sin dar con ninguna solución satisfactoria del misterio. Al regresar de mi última expedición a la trampa, y antes de que mi atención se viese distraída por la singular conducta de Tigre, yo ya había decidido hacerme oír como fuera por la tripulación o, de no ser eso posible, tratar de abrirme paso por el entrepuente. La casi certeza de que podría llevar a cabo uno de esos dos propósitos me había infundido el valor (que de otro modo no habría tenido) necesario para soportar los males de mi situación. Pero las pocas palabras que había sido capaz de leer me lo habían quitado. Por primera vez fui consciente de hasta qué punto había tenido mala suerte. En el paroxismo de la desesperación, me arrojé de nuevo sobre la colchoneta donde, por espacio de un día y una noche, permanecí sumido en una especie de estupor, aliviado tan sólo por momentáneos intervalos de raciocinio y de recuerdos.

Una vez me hube levantado de nuevo, comencé a reflexionar sobre los horrores que me acorralaban. Era inviable sobrevivir otras veinticuatro horas sin agua, pues desde luego no podía pasar más tiempo sin beber nada. Durante la primera parte de mi encierro había consumido con prodigalidad los licores con que Augustus me había provisto, pero sólo habían servido para excitar la fiebre, sin aplacar en lo más mínimo mi sed. Sólo me quedaba una pequeñísima cantidad de una especie de licor de melocotón muy fuerte, que me revolvía el estómago. Las salchichas se habían acabado, y del jamón quedaba tan sólo un pequeño trozo de corteza. Tigre sólo había dejado las migajas de una de las galletas. Para colmo de mis males, me di cuenta de que el dolor de cabeza era cada vez más intenso, y me sumía en una especie de delirio que me afligía más o menos desde que caí dormido por primera vez. Llevaba ya varias horas respirando con la mayor dificultad; pero ahora cada vez que intentaba hacerlo sentía en el pecho un efecto espasmódico por completo deprimente. Pero había aún otra causa de inquietud de índole muy distinta, y cuyos lacerantes terrores habían sido el principal acicate para decidirme a salir de mi estupor en la colchoneta. Se debía al comportamiento del perro.

Primero observé una alteración en su conducta mientras frotaba el fósforo sobre el papel por última vez. Al tiempo de frotar el papel acercó su nariz a mi mano gruñendo ligeramente; pero estaba yo demasiado excitado para prestar atención a tal circunstancia. Poco después, como se recordará, me tumbé en la colchoneta y caí en una especie de letargo. Luego sentí como un particular silbido junto a mis oídos, y descubrí que procedía de Tigre, que jadeaba anhelante en un estado de gran excitación, con los ojos reluciéndole en plena oscuridad. Le dirigí unas palabras, respondió con un sordo gemido y luego permaneció quieto. Enseguida volví a caer en mi sopor, del que desperté de nuevo de un modo similar. Esto se repitió tres o cuatro veces, hasta que por fin su conducta me inspiró un temor tan intenso que me despabiló por completo. Tigre estaba echado ahora junto a la puerta de la caja, gruñendo como asustado, aunque de manera apenas audible, y con un rechinar de dientes como si tuviese convulsiones violentas. No cabía duda alguna de que había contraído la rabia debido a la falta de agua o la atmósfera viciada de la bodega, y no sabía qué hacer con él. No soportaba la idea de matarlo, pero me parecía por completo necesaria para garantizar mi propia seguridad. Veía con claridad su mirada fija en mí: mostraba la peor de las animosidades, y a cada instante esperaba que se abalanzase sobre mí. Al final no pude soportar por más tiempo aquella terrible situación y decidí salir de la caja a pesar del riesgo para matarlo si fuera necesario. Pero para salir tenía que pasar por encima de su cuerpo, y él ya se había anticipado a mi designio, levantándose sobre las patas delanteras (como percibí por el cambio de la posición de sus ojos) y enseñándome sus blancos colmillos, que eran fáciles de discernir. Tomé los restos de la corteza del jamón y la botella que contenía el licor, los aseguré muy bien contra el cuerpo, junto con un gran cuchillo de trinchar que me había dejado Augustus y, envolviéndome lo mejor que pude en mi chaquetón, avancé hacia la boca de la caja. Sin darme tiempo a hacerlo, el perro saltó a mi garganta mientras emitía un sordo gruñido. Todo el peso de su cuerpo cayó sobre mi hombro derecho, y rodé violentamente hacia la izquierda, a la par que el enfurecido animal pasaba por encima de mí. Caí de rodillas, con la cabeza entre las mantas. Eso me libró de un segundo y furioso ataque, durante el cual sentí cómo los agudos colmillos apretaban con fuerza la lana que me envolvía el cuello, aunque por suerte no la atravesó. Yo estaba ahora debajo del perro, y en unos instantes me hallaría por completo a su merced. La desesperación me dio fuerzas. Me levanté con fuerzas renovadas y me desasí de él sacudiéndolo con fuerza y arrastrando conmigo las mantas de la colchoneta. Se las eché por encima y, antes de que pudiera salir de entre ellas, atravesé la puerta y la cerré, dejándolo dentro. Pero en esta lucha no había tenido más remedio que dejar caer el trozo de corteza de jamón, y todas mis provisiones quedaron, pues, reducidas a unos tragos de licor. Al pensar en ello me sentí movido por uno de esos accesos de perversidad que a buen seguro le habrían dado, en circunstancias similares, a un niño malcriado. Me llevé la botella a la boca, me bebí hasta la última gota y la arrojé con rabia contra el suelo.

Nada más apagarse el eco del chasquido, oí pronunciar mi nombre con una voz impaciente pero sigilosa que venía de la dirección de proa. Me resultó tan inesperada, y tan intensa la emoción que me produjo el sonido, que en vano traté de contestar. Había perdido por completo la facultad del habla, y en la angustia que me producía el terror de que mi amigo me creyese muerto y se retirase sin intentar acercarse a mí, me levanté entre los cachivaches que había junto a la puerta de la caja, temblando de manera convulsa y haciendo esfuerzos sobrehumanos para hablar. Aunque mil mundos hubieran dependido de una palabra mía, no habría podido articularla. Sentí de pronto un ligero movimiento entre el montón de maderas, un poco más allá de donde yo me hallaba. Enseguida el ruido comenzó a debilitarse, y se hizo más tenue, más lejano. ¿Cómo olvidar los sentimientos que experimenté en aquel momento? Se iba alejando..., mi amigo, mi compañero, de quien tenía derecho a esperar tanto..., se iba alejando..., me abandonaba..., ¡se había ido! Me dejaba morir miserablemente, me dejaba perecer en el más horrible y siniestro de los calabozos..., y cuando una sola palabra, una sola sílaba me hubiese salvado... ¡no podía pronunciar esa única sílaba!

Estoy seguro de que en aquellos instantes sentí las angustias de la muerte mil veces agrandadas. Me empezó a dar vueltas la cabeza y caí, enfermo de muerte, contra el extremo de la caja.

Al caerme, se desprendió del cinturón el cuchillo y rodó por el suelo, produciendo un ruido metálico. ¡Jamás sonaron en mis oídos más vivamente los compases de la más dulce melodía! Escuché, con intensa ansiedad, para asegurarme del efecto que el ruido produciría en Augustus..., pues sabía que la única persona que me había llamado por mi nombre no podía ser más que él. Todo permaneció en silencio durante unos momentos. Por fin, volví a oír la palabra *¡Arthur!* repetida en voz baja, como por una persona que vacila. Al renacer la esperanza perdida recobré de golpe el habla y grité con toda la fuerza de mi voz:

—¡Augustus! ¡Ay, Augustus!

—¡Silencio! ¡Calla, por Dios! —me contestó con voz trémula de agitación—. Estaré contigo de inmediato..., en cuanto pueda abrirme camino a través de la bodega.

Durante un buen rato lo oí moverse entre la estiba, y cada momento me parecía un siglo. Al fin, sentí su mano sobre mi hombro y, en el mismo instante, me puso una botella de agua en la boca. Solamente los que han sido redimidos súbitamente de las sombras de la tumba o quienes hayan conocido los insoportables tormentos de la sed bajo circunstancias tan agravadas como las que me rodeaban en mi espantosa prisión pueden darse idea de las indecibles delicias que proporciona un buen trago, el más exquisito de todos los placeres que pueda gozar el hombre.

Cuando hube satisfecho en cierto grado la sed, Augustus sacó del bolsillo tres o cuatro patatas cocidas, que devoré con la mayor avidez. Traía una linterna sorda, y los gratos rayos de su luz me causaban no menos gusto que la comida y la bebida. Pero yo estaba impaciente por saber la causa de su prolongada ausencia, y comenzó a contarme lo que había sucedido a bordo durante mi encarcelamiento.

CAPÍTULO IV

EL BERGANTÍN se hizo a la vela, como me había imaginado, cosa de una hora después de haberme dejado Augustus el reloj. Esto sucedía el 20 de junio. Por aquel entonces yo ya llevaba tres días en la cala. Durante este periodo, la agitación se adueñó del barco, sobre todo en la cámara y en los camarotes. Así pues, mi amigo no había tenido tiempo de visitarme sin riesgo de que se descubriese el secreto de la trampa. Cuando al fin pudo acudir, le aseguré que yo estaba lo mejor que podía estar, y por eso durante dos días no se inquietó mucho por mi situación aunque siempre estuviese buscando la ocasión para bajar. Ésta se le presentó al cuarto día. Para entonces ya había pensado en contárselo todo a su padre, para que subiese enseguida; pero aún estábamos cerca de Nantucket y, a juzgar por ciertas expresiones que se le habían escapado al capitán Barnard, no había que descartar que me devolviese a tierra si se enteraba de que yo viajaba a bordo. Augustus pensó en ello y, según me dijo, no se imaginaba que yo me hallaba en el apuro en el que me encontraba, ni que, en tal caso, me resistiría a gritar junto a la trampa para hacerme oír. Así pues, tuvo en cuenta todo eso y decidió posponer la ocasión de visitarme de manera inadvertida.

Esto, como ya he dicho, no sucedió hasta el cuarto día después de traerme el reloj, y el séptimo desde que entré en la bodega. Bajó entonces sin llevar agua ni provisiones, pues sólo se proponía en esta primera ocasión llamarme la atención para que fuese desde la caja hasta la trampa, al tiempo que él subía al camarote, desde donde me tiraría unas provisiones. Al bajar me encontró dormido, roncando de manera estruendosa. Según mis cálculos, ése debió de ser el sopor en que caí después de tomar el reloj y que, por consiguiente, debió de durar más de tres días con sus noches, por lo menos. Después he tenido razones, tanto por mi propia experiencia como por el testimonio de los demás, para descubrir los poderosos efectos soporíferos del hedor que despide el aceite de pescado rancio en sitios cerrados. Cuanto más pienso en el estado de la cala en que me hallaba aprisionado y el largo periodo durante el cual el bergantín se había utilizado como ballenero, más me maravillo de haberme despertado de ese sueño.

Augustus me llamó en voz baja primero y sin cerrar la trampa, pero no le contesté. Entonces cerró la trampa y me llamó más fuerte y, por último, a voces, pero yo seguía roncando. No sabía qué hacer. Le llevaría algún tiempo recorrer el camino a través de la estiba hasta mi caja. Mientras tanto, su ausencia podía ser notada por el capitán Barnard, quien necesitaba de sus servicios a cada momento, para arreglar y copiar papeles relacionados con la intendencia del viaje. Por tanto, se lo pensó y decidió subir. Ya encontraría otra ocasión para visitarme. Si lo hizo fue en parte porque mi sueño parecía tranquilo, pues no suponía que el encierro me hubiese afectado. Estaba pensando en ello cuando le llamó la atención un extraño bullicio, que parecía proceder de la cámara. Saltó a través de la trampa lo más deprisa que pudo, la cerró y abrió la puerta del camarote. Apenas había puesto los pies en el umbral cuando una pistola brilló en su cara y cayó derribado, al mismo tiempo, por el golpe de un espeque.

Una mano vigorosa lo sujetaba contra el suelo del camarote, apretándole la garganta con fuerza, pero pudo ver lo que estaba sucediendo a su alrededor. Su padre estaba atado de pies y manos, y yacía tendido a lo largo de los peldaños de la escalera de la cámara, cabeza abajo, con una profunda herida en la frente, de la que manaba un continuo chorro de sangre. No pronunciaba ni una palabra y, al parecer, estaba moribundo. Sobre él se inclinaba el primer piloto, que lo miraba con una expresión de diabólica burla, mientras le registraba a conciencia los bolsillos, de los que sacó una abultada cartera y un cronómetro. Siete miembros de la tripulación (el cocinero entre ellos) registraban los camarotes de babor en busca de armas. No tardaron en pertrecharse con fusiles y municiones. Además de Augustus y del capitán Barnard, había en total nueve hombres en la cámara, entre los cuales figuraban los más rufianes de la tripulación del bergantín. Los villanos subieron a cubierta, llevándose a mi amigo con ellos, después de haberle atado las manos a la espalda. Se dirigieron directamente al castillo de proa, que estaba trancado. Dos de los amotinados se apostaron allí, armados con hachas, y otros dos se situaban en la escotilla principal. Entonces el piloto gritó con voz estentórea:

—¡Eh, oíd, los de abajo! ¡Arriba todos, uno a uno!... Luego, anotad eso... ¡Y no quiero protestas!

Pasaron unos minutos sin que apareciese nadie. Por fin, un inglés, que se había enrolado como aprendiz, subió llorando lastimosamente y le suplicó al piloto, de la manera más humilde, que no lo matase. La única respuesta fue un hachazo en la cabeza. El pobre hombre cayó sobre la cubierta sin lanzar un gemido, y el cocinero lo levantó en alto como si fuera un niño y lo tiró al mar. Al oír el golpe y la zambullida del cuerpo, los que estaban abajo no se atrevían a subir a la cubierta ni con promesas ni con amenazas, hasta que alguien propuso que se los obligase a salir echándoles humo. Se produjo entonces un tumulto generalizado, y por un momento pareció posible recuperar el control del bergantín y reducir a los amotinados, pero éstos cerraron el castillo antes de que salieran seis de sus oponentes. Estos seis, al encontrarse desarmados ante un número tan superior de enemigos, se entregaron tras una breve lucha. El piloto les prometió clemencia, sin duda para que salieran los que estaban abajo, conscientes de todo lo que se decía en cubierta. El resultado demostró tanto su sagacidad como su maldad casi diabólica. Todos los que estaban en el castillo de proa dieron a entender que se rendirían y, al subir uno por uno, los ataron y tumbaron boca arriba. Si les añadían los otros seis, eran en total veintisiete los marineros que no habían tomado parte en el motín.

A esto siguió la carnicería más horrible que quepa imaginar. Arrastraron a los marineros maniatados hasta la pasarela, donde el cocinero repartía un hachazo en la cabeza a cada víctima y los demás amotinados los arrojaban por la borda. Veintidós marineros hallaron la muerte de este modo. Augustus se daba ya por perdido, a la espera de que le tocase el turno. Pero los asesinos debieron de cansarse de su sangrienta labor y decretaron una tregua para los cuatro prisioneros restantes y mi amigo, que había sido llevado a cubierta con los demás. El piloto mandó subir ron y la partida de criminales se entregó a una orgía que duró hasta la puesta del sol. Luego comenzaron a discutir por el destino de los supervivientes, que estaban a menos de cuatro pasos de distancia y oían todo lo que decían. El licor parecía haber aplacado la sed de sangre de algunos de los amotinados, pues se oyeron varias voces en favor de que soltasen a los cautivos, con la condición de que se uniesen al motín y participasen de sus beneficios. Pero el cocinero (que, a todos los efectos, era un verdadero demonio y que parecía ejercer tanta o más influencia que el piloto) no quería ni oír hablar de ello, y se levantó una y otra vez con la intención de reanudar su tarea junto a la pasarela. Por suerte estaba tan borracho que fue reducido por los menos sanguinarios de la partida, entre ellos uno que se llamaba Dirk Peters. Este individuo era hijo de una india de la tribu de los upsarokas, que viven en las fortalezas naturales de las Blacks Hills, cerca de las fuentes del Misuri. Su padre era un comerciante de pieles, según creo, o al menos relacionado en cierto modo con los puestos comerciales de los indios en el río Lewis. El tal Peters era uno de los hombres de aspecto más feroz que jamás he visto. Era bajo de estatura —no medía más de metro y medio—, pero sus miembros eran hercúleos. Tenía las manos tan gruesas y anchas que apenas parecían humanas. Tanto sus brazos como sus piernas estaban arqueados de una manera singular, rígidos en apariencia. Su cabeza era asimismo deforme, de tamaño inmenso, con una depresión en la coronilla y calva por completo. Para ocultar esta última deficiencia, que no era hija de los años, solía llevar una peluca de cualquier materia peluda que encontrase a mano, a veces la piel de un perro español o la de un oso gris americano. En ese momento llevaba puesta una piel de oso, lo que contribuía en gran medida a

aumentar la natural ferocidad de su aspecto, típico de los indios upsaroka. La boca le llegaba casi de oreja a oreja; sus labios eran finos y, como otras partes de su cuerpo, parecían ese cual fuese su emoción. Cabe imaginar cuál era su gesto corriente, dado que tenía los dientes excesivamente largos y prominentes, y que los labios no los cubrían, ni siquiera de manera parcial. Tras una somera mirada a este hombre cabría pensar que tenía una risa convulsa, pero si se miraba con más detenimiento daba la escalofriante impresión de que si su cara mostraba regocijo, éste debía de ser demoniaco. Acerca de este singular personaje circulaban muchas anécdotas entre la gente de mar de Nantucket. Todas ellas demostraban su fuerza prodigiosa cuando se hallaba excitado, y algunas de ellas hacían poner en duda su cordura. Mas, al parecer, a bordo del Grampus lo miraban, en la época del motín, más con ánimo de burla que de cualquier otra cosa. He hablado en particular de Dirk Peters porque, tan feroz como parecía, fue el artífice de la salvación de Augustus, y porque lo mencionaré repetidamente en el curso de este relato que, permitidme que lo diga, muestra en sus últimas partes incidentes de naturaleza tan completamente fuera de la experiencia humana —y por ello tan completamente fuera de los límites de la credulidad humana— que lo escribo sin esperanza de que den crédito a todo lo que diré, aunque confío en que el tiempo y los progresos de la ciencia comprueben un día las más importantes e improbables de mis afirmaciones.

Tras mucha indecisión y dos o tres disputas violentas, se resolvió que todos los prisioneros (con excepción de Augustus, a quien Peters insistía de una manera burlesca en conservar como escribiente) debían ser dejados a merced de las olas en uno de los botes más pequeños. El piloto bajó a la cámara para comprobar si el capitán Barnard —que, como se recordará, quedó abajo cuando subieron los amotinados— seguía vivo. Al poco tiempo reaparecieron los dos. El capitán, pálido como la muerte, pero algo repuesto de los efectos de su herida, se dirigió a los marineros con voz casi inarticulada, pidiéndoles que no lo dejasen en el bote y que retomasen sus deberes, prometiendo desembarcarlos donde quisieran y no dar ningún paso para entregarlos a la justicia. Era como hablar a los vientos. Dos de los rufianes lo sujetaron por los brazos y lo arrojaron al bote que estaba al lado del bergantín, el cual había sido arriado mientras el piloto se hallaba abajo. A los otros cuatro prisioneros que yacían sobre la cubierta los desataron y les ordenaron que siguiesen al capitán, cosa que hicieron sin oponer la menor resistencia. A Augustus lo dejaron en su penosa situación, aunque forcejeaba e imploraba únicamente la triste satisfacción de que le permitiesen despedirse de su padre. Les dieron un puñado de galletas y un cántaro de agua, pero no les dieron ni mástil, ni vela, ni remos ni brújula. Remolcaron el bote unos minutos, durante los cuales los amotinados celebraron otra reunión, y luego cortaron el cable. Mientras tanto se había hecho de noche —no había luna ni brillaba ninguna estrella— y la mar estaba agitada y oscura, aunque no hacía mucho viento. El bote se perdió de vista de manera instantánea. Los infortunados que iban en él apenas podían albergar esperanzas. Sin embargo, este acontecimiento sucedió a 35° 30' de latitud norte y a 61° 20' de longitud oeste, y, por consiguiente, a no gran distancia de las islas Bermudas. Por eso, Augustus procuró consolarse con la idea de que el bote tocase tierra o llegase lo suficientemente cerca de ella como para que lo rescatase algún barco costero.

El bergantín largó todas sus velas y siguió el derrotero previsto hacia el sudoeste. Los amotinados habían resuelto emprender una expedición de piratería, en la que, según deduje, se proponían interceptar el paso de un barco que iba de las islas de Cabo Verde a Puerto Rico. Desataron a Augustus, sin que nadie le prestase atención alguna, y quedó en libertad de acercarse a la escalera de la cámara. Dirk Peters lo trataba con cierta amabilidad, y en una ocasión lo salvó de la brutalidad del cocinero. Pero su situación era aún de lo más precario, pues los marineros se emborrachaban todo el tiempo, y no podía fiarse de su buen humor ni de su despreocupación con respecto a él. Sin embargo, la ansiedad por verme (o eso me dijo) era el efecto más triste de su situación, y por cierto que jamás he tenido motivos para dudar de la sinceridad de su afecto. Más de una vez había decidido revelar a los amotinados el secreto de mi estancia a bordo, pero no se atrevió a hacerlo, en parte por el recuerdo de las atrocidades que ya había visto, y en parte por la esperanza de poder acudir pronto en mi auxilio. Para realizar este último propósito estaba al acecho de continuo. A pesar de su permanente vigilancia, la ocasión sólo se le presentó tres días después de que dejasen el bote a merced de las olas. Por fin, en la noche del tercer día, empezó a soplar un fuerte viento del este, y todos los marineros estuvieron ocupados en cargar velas. Durante la confusión que siguió, bajó sin que lo viesen y entró en el camarote. ¡Cuál no sería su horror y su pesar al descubrir que lo habían convertido en almacén de provisiones y material de a bordo, y que varias brazas de cadena vieja, que habían sido metidas debajo de la escala de toldilla, se habían retirado de allí para dejar sitio a un arca, y las habían colocado justo encima de la trampa! Era imposible apartarlas sin que lo notasen, de modo que regresó a cubierta lo más rápido que pudo. Al llegar arriba, el piloto lo sujetó por la garganta y, después de preguntarle qué había hecho en la cámara, se dispuso a arrojarlo al mar por la banda de babor. La intervención de Dirk Peters le salvó la vida una vez más. Luego le pusieron las esposas (había varios pares a bordo) y lo ataron fuerte por los pies. Acto seguido lo llevaron a la cámara de proa y lo arrojaron en una de las literas bajas, cerca de los baluartes del castillo de proa, asegurándole que no volvería a poner los pies en la cubierta «hasta que el bergantín deja-se de serlo». Éstas fueron las palabras textuales del cocinero, que lo arrojó a la hamaca. Es difícil precisar a qué se refería. Sin embargo, esta circuns-tancia favoreció mi salvación, como se verá enseguida.

CAPÍTULO V

---◆---

DURANTE unos minutos después de que el cocinero hubiese abandonado el castillo de proa, Augustus sucumbió a la desesperación, convencido de que no saldría vivo de aquella litera. Entonces decidió revelarle mi situación al primer hombre que se le acercase, pues le parecía preferible dejarme correr mi suerte con los amotinados que morir de sed en la bodega: yo llevaba diez días aprisionado, y sólo tenía agua para cuatro. Mientras pensaba en esto, se le ocurrió la idea de si sería posible comunicarse conmigo por el camino de la cala mayor. En cualquier otra circunstancia, la dificultad y el azar de la empresa le habrían hecho desistir del empeño, pero ahora le quedaban muy pocas esperanzas de vida y, por consiguiente, poco que perder. Así pues, puso toda su alma en la tarea.

Sus esposas eran la primera preocupación. Al principio no veía manera de quitárselas, y temió ser incapaz de hacerlo, pero un examen detenido le permitió descubrir que los hierros entraban y salían a placer, con muy poco esfuerzo o inconveniente. Para ello bastaba con encoger las manos, pues aquella clase de esposas no estaban indicadas para sujetar a personas jóvenes, cuyos huesos, más pequeños, ceden a la presión con facilidad. Luego se desató los pies y, dejando la cuerda de modo que pudiera ajustarse de nuevo con facilidad en caso de que bajase alguien, se puso a examinar el baluarte en el sitio donde se unía con la litera. La separación era aquí de tablas de pino blando, de una pulgada de grueso, y vio que apenas le costaría abrirse camino a través de ellas. En ese momento se oyó una voz en la escalera del castillo de proa, y tuvo el tiempo justo para ponerse la esposa de la mano derecha (pues no se había quitado la de la izquierda) y ajustarse el nudo corredizo de la cuerda a los tobillos, cuando bajó Dirk Peters, seguido de Tigre, que saltó a la litera de inmediato y se tumbó en ella. Augustus había traído el perro a bordo, sabedor del cariño que yo le profesaba al animal, y pensó que me gustaría tenerlo conmigo durante el viaje. Había ido a buscarlo a mi casa justo después de dejarme en la bodega, pero no se había acordado de decírmelo al llevarme el reloj. Augustus no lo veía desde que estalló el motín, y ya lo daba por perdido, pues suponía que alguno de los miserables villanos amotinados lo habría lanzado por la borda. Al parecer se había escondido en un agujero debajo de un bote, de donde no podía salir por falta de espacio para dar la vuelta. Peters lo había sacado y, movido por una especie de sentimiento bondadoso que mi amigo supo apreciar muy bien, se lo llevó al castillo de proa para que lo acompañase. Al mismo tiempo, dejó un trozo de cecina salada y patatas cocidas, con una lata de agua. Luego subió a cubierta, y prometió volver al día siguiente con más comida.

Cuando se fue, Augustus se liberó de las esposas de ambas manos y se desató los pies. Luego levantó la cabecera de la colchoneta en la que había estado echado y, con su cortaplumas (pues los rufianes no lo habían juzgado digno de registrarlo), comenzó a cortar vigorosamente una de las tablas de la separación lo más cerca posible al fondo de la litera. Escogió ese sitio porque, si tenía que interrumpirlo de repente, podía ocultar lo que estaba haciendo dejando caer la cabecera de la colchoneta en su posición adecuada. Pero durante el resto del día no lo molestó nadie, y por la noche había cortado la tabla del todo. Llegados a este punto, cabe observar que ninguno de los marineros de la tripulación dormía en el castillo de proa: a raíz del motín vivían todos juntos en la cámara, donde bebían y comían los víveres del almacén del capitán Barnard, y sólo se preocupaban de lo estrictamente necesario para la navegación del bergantín. Estas circunstancias nos favorecieron tanto a mí como a Augustus. De haber sucedido las cosas de otro modo, le habría sido imposible llegar junto a mí. Así pues, pudo alcanzar su objetivo. Pero amanecía ya antes de que completase el segundo corte de la tabla (que estaba a unos treinta centímetros por encima del primero), con lo que dejó una abertura suficientemente ancha como para pasar con facilidad a la cubierta principal del entrepuente. Una vez allí, se dirigió sin apenas dificultades a la escotilla principal inferior, aunque para ello tenía que trepar a lo alto de las pilas de barricadas de aceite, que llegaban casi hasta debajo de la cubierta, donde apenas quedaba espacio suficiente para su cuerpo. Al llegar a la escotilla se encontró con que Tigre lo había seguido, deslizándose entre dos filas de barricas. Pero ya era demasiado tarde para intentar llegar a mi lado antes del amanecer, pues la mayor dificultad estribaba en atravesar la apretada estiba de la bodega inferior. De este modo decidió regresar y esperar a la noche siguiente. A tal efecto, se dispuso a aflojar la tapa de la escotilla, para que se detuviese lo menos posible al regresar de nuevo. No había acabado de aflojarla cuando Tigre saltó ansioso a la pequeña abertura que formaba, olfateó un momento y lanzó un prolongado gemido, al tiempo que se ponía a escarbar como si quisiera apartar la tapa con sus patas. Su comportamiento no ofrecía duda alguna: era consciente de que yo estaba en la bodega y Augustus pensó que tal vez me encontrase si lo dejaba bajar. Al mismo tiempo maquinó la manera de enviarme una nota, porque era harto deseable que yo no intentara salir de mi escondite, al menos mientras durase la situación, pues no había ninguna certeza de que llegase hasta mí al día siguiente, como se proponía. Los acontecimientos posteriores demostraron cuán afortunada había sido esa decisión: si no hubiera recibido la nota, sin duda habría dado con algún plan, por desesperado que fuese, para llamar la atención de la tripulación. En tal caso, lo más probable habría sido que nos mataran a los dos.

Resuelto, pues, a escribirme, se le presentó una dificultad añadida. ¿Cómo procurarse materiales para hacerlo? Convirtió un mondadientes viejo en pluma, y esto a tientas, pues las entrecubiertas estaban más negras que el betún. Obtuvo el papel arrancando el reverso de una carta: el duplicado de la carta falsificada para míster Ross. Éste había sido el borrador original, pero juzgó que la imitación de la letra era deficiente, por lo que escribió otra. Por suerte se guardó la primera en el bolsillo de la chaqueta, donde acababa de encontrarla de manera tan oportuna. Sólo faltaba la tinta, pero no tardó en encontrar la manera de sustituirla. Se practicó una ligera incisión con el cortaplumas en la yema de un dedo, justo por encima de la uña, y de ahí salió un copioso chorro de sangre, que es lo habitual en ese tipo de heridas.

Escribió la nota lo mejor que pudo, dadas la oscuridad y las circunstancias. En ella explicaba de manera sucinta que había habido un motín, que el capitán Barnard había sido abandonado en un bote y que yo podía esperar inmediato auxilio en lo relativo a las provisiones, pero que no debía aventurarme a efectuar movimiento alguno. La carta concluía con estas palabras:

> He garrapateado esto con sangre. Tu vida depende de que permanezcas oculto.

Después de atar la tira de papel al perro, Augustus lo echó por la escotilla y él regresó enseguida al castillo de proa, donde no encontró ningún indicio de que hubiera bajado nadie de la tripulación durante su ausencia. Para ocultar el hueco de la partición, clavó la navaja por encima y colgó un chaquetón de marinero que encontró en la litera. Luego volvió a ponerse las esposas y a atarse la cuerda alrededor de los tobillos.

Apenas acababa de terminar sus preparativos cuando bajó Dirk Peters, muy borracho, pero de un humor excelente, trayendo a mi amigo las provisiones para el día. Éstas consistían en una docena de grandes patatas irlandesas asadas y un jarro de agua. Se sentó un rato en un arca, junto a la litera, charlando libremente del piloto y de los asuntos generales del bergantín. Su comportamiento era demasiado caprichoso, e incluso grotesco. Hubo un momento en el que a Augustus le saltaron las alarmas por aquella conducta tan extraña. Pero, al fin, subió a cubierta murmurando la promesa de traerle a su compañero una buena comida a la mañana siguiente.

Durante el día bajaron dos marineros de la tripulación (arponeros), acompañados del cocinero. Ninguno podía estar más borracho. Al igual que había hecho Peters, hablaron sin reservas de sus planes. Al parecer estaban en profundo desacuerdo en lo referente al derrotero definitivo. Sólo coincidían en atacar el barco que venía de Cabo Verde, y al que esperaban encontrar de un momento a otro. Por lo que podía deducirse de sus palabras, el motín no había estallado por cuestión de piratería: el detonante habían sido las discrepancias personales del primer piloto con el capitán Barnard. Ahora parecía haber dos bandos principales entre la tripulación: uno capitaneado por el piloto y otro, por el cocinero. Aquéllos querían apoderarse del primer barco que pasase y equiparlo en alguna de las islas de las Antillas para dedicarlo a la piratería. Pero éstos, que eran más y contaban con Dirk Peters entre sus partidarios, querían proseguir el derrotero primitivo del bergantín en el Pacífico Sur, para dedicarse a la pesca de la ballena o a lo que aconsejasen las circunstancias. Al parecer, la opinión de Peters, que había visitado con frecuencia aquellas regiones, tenía gran peso entre los amotinados, que vacilaban entre la opción más placentera y la más provechosa. Peters les hablaba de un mundo de novedades y diversiones en las innumerables islas del Pacífico; de la perfecta seguridad y de la libertad sin trabas que podían disfrutar allí, y más en concreto de lo delicioso del clima, de los abundantes medios para darse buena vida y de la voluptuosa belleza de sus mujeres. Sin embargo, no se había resuelto nada aún; pero las escenas que pintaba el marinero mestizo se quedaban grabadas en las ardientes imaginaciones de los marineros, y era muy probable que se saliera con la suya.

Los tres hombres se marcharon al cabo de una hora, y nadie más entró en el castillo de proa durante aquel día. Augustus no se movió hasta que se acercó la noche. Luego se desembarazó de los hierros y de la cuerda, y se preparó para su tentativa. Encontró una botella en una de las literas, y la llenó de agua del cántaro que le había dejado Peters, al tiempo que se llenaba los bolsillos de patatas frías. Para alegría suya, se encontró una linterna con un pequeño cabo de vela, que podía encender cuando quisiera, pues tenía en su poder una caja de fósforos.

Cuando fue completamente de noche se deslizó por el agujero del mamparo, no sin antes tomar la precaución de arreglar las mantas de la litera de modo que simularan el bulto de una persona acostada. Al pasar por el agujero colgó de nuevo el chaquetón, como antes, para ocultar la abertura. Esta maniobra era fácil de ejecutar, pues no reajustó la tabla que había sacado. Una vez en el entrepuente, avanzó, como antes, entre las barricas de aceite y la parte inferior de la cubierta, hasta la escotilla principal. Al llegar a ésta encendió la vela y bajó a duras penas entre la compacta estiba de la cala. Se alarmó por un momento, al advertir el hedor insoportable y denso de la atmósfera. No juzgó posible que yo hubiese sobrevivido a tan largo encierro, respirando un aire tan malsano.

Me llamó varias veces por mi nombre sin obtener respuesta alguna. Sus temores parecían confirmarse. El bergantín se balanceaba violentamente, con tal estrépito que era inútil pegar el oído para escuchar un ruido tan débil como el de mi respiración o el de mi ronquido. Levantaba la linterna tan alto como podía cada vez que encontraba espacio suficiente. De ese modo, si yo veía la luz, podría comprender que se acercaba el socorro. Sin embargo, no percibía ninguna reacción por mi parte, lo que acrecentó sus sospechas de que yo había muerto. No obstante, decidió salir de dudas, así que trató de abrirse paso hasta la caja. Caminó en un lastimoso estado de ansiedad, hasta que dio con el paso, completamente obstruido y sin posibilidad alguna de seguir adelante. Vencido por la desesperación, se dejó caer sobre un montón de tablas y empezó a llorar como un niño. Fue en aquel momento cuando oyó el ruido de la botella que yo había tirado. Aquel incidente fue de lo más afortunado, pues, por trivial que pareciese, mi destino dependía de él. He tardado muchos años en enterarme de este hecho, pues la vergüenza y los remordimientos por su debilidad e indecisión le impidieron a Augustus sincerarse conmigo en aquel momento decisivo. Al encontrar obstruido su camino por una multitud de obstáculos invencibles, decidió abandonar su empresa y regresar al castillo de proa. Antes de condenarlo por esta decisión, hay que tener en cuenta las terribles circunstancias que lo rodeaban. La noche avanzaba deprisa y se arriesgaba a que descubrieran su ausencia, lo cual sucedería

sin remedio si no se hallaba en su litera al romper el día. La vela se estaba agotando y le sería muy difícil encontrar en la oscuridad el camino hacia la escotilla. Asimismo cabe recordar que tenía sus buenas razones para creerme muerto, en cuyo caso no me beneficiaría en absoluto llegando hasta la caja, y, en cambio, se crearía peligros injustificados. Me había llamado en repetidas ocasiones y no le había contestado, yo llevaba once días con sus noches sin más agua que la que contenía el jarro que él me había dejado, provisión que no era muy probable que yo hubiese economizado al comienzo de mi encierro, pues esperaba una pronta liberación. La atmósfera de la cala, por otra parte, debía de haberle parecido, al llegar desde el aire comparativamente puro del castillo de proa, de naturaleza tóxica y muchísimo más intolerable de lo que me había parecido a mí al tomar posesión de mi alojamiento en la caja, pues entonces la escotilla llevaba muchos meses abierta. A todo ello cabe añadir las escenas de sangre y terror que había presenciado de un tiempo a esa parte: el encierro, las privaciones y las milagrosas burlas a una muerte cantada. Todo ello, unido a la frágil y equívoca situación en que se hallaba su vida —circunstancias todas ellas capaces de quitarle las energías al más fuerte—, permitirán al lector explicarse esta aparente falta de amistad y de fidelidad, con sentimientos más bien de pena que de resentimiento.

El chasquido de la botella se oyó con claridad, pero Augustus no estaba seguro de si procedía de la cala. Sin embargo, la duda bastó para hacerlo perseverar. Trepó por los objetos amontonados casi hasta el techo y luego, esperando un momento de calma en los balanceos del barco, me llamó lo más fuerte que pudo, sin preocuparse por el momento de que pudiera oírle la tripulación. Cabe recordar que en esa ocasión oí su voz, pero me hallaba tan agitado que no fui capaz de contestarle. Convencido por fin de que sus peores pronósticos se cumplían, descendió con ánimo de volverse al castillo de proa sin mayor demora. Con las prisas derribó unas pequeñas cajas cuyo ruido oí por casualidad, como ya he referido. Casi había completado la retirada cuando el ruido del cuchillo lo hizo vacilar de nuevo. Volvió sobre sus pasos de inmediato y, trepando a lo alto de la estiba por segunda vez, me llamó por mi nombre, tan fuerte como antes, en un momento de calma del barco. Esta vez pude contestarle. Pletórico de alegría al descubrir que estaba vivo, resolvió vencer todas las dificultades y peligros para llegar hasta mí. Sorteando lo más deprisa posible el laberinto de la estiba que me rodeaba, halló al fin un hueco que ofrecía mejor camino y, tras una serie de luchas, llegó a la caja completamente extenuado.

CAPÍTULO VI

$\longmapsto \;\; \bullet \;\; \longleftarrow$

AUGUSTUS me puso al corriente de los aspectos más importantes de esta narración mientras estábamos junto a la caja. Aún tardé en enterarme de todos los detalles. Tenía mucho miedo de que lo echasen de menos y yo ardía en deseos de salir de aquella detestable cárcel. Decidimos dirigirnos enseguida al agujero del mamparo, junto al cual yo había de permanecer por el momento, mientras Augustus salía a hacer un reconocimiento. Dejar a Tigre en la caja nos resultaba insoportable; mas, por otra parte, no sabíamos qué hacer. El animal parecía estar ahora completamente tranquilo, y ni siquiera percibíamos el ruido de su respiración al acercar el oído a la caja. Yo creía firmemente que estaba muerto, y decidí abrir la puerta. Lo encontramos tendido a lo largo, en apariencia sumido en un profundo sopor, pero vivo todavía. No había tiempo que perder, pero yo no deseaba abandonar a un animal que por dos veces me había salvado la vida sin probar antes a salvársela. Por eso lo arrastramos lo mejor que pudimos, aunque con grandes dificultades y fatigas. Augustus, a veces, tenía que trepar con el enorme perro en brazos por encima de los obstáculos que aparecían en nuestro camino. Yo no podía: me hallaba dominado por una debilidad extrema. Llegamos por fin al agujero y, cuando Augustus hubo salido, pasamos a Tigre. No se había producido ninguna novedad, y dimos gracias a Dios por habernos librado del peligro que acabábamos de correr. Acordamos que yo permaneciese cerca del agujero, a través del cual mi compañero podría facilitarme parte de su provisión diaria. Allí tenía la ventaja de respirar una atmósfera relativamente pura.

Como explicación de algunos puntos de este relato, en el que he hablado tanto de la estiba o colocación del cargamento del bergantín, y que pueden parecer incomprensibles a aquellos de mis lectores que no hayan visto cargar un barco, debo decir que el modo en que se había realizado esta tarea tan relevante a bordo del Grampus era un vergonzoso ejemplo de negligencia por parte del capitán Barnard, quien no era ciertamente un marino tan cuidadoso y experimentado como lo exigía la arriesgada naturaleza del servicio que se le había encomendado. Una estiba adecuada no puede realizarse de manera tan negligente. Muchos desastres, incluso dentro de los límites de mi propia experiencia, se deben a la ignorancia o negligencia en este particular. Los barcos costeros, que suelen cargar y descargar deprisa y de manera atropellada, son los más expuestos a desgracias por no prestar la debida atención a la estiba. Lo más importante es que ni el cargamento ni el lastre tengan la menor posibilidad de cambiar de posición, por violentos que sean los balanceos del barco. Por eso hay que prestarle mucha atención no sólo al bulto que se carga, sino también a su naturaleza, y al hecho de si el cargamento es sólo parcial o total. En la mayoría de los casos, la estiba se realiza por medio de un gato. De este modo, un cargamento de tabaco o de harina queda tan oprimido por la presión del gato en la cala del barco que los barriles o toneles, al descargarlos, están completamente aplastados y tardan algún tiempo en recobrar su aspecto original. Sin embargo, se recurre al gato sobre todo para obtener más espacio en la cala, pues un cargamento completo de cualquier clase de mercancías, tal como el tabaco o la harina, no conlleva peligro alguno de desplazamiento o, al menos, no ocasiona perjuicios. Se han dado casos en que este sistema del gato ha acarreado lamentables consecuencias, por causas por completo distintas a las del peligro de desplazamiento de los fardos. Por ejemplo, un cargamento de algodón, muy comprimido en determinadas condiciones, se ha dilatado luego hasta el punto de abrir el casco del buque. Y no cabe duda de que lo mismo sucedería en el caso de un cargamento de tabaco, cuando se produce la fermentación, de no ser por los intersticios que quedan entre la redondez de los toneles.

Cuando se trata de un cargamento parcial, el peligro reside sobre todo en el desplazamiento de los bultos, por lo que hay que adoptar precauciones para evitar semejante contratiempo. Sólo quienes han capeado un violento temporal o, más bien, quienes han experimentado el balanceo del barco en una calma repentina después de una tempestad, pueden hacerse una idea de la tremenda fuerza de los embates del mar y del consiguiente ímpetu terrible que se da a todas las mercancías sueltas que van a bordo. Por eso es obvia la necesidad de una estiba cuidadosa cuando el cargamento es parcial. Estando al pairo (sobre todo con una pequeña vela de proa), un barco que no tenga bien modelados los costados se inclina a menudo sobre una banda u otra. Esto suele suceder cada quince o veinte minutos por término medio, sin que las consecuencias sean terribles..., siempre que la estiba esté bien hecha. Pero si ésta se ha amontonado al descuido, al primero de estos recios bandazos toda la carga cae del lado del barco que se inclina hacia el agua, y le impide recobrar el equilibrio. Por eso se llena de agua de manera casi inmediata y se hunde. No exagero si afirmo que al menos la mitad de los naufragios que se producen durante los temporales son atribuibles a desplazamientos de la carga o del lastre.

Cuando se embarca un cargamento parcial, sea del tipo que sea, hay que compactarlo lo más posible y cubrirlo con una capa de fuertes tablones extendidos de costado a costado del barco, apuntalados con estacas que llegan hasta las tablas de arriba, asegurando así cada cosa en su lugar. Cuando el cargamento es de grano o de mercancías similares, se precisan precauciones adicionales. Una cala completamente llena de grano al salir del puerto sólo contiene tres cuartas partes al llegar a su destino, aunque al medirlo el consignatario, fanega por fanega, rebase con mucho (a causa de la hinchazón del grano) la cantidad consignada. Este resultado se debe a que se asienta durante la travesía, tanto más cuanto peores son las condiciones climatológicas. Aunque el grano embarcado a granel vaya bien asegurado con tablones y puntales, puede desplazarse y acarrear las más terribles calamidades si el viaje es largo. Para impedirlo, antes de salir del puerto se recurre a muchos sistemas para asentar lo más posible el cargamento; por ejemplo, se meten cuñas en el grano. Pero incluso después de hacer todo esto y de tomarse toda clase de molestias para asegurar los tablones, ningún marinero que conozca su oficio se sentirá del todo seguro durante un temporal algo violento con cargamento de grano a bordo, y mucho menos si el cargamento es parcial. Sin embargo, hay centenares de barcos de cabotaje en nuestras costas y, al parecer, muchos más en los puertos de Europa que navegan a diario con cargamentos parciales, incluso de las especies más peligrosas, sin adoptar precaución alguna. Lo asombroso es que no sucedan más desastres de los que ocurren. Un ejemplo lamentable de negligencia fue el del capitán Joel Rice, de la goleta Firefly, que se hizo a la mar en Richmond (Virginia), con rumbo a Madeira, en 1825. Llevaba un cargamento de maíz. El capitán había hecho muchos viajes sin accidentes serios, aunque tenía por costumbre no prestarle más atención a la estiba que para asegurarla de la manera corriente. Nunca había navegado con cargamento de grano, así que cargó el maíz a granel, llenando poco más de la mitad de la cala. Durante la primera parte del viaje apenas se encontró con algunas brisas ligeras, pero cuando se hallaba a un día de Madeira se levantó un fuerte ventarrón del nornordeste que lo obligó a ponerse al pairo. Dejó la goleta al viento sólo con el trinquete con dos rizos, y navegó como cabría esperar que hiciera cualquier barco, sin embarcar ni una gota de agua. Pero al anochecer amainó el viento y la goleta comenzó a balancearse con más inestabilidad que antes. No obstante, marchó bien, hasta que un fuerte bandazo la tumbó sobre el costado de estribor. Entonces se oyó cómo el maíz se desplazaba con pesadez. La fuerza del embate rompió la escotilla principal. El barco se fue a pique como un rayo. Esto sucedió a la vista de un balandro de Madeira, que rescató a uno de los tripulantes (el único superviviente) y que aguantaba la tempestad con tan perfecta seguridad como lo hubiera hecho el chinchorro mejor gobernado.

La estiba a bordo del Grampus se había hecho de cualquier manera, si se puede llamar estiba a lo que apenas era un confuso amontonamiento de barricas de aceite[1] y aparejos de barco. Ya he hablado de la clase de artículos que había en la cala. En el entrepuente quedaba espacio suficiente para mi cuerpo (como ya dije) entre las barricas y el techo; alrededor de la escotilla principal quedaba un espacio vacío, y en la estiba quedaban otros espacios considerables. Cerca del agujero que Augustus había abierto a través del mamparo había espacio suficiente para toda una barrica, y fue en ese espacio donde me vi cómodamente situado.

Ya era de día cuando mi amigo llegó a la litera y se volvió a poner las esposas y la cuerda. Lo cierto es que nos salvamos por un pelo, pues apenas acababa de arreglarlo todo cuando bajó el piloto con Dirk Peters y el cocinero. Hablaron durante un rato acerca del barco de Cabo Verde. Se los notaba muy impacientes por su aparición. Luego el cocinero se acercó a la litera en que estaba Augustus y se sentó cerca de la cabecera. Desde mi escondite podía verlo y oírlo todo, porque el trozo de madera cortado no había sido puesto en su lugar, y yo me temía a cada momento que el cocinero se apoyase contra el chaquetón, que estaba colgado para ocultar la abertura, en cuyo caso se habría descubierto todo y lo más seguro es que nos hubieran matado de inmediato. Pero prevaleció nuestra buena estrella y, aunque la rozó con frecuencia cuando el barco se balanceaba, nunca se apoyó lo suficiente como para quedar al descubierto. La parte inferior del chaquetón se había ajustado de manera cuidadosa al mamparo, de modo que el agujero no podía verse por su balanceo a uno y otro lado. Durante todo este tiempo, Tigre permanecía a los pies de la litera, en apariencia recuperado: le vi abrir los ojos de cuando en cuando y lanzar algún resoplido.

Al cabo de unos minutos, el piloto y el cocinero subieron al puente, dejando solo a Dirk Peters. En cuanto se marcharon, éste se sentó en el mismo sitio que había ocupado el piloto. Comenzó a hablar con Augustus en términos muy amables. Comprobamos que fingía el estado de embriaguez en presencia de los otros dos. Respondió a todas las preguntas de mi amigo con

---

1   Los balleneros solían ir equipados con tanques de hierro para aceite; no he sido capaz de averiguar por qué el Grampus no lo estaba.

entera libertad; le dijo que no tenía ninguna duda de que habían rescatado a su padre, porque había al menos cinco velas a la vista antes de ponerse el sol el día en que lo abandonaron en el bote. Se expresaba con una empatía que me produjo tanta sorpresa como satisfacción. A decir verdad, comenzaba a albergar la esperanza de que gracias a Peters recuperásemos el control del bergantín. Compartí esta idea con Augustus en cuanto tuve ocasión. Creía que era posible, pero insistía en la necesidad de obrar con la mayor cautela al intentarlo, pues la conducta del mestizo parecía inspirada tan sólo por el capricho más arbitrario, y resultaba muy difícil saber si estaba en sus cabales. Peters subió a cubierta al cabo de una hora y no regresó hasta mediodía, para traerle a Augustus una buena ración de carne salada y budín. Cuando nos dejó solos me lo comí todo con avidez, y ya no regresé al agujero. No bajó nadie más al castillo de proa durante el resto del día, y por la noche me metí en la litera de Augustus, donde dormí dulce y profundamente hasta casi el amanecer, en que me despertaron unos ruidos procedentes de la cubierta y regresé a mi escondrijo más que deprisa. Cuando el sol ya estaba alto, vimos que Tigre había recobrado sus fuerzas casi por completo y no mostraba síntoma alguno de hidrofobia, pues bebió con gran avidez un poco de agua que Augustus le ofreció. A lo largo del día recuperó todo su vigor y apetito. Su extraña conducta se había debido, sin duda, al ambiente irrespirable de la cala, pues no mostraba síntomas de rabia. No dejaba de felicitarme por haber insistido en traerlo conmigo. Estábamos entonces a 30 de junio, y hacía trece días que el Grampus había salido de Nantucket. El 2 de julio bajó el piloto, borracho como de costumbre, pero de un humor excelente. Se dirigió a la litera de Augustus y dándole una palmada en la espalda le preguntó si se portaría bien si lo dejaba suelto, en cuyo caso le prometía que no tendría que volver a la cámara. Por supuesto, mi amigo le contestó de una manera afirmativa, y entonces el rufián lo puso en libertad, después de hacerle beber un trago de ron de un frasco que sacó del bolsillo de su chaqueta. Luego subieron los dos a la cubierta y no volví a ver a Augustus durante unas tres horas, al cabo de las cuales bajó con la buena nueva de que había obtenido permiso para merodear por el bergantín a su gusto, desde el palo mayor a la proa, y que le habían ordenado que durmiese, como de costumbre, en el castillo de proa. También me trajo una buena comida y abundante provisión de agua. El bergantín seguía navegando hacia el barco que venía de Cabo Verde, y la vela que se veía parecía ser la que andaban buscando.

Como los acontecimientos de los ocho días siguientes fueron irrelevantes y no guardan relación alguna con el núcleo central de mi relato, los transcribiré en forma de diario, pues no quiero omitirlos por completo.

3 de julio. Augustus me proporcionó tres mantas, con las que me formé una cama confortable en mi escondite. No bajó nadie durante el día, excepto mi amigo. Tigre tomó su sitio en la cama junto a la abertura y tuvo un sueño pesado, como si aún no estuviese restablecido por completo de los efectos de su enfermedad. Al anochecer, una racha de viento sorprendió al bergantín antes de que hubiese tiempo para arriar velas, y casi lo hizo zozobrar. La ráfaga pasó de inmediato, sin más daño que la desgarradura de la vela de la cofa del trinquete. Dirk Peters trató a Augustus con gran bondad durante todo el día, y tuvo una larga conversación con él con respecto al océano Pacífico y a las islas que había visitado en dicha región. Le preguntó si no le gustaría más ir con los amotinados a una especie de viaje de exploración y de recreo por aquellas zonas, pero le dijo que los marineros se inclinaban de manera gradual por las ideas del piloto. Augustus juzgó oportuno responder que le gustaría mucho emprender una aventura semejante, puesto que no tenía nada mejor que hacer, ya que cualquier cosa era preferible a la vida de piratería.

4 de julio. El barco que se hallaba a la vista resultó ser un pequeño bergantín que venía de Liverpool, y lo dejaron pasar sin molestarlo. Augustus se pasó casi todo el día sobre cubierta, a fin de obtener toda la información posible con respecto a las intenciones de los amotinados. Éstos tenían frecuentes y violentas reyertas entre sí, en una de las cuales arrojaron por la borda a un arponero, Jim Bonner. El bando del piloto ganaba terreno. Jim Bonner pertenecía a la pandilla del cocinero, de la que era partidario Peters.

5 de julio. Al romper el día se levantó una brisa revuelta del oeste, que al mediodía se convirtió en huracán, de modo que el bergantín tuvo que reducir todo el velamen al cangrejo y al trinquete. Al arriar la vela de la cofa del trinquete, Simms, uno de los marineros que pertenecía a la banda del cocinero, cayó al mar. Como estaba muy borracho, se ahogó, sin que nadie hiciese el menor esfuerzo por salvarlo. El número total de personas quedaba reducido a trece, a saber: Dirk Peters, Seymour, el cocinero, Jones, Greely, Hartman Rogers y William Allen, de la partida del cocinero; el piloto, cuyo nombre no supe nunca, Absalom Hicks, Wilson, John Hunt y Richard Parker, del bando del piloto; además, Augustus y yo mismo.

6 de julio. La tempestad duró todo este día, y soplaron fuertes ráfagas acompañadas de lluvia. El bergantín embarcó una gran cantidad de agua por las costuras de sus tablones, y una de las bombas no cesó de funcionar continuamente. Augustus se vio obligado a hacer su turno también. Justo a la hora del crepúsculo pasó un gran buque muy cerca de nosotros, aunque no se descubrió hasta que estuvo al alcance de la voz. Cabe suponer que fuera el barco que los amotinados trataban de acechar. El piloto le habló, pero el ruido de la tempestad impidió oír la respuesta. A las once, embarcamos una ola en medio del buque, que arrancó buena parte del antepecho de babor y nos causó otros daños leves. Hacia el amanecer, la tempestad había amainado, y al salir el sol casi no soplaba el viento.

7 de julio. Hubo una fuerte marejada todo este día, durante la cual el bergantín, que era ligero, se balanceó en exceso, por lo que muchos objetos rodaron sueltos por la cala, como oí con claridad desde mi escondrijo. Sufrí mucho a causa del mareo. Peters tuvo una larga conversación con Augustus, y le dijo que dos marineros de su bando, Greely y Allen, se habían pasado al del piloto, decididos a hacerse piratas. Le hizo varias preguntas a Augustus, a quien no comprendió del todo. Durante parte de la tarde el buque hacía mucha agua, y poco se podía hacer por remediarlo, pues lo ocasionaba la tirantez del bergantín. El agua entraba a través de sus costuras. Con la lona de una vela, echada en la parte de abajo de las amuras, conseguimos taponar las vías de agua.

8 de julio. Al salir el sol se levantó una ligera brisa del este. Entonces el piloto ordenó poner rumbo al sudoeste, con la intención de dirigirse a alguna de las islas de las Antillas y poner en práctica sus proyectos de piratería. Ni Peters ni el cocinero se opusieron en modo alguno, al menos que Augustus supiese. Se abandonó por completo la idea de apoderarse del barco que venía de Cabo Verde. La vía de agua se reducía con facilidad, gracias a una bomba que funcionaba cada tres cuartos de hora. Se quitó la vela de debajo de las amuras. Se habló con dos pequeñas goletas durante el día.

9 de julio. Buen tiempo. Todos los hombres estuvieron ocupados en reparar las amuras. Peters tuvo de nuevo una larga conversación con Augustus, explicándose con más claridad que hasta ahora. Le dijo que nada le induciría a colaborar en los proyectos del piloto, e incluso le dejó entrever su intención de quitarle el mando del bergantín. Le preguntó a mi amigo si, llegado el caso, podía contar con su ayuda, a lo que Augustus le contestó que sí sin vacilar. Entonces Peters le dijo que sondearía al respecto a los demás hombres de su bando, y se fue. Durante el resto del día, Augustus no tuvo ninguna oportunidad de hablar conmigo sobre el particular.

CAPÍTULO VII

10 DE JULIO. Se habló con un bergantín que venía de Río, con destino a Norfolk. Tiempo brumoso, con un viento ligero del este. Hoy ha muerto Hartman Rogers, que estaba enfermo desde el día 8, atacado de espasmos después de haber bebido un vaso de grog.

Este marinero era del bando del cocinero y uno de los que más confianza inspiraba a Peters. Le dijo a Augustus que creía que el piloto lo había envenenado y que, si no estaba al acecho, él no tardaría en correr la misma suerte. En su bando ya sólo quedaban Jones, el cocinero y él mismo, mientras que en el otro bando eran cinco. Había hablado con Jones acerca de arrebatarle el mando al piloto, pero el proyecto había sido acogido con frialdad, por lo que había desistido de llevar el asunto más lejos, ni de decirle nada al cocinero. Por lo que sucedió, hizo bien en ser tan prudente, pues por la tarde el cocinero expresó su propósito de pasarse al bando del piloto y se fue formalmente al otro bando. Mientras, Jones aprovechó una oportunidad para regañar con Peters y le insinuó que se proponía darle a conocer al piloto el plan que tramaba. Era evidente que no había tiempo que perder, y Peters se mostró dispuesto a jugarse el todo por el todo para tratar de apoderarse del barco, siempre que Augustus quisiera prestarle su ayuda. Mi amigo le aseguró enseguida su deseo de formar parte de cualquier plan que tuviese tal objeto. Pensando que era una ocasión favorable, le reveló mi presencia a bordo. El mestizo se quedó tan atónito como satisfecho, pues no confiaba en Jones, a quien creía afín al bando del piloto. Bajaron de inmediato al castillo de proa. Augustus me llamó por mi nombre, y Peters y yo trabamos enseguida amistad. Convinimos en que trataríamos de apoderarnos del barco a la primera oportunidad, dejando a Jones al margen de nuestras deliberaciones. En caso de éxito, llevaríamos el bergantín al primer puerto que se presentase, y se lo entregaríamos a las autoridades. La deserción de su bando había frustrado el deseo de Peters de ir al Pacífico, aventura que no podía realizarse sin una tripulación, y confiaba en salir absuelto del juicio alegando locura (pues afirmaba solemnemente que estaba loco cuando se prestó a ayudar al motín), o que, si lo declaraban culpable, lo perdonarían si Augustus y yo intercedíamos a su favor. El grito de: «¡Todo el mundo a arriar velas!» interrumpió nuestras deliberaciones, y Peters y Augustus subieron corriendo a cubierta.

Como de costumbre, la tripulación estaba casi completamente borracha. Antes de que se arriasen las velas como es debido, una violenta ráfaga tumbó el bergantín de costado. Pero consiguieron retenerlo y enderezarlo, aunque embarcó una gran cantidad de agua. Apenas estuvo en posición segura cuando otra ráfaga azotó al barco, y otra más justo después, sin causarle ningún daño. Todo hacía indicar que se acercaba un huracán, que, en efecto, sobrevino poco después con gran furia, procedente del norte y del oeste. Se aparejaron todas las cosas lo mejor posible, y nos pusimos al pairo, como es usual, con el trinquete muy rizado. Al caer la noche, la violencia del viento fue a más, con una mar excepcionalmente gruesa. Peters volvió al castillo de proa con Augustus, y reanudamos nuestras deliberaciones.

Estuvimos de acuerdo en que no podía presentarse ocasión más favorable que aquélla para poner en práctica nuestro plan, pues nadie podía esperar un ataque en aquellos momentos. Como el bergantín estaba tranquilamente al pairo, no había necesidad alguna de maniobrar hasta que volviese el buen tiempo, y entonces, si salíamos triunfantes de nuestro intento, podíamos soltar uno, o acaso dos marineros, para que nos ayudasen a llevar el bergantín a puerto. La mayor dificultad estribaba en la gran desproporción de nuestras fuerzas. No éramos más que tres, y en la cámara había nueve. Además, todas las armas de a bordo estaban en su poder, con la excepción de dos pequeñas pistolas que Peters llevaba escondidas entre la ropa y de un largo cuchillo de marinero que llevaba siempre al cinto. Además, a juzgar por ciertos indicios —como, por ejemplo, el de no hallarse en sus sitios acostumbrados ni un hacha ni un espeque—, empezamos a temer que el piloto tuviese sus sospechas, al menos con respecto a Peters, y que no perdería ocasión para desembarazarse de él. Era, pues, evidente que teníamos que actuar lo antes posible. Sin embargo, todo estaba demasiado en contra nuestra como para permitirnos obrar sin la mayor cautela.

Peters propuso subir a cubierta y conversar con el vigía (Allen) y, aprovechando una buena oportunidad, arrojarlo al mar sin lucha y sin hacer ruido. Augustus y yo subiríamos entonces y trataríamos de apoderarnos de algunas de las armas que hallásemos en cubierta. Después intentaríamos apoderarnos de la escalera de la cámara en un ataque repentino, antes de que opusiesen resistencia. Le puse objeciones al plan, porque no podía creer que el piloto (que era muy ladino en todo lo que no afectase a sus supersticiosos prejuicios) se dejase atrapar con tal facilidad. El mismo hecho de que hubiera un vigía sobre cubierta era prueba más que suficiente de que estaba alerta, pues sólo en barcos de muy rígida disciplina se suele poner vigía sobre cubierta cuando el barco está al pairo de un viento fuerte. Como me dirijo en especial, si no exclusivamente, a las personas que no han navegado nunca, tal vez sea conveniente describir la exacta condición de un barco en semejantes circunstancias. Ponerse al pairo o «a la capa», como se dice en el lenguaje marinero, es una medida que se toma para diversos propósitos y que se efectúa de diversas maneras. Cuando reina tiempo moderado, es frecuente hacerlo con el mero propósito de detener el barco, de esperar a otro barco o con cualquier finalidad similar. Si el barco que se pone al pairo lleva todas las velas desplegadas, la maniobra se suele realizar de forma que redondee algunas partes de sus velas, de modo que el viento las tome por avante cuando llegue a estar parado. Pero ahora estamos hablando del pairo con viento huracanado. Se recurre a él cuando el viento sopla de proa y es demasiado violento como para navegar a la vela sin peligro de zozobrar, y a veces incluso cuando sopla buen viento, pero la mar está demasiado gruesa como para poner el barco ante ella. Si un barco navega viento en popa, con mar muy gruesa, se le pueden causar muchos daños porque embarca agua por la popa, y a veces da violentos cabeceos hacia delante. En estos casos, rara vez se recurre a dicha maniobra, a menos que sea de imperiosa necesidad. Si el barco hace agua, se le deja correr viento en popa por gruesa que esté la mar. Se maniobra así porque, si se deja al pairo, se corre el peligro de que se ensanchen las costuras a causa de los fuertes tirones, cosa que no ocurre cuando se huye del viento. A menudo suele ser necesario que un barco navegue con rapidez, ya cuando las bocanadas son tan extremadamente furiosas que desgarran las velas que se emplean con el fin de hacerlo virar contra el viento, cuando, o bien por defectos de construcción del casco, o bien por otras causas, no puede realizarse el objetivo principal.

Durante los huracanes, los barcos se ponen al pairo de modos diferentes, según su construcción peculiar. Algunos se mantienen mejor con el trinquete desplegado, pues me parece que es la vela que más se suele emplear. Los grandes barcos de aparejo de cruzamen cuentan con velas especiales para este propósito, llamadas velas de capa o de temporal. Pero a veces se emplea el foque; otras, el foque y el trinquete, o un trinquete de doble rizo, y no pocas veces las velas traseras. Las velas de cofa de trinquete suelen resultar más apropiadas que cualquier otra clase de velas. El Grampus se ponía al pairo generalmente con el trinquete muy rizado.

Cuando un barco debe ponerse al pairo, se lo coloca de proa al viento de manera que hinche la vela desplegada tan pronto como ésta se halla colocada en forma diagonal al barco. Una vez hecho esto, la proa se encuentra inclinada unos grados con respecto a la dirección del viento, y la amura de barlovento recibe naturalmente el choque de las olas. En estas condiciones, un buen barco puede resistir una tempestad muy recia sin embarcar ni una gota de agua y sin que se requiera más atención por parte de la tripulación. El timón se suele amarrar, pero no es absolutamente necesario (excepto a causa del ruido que hace al ir suelto), pues el gobernalle no surte efecto alguno cuando el barco está al pairo. A decir verdad, es preferible dejarlo suelto que atarlo muy ceñido, pues corre el peligro de que se rompa por los golpes de mar si no se le deja al timón alguna holgura. Mientras la vela resista, un barco bien construido mantendrá su posición y navegará por todo mar, como si estuviera dotado de vida y raciocinio. Pero si la violencia del viento desgarra la vela (hecho que, en circunstancias ordinarias, requiere la fuerza de un huracán), sobreviene un peligro inminente. El barco se inclina empujado por la fuerza del viento, presenta costado a las olas y queda por completo a merced de ellas. En tal caso, el único recurso es ponerse tranquilamente de popa al viento y dejarse deslizar hasta que pueda colocarse otra vela. Algunos barcos se ponen al pairo sin vela desplegada, pero de esto no puede fiarse uno en el mar.

Pero dejémonos de digresiones. El piloto nunca había tenido la costumbre de poner un vigía en cubierta estando el barco al pairo con tempestad, y al hacerlo en ese momento, y desaparecer asimismo las hachas y los espeques, no nos cupo la menor duda de que la tripulación estaba demasiado alerta como para sorprenderla si seguíamos la propuesta de Peters. Pero había que hacer algo, y sin la menor dilación, pues era indudable que si empezaban a sospechar de Peters lo sacrificarían a la primera oportunidad, que encontrarían o provocarían en cuanto pasase la tempestad.

Augustus sugirió entonces otra táctica. Si Peters podía quitar, bajo cualquier pretexto, el trozo de cadena que estaba sobre la trampa del camarote, los sorprenderíamos penetrando por la cala, pero al reflexionar reparamos en que el bergantín se balanceaba y cabeceaba con demasiada violencia como para intentar algo así.

Di al fin, por fortuna, con la idea de explotar las peores supersticiones y el complejo de culpa del piloto. Como se recordará, uno de los marineros, Hartman Rogers, había muerto durante la mañana, tras dos días de convulsiones resultantes de la ingesta de agua con licores. Peters creía que a este hombre lo había envenenado el piloto, y lo argumentaba con razones que consideraba incontrovertibles, pero que no se había decidido a revelarnos, pues su reserva era una de las características de su singular carácter. Pero, tuviera o no mejores razones que nosotros para recelar

del piloto, estábamos de acuerdo con sus sospechas y dispuestos a obrar en consecuencia.

Rogers había muerto hacia las once de la mañana, presa de violentas convulsiones. Al cabo de unos minutos, el cadáver presentaba el aspecto más horrible y repugnante que he visto en mi vida. El estómago estaba exageradamente hinchado, como quien ha muerto ahogado y ha permanecido muchas semanas bajo el agua. Las manos se hallaban en las mismas condiciones, mientras que el rostro aparecía encogido y arrugado, con una palidez de yeso, sólo interrumpida por dos o tres manchas rojas muy vivas, como las que produce la erisipela. Una de estas manchas se extendía en diagonal a través de la cara, y le cubría un ojo por completo como si fuera una banda de terciopelo rojo. En esta tesitura tan desagradable, habían subido el cuerpo a cubierta desde la cámara a mediodía, para arrojarlo al mar. Entonces el piloto le echó un vistazo (era la primera vez que lo veía) y, o bien sintiendo remordimientos por su crimen, o bien atemorizado por tan horrendo espectáculo, ordenó que lo cosiesen a su hamaca y se hiciesen los ritos usuales de un entierro en el mar. Una vez hubo dado estas instrucciones, se retiró a su cámara, para así evitar tener que ver de nuevo a su víctima. Mientras se hacían los preparativos para cumplir sus órdenes, se desencadenó la tempestad con gran furia, y el entierro se abandonó por el momento. El cadáver quedó abandonado junto a los imbornales de babor. Yacía allí mientras yo hablaba, bañado por las aguas y agitándose a los violentos vaivenes del bergantín.

Una vez establecido nuestro plan, nos dispusimos a llevarlo a cabo a la mayor brevedad. Peters subió a cubierta. Tal como había previsto, Allen lo saludó de inmediato. Parecía hallarse estacionado allí más que nada para cotillear lo que pasaba en el castillo de proa. Pero la suerte del rufián cambió de manera rápida y silenciosa, pues Peters se acercó a él con despreocupación, como si fuera a hablarle, lo sujetó por la garganta y, antes de que pudiera dar un solo grito, lo tiró por la borda. Luego nos llamó y subimos. Nuestra primera preocupación fue buscar algo con que armarnos. Debíamos andar con cuidado, pues era imposible permanecer sobre cubierta un solo instante sin sujetarse firmemente: las olas irrumpían con violencia sobre el barco a cada cabeceo. Era asimismo indispensable que trabajásemos deprisa: a cada minuto esperábamos ver aparecer al piloto para poner las bombas en funcionamiento, pues era evidente que el Grampus hacía agua muy rápido. Pese a buscar durante un buen rato, no logramos encontrar nada más adecuado para nuestro propósito que los dos brazos de las bombas. Augustus tomó uno y yo el otro. Una vez hecho esto, le quitamos la camisa al cadáver y lo arrojamos al mar. Peters y yo nos fuimos abajo, dejando a Augustus para vigilar la cubierta, donde ocupó el mismo sitio en que se había colocado Allen, de espaldas a la escalera de la cámara, de modo que, si subía alguno de los de la banda del piloto, creyese que era el vigía.

Tan pronto como llegué abajo, comencé a disfrazarme para representar el cadáver de Rogers. La camisa que le había quitado nos sirvió de mucho, pues era de forma y dibujo singulares, y fácil de reconocer: una especie de blusa que el difunto llevaba sobre las demás ropas. Era elástica, azul, con anchas franjas blancas transversales. Después de ponérmela, procedí a equiparme con un estómago postizo, a imitación de la horrible deformidad del cadáver hinchado. Para ello me valí de ropas de cama. Luego le di el mismo aspecto a mis manos, poniéndome unos mitones de lana blanca, que rellené con una especie de trapos. Luego Peters me arregló la cara, primero frotándola bien con tiza blanca y manchándomela después con sangre, que se sacó dándose un corte en un dedo. No nos olvidamos de la mancha que atravesaba el ojo. Su aspecto era aún más espantoso.

CAPÍTULO VIII

CUANDO me contemplé en un trozo de espejo que pendía en la cámara, a la sombría luz de una linterna de combate, me quedé tan impresionado por el sentimiento de vago terror reflejado en mi rostro y el recuerdo de la terrorífica realidad que estaba representando que se apoderó de mí un violento temblor, y apenas me quedaron ánimos para seguir adelante con mi papel. Pero debíamos obrar sin demora, y Peters y yo subimos a cubierta.

Allí lo encontramos todo sin novedad y, manteniéndonos arrimados a los antepechos, los tres nos deslizamos a la escalera de la cámara. Estaba cerrada sólo en parte, pues habíamos tomado precauciones para evitar que la abriesen de un súbito empellón desde fuera, por medio de unos calzos de madera colocados en el peldaño superior que impedían cerrarla. No nos resultó difícil echar un vistazo al interior de la cámara a través de las hendiduras donde estaban colocados los goznes. Comprobamos entonces que habíamos tenido la gran suerte de no haber tratado de sorprenderlos, pues era evidente que estaban alerta. Sólo uno estaba dormido, y yacía al pie de la escala de toldilla con un fusil a su lado. Los demás estaban sentados en varias colchonetas, que habían quitado de las camas y tirado por el suelo.

Estaban enfrascados en una conversación seria y, aunque habían estado de jarana, como se deducía por dos jarros vacíos y unos vasos de hojalata que había por allí, no estaban tan borrachos como de costumbre. Todos llevaban cuchillos, un par de ellos, pistolas, y numerosos fusiles yacían en la cama al alcance de la mano.

Escuchamos su conversación durante un rato antes de decidir cómo obrar, pues no habíamos resuelto nada en concreto, excepto que los paralizaríamos, cuando los atacásemos, por medio de la aparición de Rogers. Discutían planes de piratería y, según pudimos oír con claridad, se proponían unirse a la tripulación de una goleta, la Hornet, y, si les era posible, apoderarse de ella como paso previo para otra tentativa de mayor escala, de cuyos detalles no pudimos enterarnos.

Uno de los marineros habló de Peters, y el piloto le contestó en voz baja, sin que pudiéramos oírlo, y luego añadió, en tono más alto, que no podía entender que estuviese tanto tiempo con el chiquillo del capitán en el castillo de proa, pero creía que lo mejor era arrojarlos a ambos al mar cuanto antes. No hubo respuesta alguna, pero comprendimos de inmediato que la insinuación había sido bien recibida por toda la banda, en especial por Jones. En este momento yo estaba agitado en exceso, y más cuando vi que ni Augustus ni Peters sabían cómo obrar. Pero decidí vender cara mi vida antes que dejarme dominar por el miedo.

El espantoso rugir del viento en el aparejo y el barrer de las olas sobre cubierta nos impedían oír lo que se decía, excepto durante calmas momentáneas. En una de éstas, los tres oímos con claridad al piloto decirle a uno de sus hombres: «Vete a proa y ordénales a esos marineros de agua dulce que vengan a la cámara», donde podía tenerlos a la vista e impedir que hubiese secretos a bordo del bergantín. Pero tuvimos la suerte de que el balanceo del barco se hiciese tan violento que no hubo manera de ejecutar la orden de inmediato. El cocinero se levantó de su colchoneta para ir a buscarnos, cuando un tremendo vaivén, que yo creí que se llevaba los mástiles, lo hizo dar de cabeza contra una de las puertas del camarote de babor, abriéndola de golpe y aumentando en gran proporción otro tipo de confusión. Por suerte, ninguno de nosotros salió arrojado de su posición. Tuvimos tiempo de retirarnos de manera precipitada al castillo de proa y preparar a toda prisa un plan de acción antes de que el mensajero apareciese, o más bien antes de que asomara la cabeza por la cubierta de escotilla, pues no se molestó en subir a cubierta. Desde el sitio en que estaba no podía advertir la ausencia de Allen, y le repitió a gritos, como si fuese él, las órdenes del piloto. Peters exclamó: «¡Sí, sí!», desfigurando la voz, y el cocinero bajó de inmediato, sin haber notado nada.

Luego mis dos compañeros se dirigieron resueltos a popa y bajaron a la cámara. Peters cerró la puerta tras de sí. La dejó como la había encontrado. El piloto los recibió con fingida cordialidad y le dijo a Augustus que, en vista de su buen comportamiento, podía instalarse en la cámara y considerarse como uno más de ellos en el futuro. Luego le escanció hasta la mitad un vaso de ron y se lo hizo beber. Yo lo veía y oía todo, pues seguí a mis amigos hasta la cámara tan pronto como Peters cerró la puerta, y me situé en mi viejo punto de observación. Llevaba conmigo los dos guimbaletes. Coloqué uno de ellos cerca de la escalera de la cámara, para tenerlo al alcance de la mano cuando fuese necesario.

Me cuidé de no dejar escapar nada de lo que sucedía allí dentro, y me armé de valor para presentarme ante los amotinados cuando Peters me hiciese la señal convenida. Ahora éste procuraba hacer recaer la conversación sobre los sangrientos episodios del motín, y de manera gradual llevó a los marineros a hablar acerca de las mil supersticiones que son tan corrientes entre toda la gente de mar. Yo no podía oír todo lo que se decía, pero sí veía con claridad el efecto de la conversación en la fisonomía de los allí presentes. El piloto mostraba una agitación indisimulable, y cuando, poco después, uno de ellos mencionó el terrorífico aspecto del cadáver de Rogers, creí que estaba a punto de desmayarse. Peters le preguntó entonces si no consideraba que lo mejor sería arrojar el cuerpo por la borda enseguida, puesto que era demasiado horrible verlo dando tumbos por los imbornales. El villano respiró de manera convulsa y paseó lentamente la mirada sobre sus compañeros, como si le suplicase a alguno de ellos que subiera a realizar aquella tarea. Pero no se movió nadie. Era evidente que el nerviosismo de todos los miembros de la banda era insoportable. Entonces Peters me hizo la señal. Abrí de pronto, de un empujón, la puerta de la escalera de la cámara y bajé, sin pronunciar una palabra, erguido en medio de la banda.

El intenso efecto producido por esta repentina aparición no sorprenderá del todo si se toman en consideración sus diversas circunstancias. Por lo general, en un caso de naturaleza similar, queda en el espíritu del espectador un rayo de duda sobre la realidad de la visión que se tiene ante los ojos; cierta esperanza, aunque débil, de que se es víctima de una trapacería y de que la aparición no es realmente un visitante procedente del lejano mundo de las sombras. Ni que decir tiene que semejantes dudas razonables son comunes a todas las apariciones de este tipo y que el espantoso horror que a veces han originado puede atribuirse, incluso en los casos en que el sufrimiento y el espanto son intensísimos, más a una especie de horror anticipado, por miedo de que la aparición pueda ser real, que a una firme creencia en su realidad. Pero en el caso del que hablamos quedaba claro que los amotinados no se planteaban siquiera la sombra de la duda de que la aparición de Rogers fuese, en verdad, su espantoso cadáver redivivo o, al menos, su imagen espiritual. La situación del bergantín, aislado en el mar, inaccesible a causa de la tempestad, reducía cualquier posibilidad de triquiñuela a límites tan escasos y definidos que debieron de pensar que podría vigilarlos a todos de una sola mirada. Llevaban veinticuatro días en el mar y no se habían comunicado de palabra con ningún barco. Además, toda la tripulación (los marineros estaban muy lejos de sospechar que hubiese algún otro individuo a bordo) estaba reunida en la cámara, a excepción de Allen, el vigía. La gigantesca estatura de éste (casi medía dos metros de altura) les resultaba demasiado familiar como para creer que él fuera la aparición que tenían ante ellos. A todo ello hay que añadir lo terrible de la tempestad y de la conversación suscitada por Peters; la profunda impresión que el aborrecible cadáver había causado por la mañana en la imaginación de los marineros; la perfección de mi disfraz, y la incierta y vacilante luz a la que me contemplaban, la del resplandor de la linterna de la cámara, que se agitaba violentamente de acá para allá y caía de lleno o indecisa sobre mi cara. Por todo ello es comprensible que el efecto de nuestra superchería fuese más intenso de lo que esperábamos. El piloto se levantó de un salto de la colchoneta en que estaba echado y, sin pronunciar ni una palabra, cayó de espaldas, muerto de repente, sobre el suelo de la cámara, y fue arrojado a sotavento como un tronco por un fuerte bamboleo del bergantín. De los siete restantes, sólo tres conservaron al principio cierta presencia de ánimo. Los otros cuatro se quedaron por un rato como si hubieran echado raíces en el suelo. En sus rostros se pintaron el horror más lastimoso y la desesperación más extremada que he visto jamás. La única oposición que encontramos procedía del cocinero, John Hunt y Richard Parker, pero fue una defensa muy débil y tibia. Peters mató de sendos tiros a los dos primeros, y yo derribé a Parker de un golpe en la cabeza con el brazo de la bomba que llevaba conmigo. Mientras tanto, Augustus se apoderó de uno de los fusiles que había en el suelo y disparó sobre otro amotinado (Wilson), que murió con el pecho atravesado. Ya sólo quedaban tres, pero habían salido de su letargo, y quizá empezaban a comprender la naturaleza del engaño, pues luchaban con gran resolución y furia, y de no haber sido por la tremenda fuerza de Peters, tal vez nos habrían vencido. Estos tres hombres eran Jones, Greely y Absalom Hicks. Jones había derribado a Augustus en el suelo, le dio varias puñaladas en el brazo derecho, y seguramente habría acabado con él (pues ni Peters ni yo podíamos desembarazarnos de nuestros contrincantes) de no haber mediado la oportuna ayuda de un amigo con el que ninguno de nosotros habíamos contado. Este amigo no era otro que Tigre. Dando un sordo ladrido, saltó a la cámara, en el peor momento de Augustus, y, abalanzándose sobre Jones, lo mantuvo sujeto al suelo por un instante. Pero mi amigo estaba demasiado maltrecho como para poder prestarnos ayuda alguna, y yo, encubierto con mi disfraz, poco podía hacer. El perro no quería soltar a Jones, a quien tenía preso por la garganta. Sin embargo, Peters era bastante más fuerte que los dos hombres que quedaban y, sin duda, los habría despachado antes de lo que lo hizo de no haber tenido tan poco espacio para luchar y no haber sido tan tremendos los bandazos del bergantín. Por fin tomó una banqueta muy pesada y con ella le aplastó los sesos a Greely, en el momento en que se disponía a descargar su fusil contra mí. Justo después de que un bamboleo del barco lo arrojase contra Hicks, sujetó a éste por la garganta y lo estranguló a mano descubierta. Así, en menos tiempo de lo que he tardado en contarlo, nos hicimos dueños del bergantín.

El único de nuestros enemigos que quedaba vivo era Richard Parker. Yo lo había derribado de un golpe con el brazo de la bomba al comienzo de la refriega. Ahora yacía inmóvil junto a la puerta del camarote hecha astillas. Al darle Peters un puntapié, nos pidió clemencia. Sólo tenía una ligera herida en la cabeza, y si había perdido el conocimiento era a causa de la contusión. Se puso en pie y, al momento, le atamos las manos a la espalda. El perro seguía gruñendo encima de Jones, pero, después de un examen, vimos que estaba muerto, y un chorro de sangre le manaba de una profunda herida en la garganta, infligida por los agudos colmillos del animal.

Debía de ser la una de la madrugada, y el viento seguía soplando con furia tremenda. Saltaba a la vista que el bergantín rolaba más de lo corriente, y era del todo necesario hacer algo para aliviar su situación. A cada cabeceo a sotavento, embarcaba una ola, varias de las cuales llegaron hasta la cámara durante nuestra refriega, pues al bajar yo había dejado abierta la escotilla. El mar había arrastrado todas las amuras de babor, así como el fogón, junto con el bote que estaba encima de la bovedilla. Los crujidos y las vibraciones del palo mayor también indicaban que estaba a punto de romperse. A fin de hacer más sitio para la estiba en la bodega de popa, el pie de este mástil se había fijado en el entrepuente (práctica perniciosa a la que los armadores suelen recurrir por pura ignorancia), de modo que corría un peligro inminente de que fuera arrancado. Y, para colmo de nuestras dificultades, sondamos la caja de bombas y vimos que no tenía menos de dos metros de agua.

Abandonando los cadáveres que yacían en la cámara, nos pusimos a trabajar de inmediato con las bombas. A Parker, por supuesto, lo eximimos de ayudarnos en la tarea. Vendamos el brazo de Augustus lo mejor posible, y hacía lo que podía, que no era mucho. Pero descubrimos que podíamos impedir que el agua subiese de nivel si manteníamos una bomba en funcionamiento constante. Como sólo éramos cuatro, el trabajo resultaba excesivo, pero tratamos de conservar los ánimos, y esperábamos con ansiedad el alba, pues teníamos el propósito de aligerar el bergantín cortando el palo mayor.

De este modo, pasamos una noche de terrible ansiedad y fatiga, y cuando al fin amaneció, la tempestad no había amainado ni daba muestras de querer amainar. Arrastramos los cadáveres a cubierta y los arrojamos por la borda. Luego nos ocupamos del palo mayor. Una vez hechos los preparativos necesarios, Peters cortó el mástil (habíamos encontrado hachas en la cámara), mientras los demás manteníamos tensos los estayes y los aparejos. Como el bergantín dio un tremendo bandazo a sotavento, se ordenó cortar los acolladeros de barlovento, con lo cual el mástil cayó al mar, con todo su cordaje, lejos del bergantín y sin causarle ningún daño. Vimos que el barco no rolaba tanto como antes, pero nuestra situación seguía siendo precaria. Pese a nuestros desesperados esfuerzos, no conseguíamos achicar el agua sin emplear las dos bombas. Augustus apenas podía prestarnos ayuda. Por si no tuviéramos suficientes apuros, una ola enorme descargó sobre el costado de barlovento, apartó al bergantín varios puntos del viento y, antes de que pudiera recobrar su posición, rompió otra ola sobre él y lo tumbó por completo de costado. El lastre se desplazó en masa sobre el costado de sotavento (la estiba llevaba ya un rato desplazándose a un lado y a otro) y por unos momentos creímos que zozobrábamos sin remedio. Pero el barco se enderezó en parte, aunque el lastre seguía retenido a babor, por lo que era inútil pensar en hacer funcionar las bombas, que apenas habrían servido de nada, pues teníamos las manos en carne viva por el exceso de trabajo y nos sangraban de la manera más horrible.

Contra el parecer de Parker, nos pusimos a cortar el palo trinquete, y al fin lo conseguimos tras mucha dificultad, debido a la posición en que nos hallábamos. Al caer al mar, se llevó el bauprés y dejó al bergantín completamente convertido en un cascarón.

Por tanto, podíamos dar las gracias de que el mar no se hubiera llevado nuestro bote, pues no había sufrido avería alguna a pesar de las enormes olas que habían entrado a bordo. Pero esta alegría no nos duró mucho, ya que, faltos de trinquete y por tanto de su vela, que había mantenido firme al bergantín, el mar descargaba de lleno sobre nosotros. Al cabo de cinco minutos, nuestra cubierta fue barrida de popa a proa, el bote y sus amuras destrozados, e incluso el cabrestante pequeño hecho astillas. La situación no podía ser más deplorable para nosotros.

A mediodía pareció que la borrasca iba a amainar, pero nos llevamos un chasco desagradable, pues, apenas calmada unos momentos, se reprodujo con redoblada violencia. Hacia las cuatro de la tarde era completamente imposible mantenerse de pie de cara al viento, y al cerrar la noche no nos quedaba ni una sombra de esperanza de que el barco resistiese hasta la mañana.

A medianoche nos habíamos hundido bastante en el agua, de forma que llegaba ahora hasta el sobrepuente. Poco después, un golpe de mar arrancó el timón y se llevó la la parte de popa que estaba fuera del agua, con lo que sufrió tal golpe al caer, en su cabeceo, como si hubiese encallado. No habíamos previsto que el timón nos faltase tan pronto, pues era inusitadamente fuerte y estaba colocado de un modo que no había visto nunca antes ni he visto después. Debajo de su pieza de madera principal había una serie de recias abrazaderas de hierro, y otras abrazaderas del mismo metal sujetaban el codaste. A través de estas abrazaderas pasaba una espiga de hierro forjado muy gruesa, con lo que el timón quedaba firmemente sujeto y giraba con libertad sobre la espiga. La terrible fuerza de las olas puede juzgarse del hecho de que las abrazaderas del codaste, que corrían a lo largo de él, estaban clavadas y remachadas. Quedaron separadas por completo de la sólida madera.

Apenas habíamos tenido tiempo de respirar, después de la violencia de este choque, cuando una de las olas más tremendas que he visto en mi vida rompió a bordo directamente sobre nosotros, barrió la escalera de la cámara, reventó en las escotillas e inundó hasta el último rincón del bergantín.

CAPÍTULO IX

POR SUERTE, poco antes de anochecer nos amarramos firmemente los cuatro a los restos del cabrestante. De ese modo nos tiramos sobre la cubierta lo más aplastados posible. Esta precaución fue lo único que nos salvó de la muerte. De todas maneras, estábamos más o menos aturdidos por el inmenso peso de agua que nos cayó encima, y que nos arrastró hasta que estuvimos casi exhaustos. Tan pronto como pude recobrar el aliento, llamé en voz alta a mis compañeros. Pero sólo contestó Augustus.

—¡Todo se ha acabado para nosotros! —exclamó—. ¡Dios se apiade de nuestras almas!

Poco a poco, los otros dos recobraron el habla y nos exhortaron a tener ánimos, pues aún había esperanzas, sabiendo que era imposible que el bergantín se hundiese, debido a la naturaleza del cargamento y porque, además, parecía probable que la tempestad amainase por la mañana. Estas palabras me reanimaron. Por extraño que parezca, aunque era obvio que un barco cargado de barricas de aceite vacías no puede sumergirse, yo había tenido la mente tan confusa que no había caído en la cuenta, y el peligro que más había temido durante esas horas era el de que nos hundiésemos. Al renacer la esperanza en mi corazón, aproveché todas las ocasiones para afianzar las ligaduras que me sujetaban a los restos del cabrestante. No tardé en descubrir que mis compañeros también estaban ocupados en lo mismo. La noche era muy oscura. No describiré el caos y el horrible y lúgubre estruendo que nos rodeaban. La cubierta se hallaba al nivel del agua, o más bien nos rodeaban unas altas crestas de espuma, parte de las cuales rompían a cada instante sobre nosotros. No exagero si afirmo que no teníamos la cabeza fuera del agua más que un segundo de cada tres. Aunque estábamos muy juntos, ninguno de nosotros podía ver a otro, ni siquiera nada de la parte del bergantín sobre la cual éramos zarandeados de manera tan impetuosa. A intervalos, nos llamábamos unos a otros, tratando de mantener viva la esperanza y dar consuelo y valor a quien más los necesitaba. La débil situación de Augustus lo convertía en objeto de todas nuestras atenciones. Como suponíamos que la herida en el brazo derecho le impedía amarrarse con firmeza, nos figurábamos a cada instante que las olas lo arrastrarían. Nos resultaba imposible prestarle socorro. Por suerte se hallaba en el sitio más seguro, pues la parte superior de su cuerpo estaba cubierta con un trozo de cabrestante roto y las aguas perdían gran parte de su violencia antes de caerle encima. En cualquier otra posición que no hubiese sido aquélla (en la que había quedado después de haberse atado él mismo en un sitio muy expuesto), habría perecido sin remedio antes del amanecer. Como el bergantín estaba muy echado hacia la banda, nos exponíamos a que las olas nos arrebatasen, como habría sucedido en cualquier otra circunstancia. Como ya he dicho, el barco se inclinaba hacia babor, pero la mitad de la cubierta estaba constantemente bajo el agua. Por eso las olas, que entrechocaban por estribor, rompían contra el costado del barco, y sólo nos alcanzaban algunas rociadas de agua, mientras yacíamos tendidos boca abajo. Por el contrario, las que venían por babor, las que se llaman olas de remanso, porque caen por la espalda, no podían alcanzarnos con bastante ímpetu, a causa de nuestra posición, no tenían fuerza suficiente para soltarnos de nuestras amarras.

Estuvimos en esta situación tan espantosa hasta que alumbró el día y nos mostró con todo detalle los horrores que nos rodeaban. El bergantín era un mero tronco que rodaba a merced de las olas. La tempestad había cedido paso a un huracán, y no parecía haber salvación alguna. Durante varias horas permanecimos en silencio, esperando a cada momento que se rompieran nuestras amarras, que los restos del cabrestante cayeran por la borda o que alguna de las enormes olas que rugían en todas direcciones alrededor y por encima de nosotros sumergiese de tal modo el casco que nos ahogásemos antes de volver a la superficie. Pero gracias a la clemencia de Dios nos libramos de estos peligros inminentes, y hacia el mediodía nos reanimamos. Recibimos como una bendición los rayos del sol. Poco después notamos una sensible disminución de la fuerza del viento, y entonces, por primera vez desde el final de la noche anterior, Augustus habló, preguntándole a Peters, que era quien estaba más cerca de él, si en su opinión había alguna posibilidad de que nos salváramos. Como no respondió de inmediato, todos creímos que el mestizo se había ahogado. Pero enseguida, para gran alegría nuestra, empezó a hablar, aunque muy débilmente. Aseguró que sentía grandes dolores debido al corte que la presión de las ligaduras le había hecho en el estómago y que si no encontraba cómo aflojarlas moriría, pues aquella situación era insoportable. Esto nos causó gran disgusto, pues era inútil pensar en ayudarle mientras el mar siguiera azotándonos como hasta entonces. Lo animamos a soportar sus sufrimientos con paciencia y le prometimos que aprovecharíamos la primera oportunidad que se presentase para aliviarlo. El mestizo replicó que sería demasiado tarde, que todo se acabaría para él antes de que lo hiciéramos. Después de quejarse durante unos minutos quedó en silencio, por lo que dedujimos que había perecido.

Al caer la tarde, el mar se calmó, hasta el punto de que apenas rompía una ola contra el casco del lado de barlovento cada cinco minutos, y el viento había amainado bastante, aunque todavía soplaba una fuerte galerna. Llevaba horas sin oír hablar a ninguno de mis compañeros, y llamé a Augustus, pero su respuesta fue tan débil que no la entendí. Luego llamé a Peters y a Parker, que tampoco contestaron.

Poco después caí en un estado de insensibilidad parcial, durante el cual vagaban por mi espíritu las imágenes más placenteras, como árboles de verdísimo follaje, ondulantes prados de sazonada mies, procesiones de bailarinas, tropas de caballería y otras fantasías. Recuerdo ahora que, en todas las visiones que se me pasaron por la cabeza, el movimiento era la idea predominante. Por eso, nunca me imaginé ningún objeto estacionario, como por ejemplo una casa o una montaña. Sólo veía molinos de viento, barcos, grandes aves, globos, gentes a caballo o conduciendo carruajes a gran velocidad y otros objetos móviles similares que se me aparecían en sucesión interminable. Cuando salí de ese estado, debía de hacer ya una hora que brillaba el sol. Me costaba grandes esfuerzos recordar las diversas circunstancias relacionadas con mi situación y durante cierto tiempo permanecí firmemente convencido de que aún me hallaba en la cala del bergantín, junto a la caja, y de que el cuerpo de Parker era el de Tigre.

Cuando recobré por completo mis sentidos, vi que el viento era sólo una brisa moderada y que el mar se hallaba en relativa calma, de modo que el bergantín sólo embarcaba agua por el centro de la cubierta. El brazo izquierdo se me había desprendido de sus ligaduras y estaba muy lacerado hacia el codo. El derecho estaba completamente entumecido, y la mano y la muñeca hinchadas por la presión de la cuerda, que se había corrido desde el hombro hacia abajo. También me dañaba mucho otra cuerda que me rodeaba el pecho y que se había puesto tirante hasta un grado insufrible de presión. Al mirar hacia mis compañeros observé que Peters seguía vivo, aunque tenía atada a la cintura una cuerda gruesa, tan apretada que parecía como si lo hubiesen cortado en dos. Al moverme me hizo una débil seña con la mano, indicándome la cuerda. Augustus no daba señales de vida, y estaba inclinado casi hasta doblarse sobre una astilla del cabrestante. Parker me habló cuando vio que me movía y me preguntó si aún me quedaban fuerzas para soltarlo, asegurándome que si lo conseguía reuniendo las energías que me quedasen, quizá pudiera salvarnos la vida mientras que de otro modo pereceríamos todos. Le dije que se armara de valor, pues intentaría quitarle las ligaduras. Me palpé el bolsillo del pantalón y encontré el cortaplumas. Tras varios intentos infructuosos, conseguí abrirlo. Luego, con la mano izquierda logré soltar la mano derecha y después corté las cuerdas que me sujetaban. Pero al intentar cambiar de postura sentí que se me doblaban las piernas y que no podía levantarme, ni mover el brazo en dirección alguna. Al

decirle a Parker lo que me sucedía, me aconsejó que estuviese quieto durante unos momentos y me sujetase al cabrestante con la mano izquierda, para que se restableciese la circulación de la sangre. El entumecimiento comenzó a desaparecer y entonces moví primero una pierna y luego la otra, y poco después recobré parcialmente el uso del brazo derecho. Entonces me arrastré a gatas, con gran precaución, hasta Parker, aun sin sostenerme sobre las piernas, le corté las ligaduras y al cabo de poco tiempo también él recobró el uso parcial de las piernas. Sin mayor demora le soltamos la cuerda a Peters. A través de la pretina de su pantalón de lana y de dos camisetas, le había hecho una profunda herida que le llegaba hasta la ingle y de la que, al quitarle la cuerda, comenzó a manarle sangre copiosamente. Pero tan pronto como se sintió libre nos dijo que había experimentado un alivio instantáneo y que era capaz de moverse con mayor facilidad que Parker y que yo. Sin duda, ello se debía a la descarga de la sangre.

Apenas teníamos esperanzas de que Augustus se recobrase, pues no daba señales de vida, pero, al acercarnos a él, vimos que tan sólo estaba desmayado por la pérdida de sangre, pues las olas habían arrancado las vendas que le habíamos puesto en el brazo herido. Ninguna de las cuerdas que lo sujetaban al cabrestante estaba suficientemente apretada como para ocasionarle la muerte. Después de haberle quitado las ligaduras conseguimos apartarlo del trozo de madera que estaba cerca del cabrestante, lo pusimos a buen resguardo en un sitio a barlovento, con la cabeza un poco más baja que el cuerpo, y los tres nos dedicamos a darle friegas en los miembros. Al cabo de media hora volvió en sí, aunque hasta la mañana siguiente no dio muestras de conocernos, ni tuvo fuerzas suficientes para hablar. Cuando acabamos de quitarnos las ligaduras ya era noche cerrada, y comenzaba a nublarse, lo cual nos causó una profunda angustia, pues temíamos que volviese a soplar viento fuerte. En tal caso, nada nos salvaría de la muerte, tan extenuados estábamos. Por fortuna, el viento continuó muy moderado durante la noche y el mar se iba calmando por momentos, lo que nos hizo concebir grandes esperanzas de salvación. Soplaba una ligera brisa del noroeste, pero no hacía nada de frío. Atamos con cuidado a Augustus del lado de barlovento, de manera que no pudiera escurrirse con los balanceos del barco, pues estaba demasiado débil para sostenerse solo. Nosotros ya no necesitábamos atarnos. Permanecimos sentados muy juntos, amparándonos unos a otros con la ayuda de las cuerdas rotas en torno al cabrestante, mientras trazábamos planes para salir de aquel espantoso trance. Suspiramos aliviados al quitarnos la ropa y escurrirla para que soltase el agua. Cuando nos la pusimos de nuevo sentimos un agradable calor que nos ayudó a recuperar fuerzas. Ayudamos a Augustus a quitarse la ropa, se la escurrimos y también experimentó la misma agradable sensación de alivio.

Ahora nuestros principales sufrimientos eran el hambre y la sed. Cuando comenzamos a pensar en el medio de buscar algún alivio a este respecto se nos encogió el corazón y casi nos arrepentimos de haber escapado de los peligros menos temibles del mar. Sin embargo, procuramos consolarnos con la esperanza de que algún barco nos rescatase en breve, y nos dimos ánimos los unos a los otros para soportar con entereza los infortunios que pudieran acaecernos.

Al fin alboreó la mañana del décimo cuarto día. El tiempo seguía siendo despejado y tranquilo, con brisa firme pero ligera del noroeste. El mar estaba en completa calma y como, por alguna causa que no podíamos determinar, el bergantín no se inclinaba tanto sobre la banda como antes, la cubierta estaba relativamente seca y podíamos movernos con libertad. Llevábamos ya más de tres días con sus noches sin comer ni beber, por lo que se nos hizo absolutamente necesario intentar subir algo. Como el bergantín estaba lleno de agua por completo, nos dispusimos a esta tarea desalentadora, con muy pocas esperanzas de obtener resultados. Hicimos una especie de draga valiéndonos de unos clavos que arrancamos de los restos de la cubierta de escotilla y clavamos en dos trozos de madera. Tras amarrarlos en forma de cruz, los atamos al extremo de una cuerda y los arrojamos a la cámara. De ese modo los arrastramos de un lado para otro, con la débil esperanza de enganchar algún artículo que nos sirviese de alimento o que al menos nos proporcionase el medio de obtenerlo. Pasamos la mayor parte de la mañana consagrados a esta tarea, y sólo pescamos unas ropas de cama que se engancharon enseguida en los clavos. A decir verdad, nuestro invento era tan tosco que apenas podía esperarse nada de él.

Luego probamos en el castillo de proa, asimismo en vano. Al borde ya de la desesperación, Peters propuso que le atásemos una cuerda al cuerpo. Se pondría a bucear en la cámara y tal vez subiese algo. Acogimos la propuesta con el entusiasmo que inspira algo capaz de reavivar la esperanza. Se despojó de la ropa, salvo los pantalones, le atamos cuidadosamente una gruesa cuerda a la cintura y se la pasamos por encima de los hombros, para impedirle deslizarse. La tarea entrañaba gran dificultad y peligro. Esperábamos encontrar poca cosa, si es que encontrábamos algo. El buceador debía permanecer abajo, dar una vuelta a la derecha y seguir bajo el agua a una distancia de unos tres metros, por un pasillo estrecho, hasta el almacén, y volver sin haber respirado.

Una vez preparado todo, Peter descendió a la cámara, bajando por la escala, hasta que el agua le llegó a la barbilla. Entonces se zambulló de cabeza, torciendo a la derecha mientras fondeaba y tratando de llegar al almacén. Pero esta primera tentativa fue infructuosa. Antes de medio minuto sentimos tirar con violencia de la cuerda: era la señal convenida para cuando desease que lo subiéramos. Por tanto, lo subimos de inmediato, pero con tan poca precaución que le dimos un fuerte golpe contra la escalera. No traía nada, pues apenas había podido penetrar en el pasillo debido a sus constantes esfuerzos para no subir flotando hasta el techo. Estaba agotado y tuvo que descansar un cuarto de hora antes de emprender un nuevo descenso.

La segunda tentativa dio peores resultados aún. Permaneció tanto tiempo debajo del agua sin dar la señal para izarlo que, alarmados por su seguridad, lo sacamos y vimos que estaba casi asfixiado, pues, según nos dijo, había tirado repetidas veces de la cuerda sin que lo notáramos. Tal vez se debiera a que una parte de la cuerda se había enredado en la balaustrada, al pie de la escalera. La balaustrada era un estorbo tan grande que decidimos quitarla, de ser posible, antes de seguir adelante. Como sólo podíamos quitarla recurriendo a la fuerza, nos metimos los cuatro en el agua hasta donde nos fue posible, bajando por la escalera. Dimos un fuerte tirón con todas nuestras fuerzas unidas y logramos echarla abajo.

La tercera tentativa fue tan infructuosa como las dos anteriores, y nos convencimos de que no podría hacerse nada sin la ayuda de algún peso que asegurase al buceador y lo mantuviese en el fondo de la cámara mientras verificaba sus pesquisas. Durante un buen rato estuvimos buscando en vano algo que pudiera servirnos para nuestros fines; al fin, con gran alegría nuestra, descubrimos que una de las cadenas del barco estaba tan suelta que era fácil de arrancar. Atada a uno de los tobillos de Peters, éste hizo su cuarto descenso a la cámara y consiguió llegar a la despensa. Muy a su pesar, la encontró cerrada, y tuvo que volverse sin haber entrado, pues lo más que podía permanecer bajo el agua era un minuto, a lo sumo. La cosa tomaba un cariz realmente siniestro, y ni Augustus ni yo nos pudimos contener y nos deshicimos en lágrimas al pensar en el cúmulo de dificultades que nos surgían y las pocas probabilidades que teníamos de salvarnos. Pero esta debilidad no duró mucho. Postrados de rodillas, le rezamos a Dios implorando su ayuda en los infinitos peligros que nos amenazaban, y nos alzamos con esperanza y ánimo renovados para pensar en lo que aún podía hacerse con medios humanos para conseguir nuestra salvación.

CAPÍTULO X

POCO DESPUÉS ocurrió un incidente que tiendo a considerar como el más emocionante, como el más repleto primero de extremos de placer y luego de terror, hasta puntos que jamás he experimentado en nueve años largos, llenos de los acontecimientos más sorprendentes y, en muchos casos, de la índole más extraña e inconcebible. Estábamos tendidos sobre cubierta, cerca de la escalera de la cámara, discutiendo la posibilidad de llegar hasta la despensa, cuando, al mirar a Augustus, que estaba echado enfrente de mí, noté que se ponía de pronto intensamente pálido y que le temblaban los labios del modo más singular e inexplicable. Muy alarmado, le pregunté qué le sucedía, pero no me contestó. Empezaba a creer que había enfermado de repente cuando advertí que sus ojos parecían clavarse en un objeto situado detrás de mí. Volví la cabeza. Nunca olvidaré el éxtasis de alegría que estremeció todas las fibras de mi ser al ver un gran bergantín que se dirigía hacia nosotros y que debía de estar a unas dos millas. Me puse de pie de un salto, como si de repente me hubiesen disparado un tiro en el corazón. Extendiendo los brazos en dirección al barco, permanecí de este modo, inmóvil e incapaz de articular una sola palabra. Peters y Parker también estaban emocionados, aunque cada uno reaccionó de una manera diferente. El primero bailaba por la cubierta como un loco, lanzando las más extravagantes baladronadas, mezcladas con aullidos e imprecaciones, mientras que el segundo estalló en lágrimas y pasó varios minutos llorando como un niño.

El barco que teníamos a la vista era un gran bergantín goleta, de construcción holandesa, pintado de negro y con un reluciente y dorado mascarón de proa. Evidentemente había corrido muchísimos temporales y supusimos que había sufrido mucho con la tempestad que tan desastrosa había resultado para nosotros, pues había perdido el mastelero de proa y parte de los antepechos de estribor. Cuando lo vimos por primera vez estaba, como he dicho ya, a unas dos millas y a barlovento, y se dirigía hacia nosotros. La brisa era muy suave, y lo que más nos sorprendió fue que no trajera más velas desplegadas que la vela mayor y el trinquete, con un petifoque, por lo que, en consecuencia, navegaba con gran lentitud, exaltando nuestra impaciencia hasta el frenesí. También observamos, a pesar de lo excitados que estábamos, su rara manera de navegar. Guiñaba de tal modo que en una o dos ocasiones pensamos que era imposible que pudiese vernos, o supusimos que nos había visto, pero al no descubrir a nadie a bordo del sumergido bergantín viró a bordo para tomar otra dirección. En cada una de estas ocasiones nos desgañitábamos y gritábamos con toda la fuerza de nuestros pulmones, cuando parecía que el buque desconocido iba a cambiar por un momento de intención y que de nuevo se dirigía hacia nosotros, repitiendo esta singular conducta dos o tres veces, por lo que al fin pensamos que no había ningún otro modo de explicarnos el caso sino suponiendo que el timonel estaba borracho.

No vimos ninguna persona sobre los puentes hasta que llegó a un cuarto de milla de nosotros. Entonces vimos a tres marineros, a quienes por sus trajes tomamos por holandeses. Dos de ellos estaban tumbados sobre unas velas viejas, cerca del castillo de proa, y el tercero, que parecía contemplarnos con gran curiosidad, se inclinaba sobre la borda de estribor, cerca del bauprés. Este último era un hombre alto y fornido, muy moreno de piel. Por su actitud, parecía estar animándonos a tener paciencia, inclinándose hacia nosotros de un modo alegre, aunque más bien extraño y sonriendo constantemente, dejando al descubierto una blanca y reluciente dentadura. Mientras el buque se acercaba más, vimos que el gorro de franela rojo que tenía puesto se le caía de la cabeza al agua pero él prestó poca o ninguna atención a esto y siguió con sus extrañas sonrisas y gesticulaciones. Relato estas cosas y circunstancias con todo detalle, y hay que tener en cuenta que las relato precisamente tal como nos acontecieron a nosotros.

El bergantín se acercaba de manera más lenta y uniforme que antes, y —no puedo hablar con calma de este acontecimiento— nuestros corazones saltaron como locos dentro de nuestros pechos, arrancándonos gritos del alma y expresiones de agradecimiento a Dios por la definitiva, inesperada y afortunada salvación, que ya teníamos al alcance de la mano. De repente, y de golpe, llegó flotando sobre el océano desde el misterioso barco (que ahora estaba muy cerca de nosotros) un olor, una pestilencia tal que no hay palabras en el mundo con que expresarla, ni es posible formarse idea alguna del infernal, asfixiante, insufrible e inconcebible hedor.

Abrí la boca para respirar y, volviéndome hacia mis compañeros, advertí que estaban más pálidos que el mármol. Pero no teníamos tiempo para preguntas ni conjeturas; el bergantín estaba a unos quince metros de nosotros, y parecía tener intención de abordarnos por la proa, para que pudiéramos pasar a él sin necesidad de lanzar ningún bote al agua. Echamos a correr a popa, cuando de repente una gran guiñada lo apartó cinco o seis puntos del derrotero que llevaba y, cuando pasaba a unos cinco metros de nuestra popa, vimos a la perfección sus cubiertas. ¿Cómo podré olvidar el triple horror de aquel espectáculo? Veinticinco o treinta cuerpos humanos, entre los cuales había varias mujeres, yacían esparcidos entre la popa y la cocina, en el último y más absoluto estado de putrefacción. ¡Y vimos con claridad que no había ni un ser vivo a bordo de aquel barco fatídico! ¡Y, sin embargo, no dejábamos de gritar pidiendo auxilio! ¡Sí; prolongada y estentóreamente rogábamos, en la angustia del momento, a aquellas figuras silenciosas y desagradables que permaneciesen con nosotros, que no nos abandonasen hasta llegar a ser como ellas, que nos acogiesen en su grata compañía! Estábamos locos de horror y desesperación, completamente locos de angustia por la decepción sufrida.

Nuestro primer alarido de terror fue contestado por algo, cerca del bauprés del extraño barco, tan parecido al grito de una voz humana que el oído más fino se habría engañado y sorprendido.

En ese instante, otra súbita guiñada descubrió a nuestros ojos la parte del castillo de proa, y comprendimos enseguida el origen del sonido. Vimos la alta y robusta figura que aún seguía inclinada sobre la borda, con la cabeza caída y moviéndose de un lado a otro, pero ahora tenía la cara vuelta y no podíamos contemplar su rostro. Tenía los brazos extendidos sobre el pasamanos, con las palmas de las manos colgando hacia fuera. Sus rodillas se apoyaban sobre una recia cuerda, tendida muy tirante desde el pie del bauprés hasta una serviola. Sobre su espalda, de la que le había sido arrancada parte de la camisa, ahora al desnudo, se posaba una gaviota enorme, que se alimentaba con avidez de la horrible carne, el pico y las garras profundamente hundidos en ella, y su blanco plumaje todo manchado de sangre. Mientras el bergantín viraba como para vernos mejor, el ave alzó a duras penas la enrojecida cabeza y, después de mirarnos un momento como estupefacta, se alzó perezosamente del cuerpo sobre el que estaba comiendo y, echándose a volar en línea recta hacia nuestra cubierta, se cernió sobre nosotros con un trozo de carne, semejante a un hígado, en el pico. El horrible trozo cayó al fin, produciendo un tétrico ruido, junto a los pies de Parker. Que Dios me perdone, pero entonces pasó por mi mente, por primera vez, un pensamiento que no mencionaré, y me vi dando un paso hacia el sanguinolento despojo. Levanté los ojos, y las miradas de Augustus se cruzaron con la mía con tan enérgico e intenso acento de censura que en el acto recobré mis sentidos. Me lancé adelante con rapidez y, estremeciéndome hasta la médula, arrojé al mar aquel espantoso pedazo de carne.

Los picotazos del ave carroñera balanceaban los restos del cuerpo, y éste era el movimiento que nos había hecho creer al principio que se trataba de un ser vivo. Pero al librarlo la gaviota de su peso giró sobre sí mismo y cayó de manera parcial, de modo que la cara quedó al descubierto. ¡Nunca he visto nada más pavoroso! Los ojos habían desaparecido, así como toda la

carne que rodeaba la boca. La dentadura quedaba al aire. ¡Y ésa era la sonrisa que nos había colmado de esperanza! ¡Aquélla era...! ¡Pero no, me contendré! Como dije, el bergantín pasó por nuestra popa y siguió de manera lenta pero invariable hacia sotavento. Con él y con su terrible tripulación se fueron todas nuestras alegres visiones de salvación y contento. Pasó de manera tan pausada que podríamos haberlo abordado sin problemas pero nuestra repentina decepción y la pavorosa naturaleza del descubrimiento que la acompañó arrasaron por completo nuestras facultades mentales y corporales. Habíamos visto y sentido, pero no pudimos pensar ni obrar, hasta que, ¡ay!, ya era demasiado tarde. Baste una señal para juzgar hasta qué grado este incidente había debilitado nuestros cerebros. Cuando el bergantín estaba tan lejos que ya no veíamos más que la mitad de su casco, ¡nos planteamos muy en serio alcanzarlo a nado!

Más tarde he intentado en vano obtener alguna pista que aclarara la horrible incertidumbre que envolvía el destino del barco desconocido. Dados su construcción y su aspecto, dimos en suponer que era un mercante holandés. La ropa de la tripulación nos lo confirmó. Podíamos haber visto el nombre del buque en la popa, así como efectuar otras observaciones, que nos habrían orientado para aclararnos su naturaleza, pero la intensa agitación del momento nos cegó al respecto. Por el color azafranado de los cadáveres que aún no estaban descompuestos dedujimos que toda la tripulación había perecido de fiebre amarilla, o de alguna otra enfermedad contagiosa de la misma terrible especie. En tal caso (y no sé qué otra cosa imaginar), la muerte, a juzgar por las posiciones de los cadáveres, debía de haberles sobrevenido de una manera tremendamente repentina y abrumadora, de un modo totalmente distinto del que suele caracterizar incluso a las pestes más mortíferas conocidas por la humanidad. Es posible, también, que un veneno, introducido por accidente en algunos de sus almacenes, hubiese originado aquel desastre; o que hubieran comido alguna especie de pescado desconocido y venenoso, o algún animal marino o ave oceánica. Pero carece de sentido hacer conjeturas cuando todo está envuelto, y seguramente lo esté para siempre, por el más pavoroso e insondable misterio.

CAPÍTULO XI

PASAMOS el resto del día en un estado de necio estupor, contemplando el barco que se alejaba, hasta el momento en que la oscuridad lo ocultó de nuestra vista y nos devolvió, en cierta medida, los sentidos. Regresaron entonces las punzadas del hambre y de la sed. Los demás cuidados y preocupaciones dejaron de tener sentido. Pero no se podía hacer nada hasta por la mañana y, afianzándonos como nos pareció mejor, procuramos descansar un poco. En esto yo fui más allá de mis esperanzas, pues dormí hasta que mis compañeros, menos afortunados que yo, me despertaron al romper el día para reanudar nuestras tentativas de sacar provisiones del barco.

Reinaba una calma chicha, con un mar tan terso como jamás lo he visto, y hacía un tiempo cálido y agradable. El bergantín había desaparecido de nuestra vista. Comenzamos las operaciones arrancando, con algún trabajo, otra cadena, y atando ambas a los pies de Peters, éste intentó de nuevo llegar a la puerta de la despensa, convencido de que podría forzarla, siempre que tuviese tiempo suficiente para ello. Creía poder hacerlo, pues el barco estaba más quieto que antes.

Logró llegar a la puerta con suma rapidez y, quitándose una de las cadenas del tobillo, se esforzó por abrir un paso con ella. Todo fue en vano, pues el armazón del cuarto era más sólido de lo previsto. Estaba tan extenuado tras haber permanecido tanto tiempo bajo el agua que hubimos de darle un relevo. Parker se ofreció sin demora, pero, después de tres tentativas ineficaces, no consiguió ni siquiera acercarse a la puerta. El estado del brazo herido de Augustus lo incapacitaba para la empresa, pues habría sido incapaz de forzar la puerta aun llegando hasta ella. Así pues, recayó sobre mí la tarea de trabajar por nuestra salvación.

Peters había dejado una de las cadenas en el pasillo, y noté, al sumergirme, que no tenía suficiente contrapeso para mantenerme en el fondo, por lo que decidí que, en mi primera tentativa, no haría más que tomar la otra cadena. Al recorrer a tientas el suelo del pasillo sentí una cosa dura, que atrapé de inmediato. Sin tiempo de comprobar qué era, me volví y subí al instante a la superficie. La presa resultó ser una botella de vino, y es de imaginar nuestra alegría cuando vimos que estaba llena de oporto. Dando gracias a Dios por esta ayuda oportuna y animadora, la descorchamos de inmediato con mi cortaplumas y, echando cada uno un trago moderado, sentimos el más indescriptible alivio con el calor, fuerza y ánimos que nos infundió la bebida. Luego volvimos a tapar la botella con cuidado y, por medio de un pañuelo, la colgamos de tal modo que era absolutamente imposible que se rompiese.

Después de haber descansado un rato tras este feliz descubrimiento, descendí de nuevo y recuperé la cadena, con la que volví a subir al instante. Me la até entonces y bajé por tercera vez, convencido por completo de que, por muchos esfuerzos que hiciese, en tales condiciones, no sería capaz de forzar la puerta de la despensa. Así pues, regresé a la superficie vencido por la desesperación. Parecía que ya no había lugar para la esperanza, y noté en los semblantes de mis compañeros que se habían resignado a perecer. El vino les había producido una especie de delirio, del que yo me había librado tal vez por las inmersiones realizadas después de beberlo. Decían incoherencias relativas a asuntos que no tenían nada que ver con nuestra situación. Peters no dejaba de hacerme preguntas acerca de Nantucket.

Recuerdo también que Augustus se me acercó con un aire muy serio y me pidió que le prestase un peine de bolsillo, pues tenía el pelo lleno de escamas de pescado y deseaba quitárselas antes de desembarcar. Parker parecía algo menos afectado por la bebida, pero me apremiaba a que me dirigiese a tientas a la cámara para subir el primer artículo que se me viniese a la mano. Accedí a ello y, a la primera tentativa, después de estar bajo el agua un minuto largo, subí con un pequeño baúl de cuero, que pertenecía al capitán Barnard. Lo abrimos sin demora, con la débil esperanza de que contuviese algo de comer o de beber, pero sólo encontramos una caja de navajas de afeitar y dos camisas de lienzo. Bajé de nuevo y regresé sin éxito alguno. Al sacar la cabeza del agua oí un chasquido sobre cubierta y, al asomarme, vi que mis compañeros se habían aprovechado de mi ausencia para beberse el resto del vino, de modo que la botella había caído al tratar de colocarla antes de que yo los viese. Después de afearles su conducta tan insolidaria, Augustus se echó a llorar. Los otros dos procuraron tomarlo a broma, pero ojalá no vuelva a contemplar jamás una risa como la suya: aquellos semblantes distorsionados eran terribles. Era evidente que el estímulo del vino en sus estómagos vacíos había producido un rápido y violento efecto, y que estaban completamente ebrios. Con grandes dificultades, logré convencerlos para que se echasen, y cayeron de inmediato en un profundo sopor, acompañado de estrepitosos ronquidos.

En aquellos momentos me encontraba realmente solo en el bergantín. Tengan por seguro que mis reflexiones eran de la índole más siniestra y espantosa. La única perspectiva que me pasaba por la mente era la de una muerte lenta por hambre o, en el mejor de los casos, que nos engullera la primera tempestad que se levantase, pues, dada nuestra extenuación, no había esperanza alguna de que resistiéramos otro temporal.

Las dentelladas del hambre eran casi insoportables, por lo que me sentí capaz de todo para aplacarla. Corté con mi cortaplumas un pequeño trozo de cuero del baúl e intenté comérmelo, pero no me pude tragar ni una sola partícula, aunque sentí que mis sufrimientos se aliviaban un poco mascando trocitos de cuero y escupiéndolos después. Al anochecer, mis compañeros se despertaron, uno tras otro, en un indescriptible estado de debilidad y horror, producido por el vino, cuyos vapores ya se habían disipado. Temblaban como si tuviesen una fiebre violenta y lanzaban los gritos más desgarradores pidiendo agua. Su estado me afectó muchísimo, pero al mismo tiempo me alegré de que una serie de afortunadas circunstancias me hubiesen impedido beber más vino y, por consiguiente, participar de su melancolía y de sus terribles sufrimientos. Pero su conducta me alarmaba y me producía gran inquietud, pues era obvio que, de no producirse cambios favorables, no podían proporcionarme la menor ayuda conducente a asegurar nuestra salvación común. Yo no había renunciado aún por completo a la idea de sacar algo de la despensa, pero no podía hacer más tentativa hasta que uno de ellos fuese lo suficientemente dueño de sí mismo como para ayudarme a sostener el extremo de la cuerda mientras yo descendía. Parker parecía estar algo más despejado que los otros, por lo que traté por todos los medios de reanimarlo. Creyendo que una zambullida en el agua del mar le produciría efectos beneficiosos, conseguí atar alrededor de su cuerpo el extremo de una cuerda, y luego, llevándolo a la escalera de la cámara, lo empujé y después lo saqué de inmediato. Tenía buenas razones para alegrarme por haber llevado a cabo el experimento, pues parecía estar más animado y haber recuperado fuerzas. Al sacarlo del agua me preguntó, de manera muy juiciosa, por qué le había dado aquel baño. Cuando le expliqué el motivo, me expresó su gratitud y me dijo que se sentía mucho mejor después de la inmersión. Después sostuvimos una conversación muy razonable acerca de nuestra situación. Resolvimos hacer lo mismo con Peters y Augustus, y en ambos casos con resultados muy beneficiosos gracias al remojón. Esta idea de la inmersión repentina me la sugirió el recuerdo de la lectura de algún libro de medicina en el que se hablaba del buen resultado de la ducha en los casos en que el paciente sufre de *delirium tremens*.

Al ver que ahora podía confiar en que mis compañeros sujetasen el extremo de la cuerda, me volví a sumergir tres o cuatro veces hasta la cámara, aunque ya era completamente de noche y un suave pero firme oleaje movía el bergantín sin cesar. En el curso de esta tentativa conseguí sacar dos navajas, un cántaro vacío y una manta, pero nada que pudiera servirnos de alimento. Después de sacar estas cosas, redoblé esfuerzos, hasta quedar extenuado por completo, pero no di con nada más. Durante la noche, Peters y Parker se ocuparon por turnos en la misma faena, pero tampoco dieron con nada, y abandonamos la búsqueda, desesperados y convencidos de que había sido en balde.

Pasamos el resto de la noche en un estado de angustia mental y física, como es fácil imaginar. Al fin amaneció el décimo sexto día, y escudriñamos ansiosos el horizonte, pero sin ver indicio alguno de salvación. El mar seguía tranquilo, con sólo un largo oleaje hacia el norte, como el día anterior. Llevábamos ya seis días sin probar bocado ni beber más que la botella de oporto, y era evidente que podríamos sostenernos por muy poco tiempo, a menos que encontrásemos algo. Jamás he visto, ni deseo ver de nuevo, a seres humanos tan demacrados como Peters y Augustus. De habérmelos encontrado en tierra en aquel estado, no habría tenido la más leve sospecha de que fueran ellos. Sus rostros habían cambiado por completo de aspecto, de modo que no podía creer que fuesen realmente los mismos individuos que me acompañaban pocos días antes. Parker, aunque en un triste estado y tan débil que no podía levantar la cabeza del pecho, no estaba tan mal como los otros dos. Sufría con gran paciencia, sin quejarse y tratando de inspirarnos confianza por todos los medios que le era posible imaginar. En cuanto a mí, aunque al comienzo del viaje hubiese gozado de poca salud, y siempre había sido de constitución delicada, sufría menos que ellos, estaba mucho menos delgado y conservaba mis facultades mentales en un grado sorprendente, mientras que el resto de mis compañeros las tenían completamente agotadas y parecían haber vuelto a una especie de segunda infancia, acompañando sus expresiones de sonrisas burlonas y diciendo las estupideces más absurdas. Pero a intervalos parecían reanimarse de pronto, como impulsados por la conciencia de su situación. Entonces se ponían de pie de un salto, con una brusca y vigorosa sacudida, y hablando, durante un breve tiempo, de sus esperanzas, de un modo completamente racional, aunque embargados por la desesperación más intensa. Sn embargo, es posible que mis compañeros creyesen que se hallaban en buenas condiciones, y que viesen en mí las mismas extravagancias e imbecilidades que yo observaba en ellos. Es imposible comprobar este punto.

Hacia el mediodía, Parker declaró que veía tierra por el costado de babor, y tuve que hacer esfuerzos ímprobos para impedir que se arrojase al mar para alcanzarla a nado. Peters y Augustus apenas le hicieron caso, entregados en apariencia a una sombría contemplación. Al mirar en la dirección indicada, yo no podía advertir la más leve apariencia de tierra, y además me daba perfecta cuenta de que nos hallábamos demasiado lejos de tierra para abrigar una esperanza de tal índole. Sin embargo, me costó mucho tiempo convencer a Parker de su error. Entonces se deshizo en un torrente de lágrimas, llorando como un niño, dando grandes gritos y sollozos durante dos o tres horas. Cuando se sintió agotado, cayó dormido.

Peters y Augustus hicieron varias tentativas infructuosas de tragar trocitos de cuero. Les aconsejé que lo mascasen y lo escupiesen después, pero estaban demasiado débiles como para seguir mi consejo. Yo seguía masticando trozos de vez en cuando, y sentía cierto alivio. Si sufría era sobre todo por la falta de agua, y si logré dominarme para no beber agua marina fue porque tenía muy presentes las terribles consecuencias que esta manera de proceder les había acarreado a otros náufragos en situación similar a la nuestra.

El día transcurría así, cuando de repente divisé una vela hacia el este, por nuestro costado de babor. Parecía ser un barco grande y seguía un derrotero que casi cruzaba el nuestro. Debía de hallarse a doce o quince millas de distancia. Ninguno de mis compañeros lo había visto aún, y no quise decírselo de momento, por si sufríamos un nuevo desengaño. Al fin, cuando estuvo más cerca, vi con claridad que venía hacia nosotros con las velas ligeras desplegadas. Entonces no pude contenerme más y se lo señalé a mis compañeros de sufrimiento. Se pusieron en pie de un salto, y cayeron otra vez en las más extravagantes demostraciones de alegría, llorando, riendo como idiotas, saltando, dando patadas en la cubierta, mesándose los cabellos y rezando y blasfemando. Yo estaba tan conmovido por su comportamiento, así como por lo que ahora consideraba una perspectiva de segura salvación, que no pude por menos que unirme a sus locuras y di rienda suelta a mis impulsos de gratitud y éxtasis echándome a rodar por la cubierta, palmoteando, gritando y realizando otros actos similares, hasta que de repente volví de nuevo en mí y una vez más a un estado de extrema desesperación y miseria humanas, al ver que el barco nos presentaba de lleno la popa y navegaba en dirección casi opuesta a la que llevaba al principio.

Pasó algún tiempo antes de que pudiese convencer a mis pobres compañeros del triste revés que nuestras esperanzas habían sufrido. A todas mis palabras contestaban con gestos y miradas de asombro que implicaban que no se dejarían engañar por semejantes embustes. La conducta de Augustus fue la que más me afectó. Daba igual yo que yo dijera o hiciese: él insistía en que el barco se acercaba rápidamente a nosotros y hacía preparativos para trasladarse a él. Se empeñaba en que unas algas que flotaban cerca del bergantín eran el bote del barco, e intentó arrojarse a él, gritando y lamentándose del modo más desgarrador. Tuve que impedirle por la fuerza que se arrojase al mar.

Cuando se calmó un poco continuamos observando el barco hasta que finalmente lo perdimos de vista, pues el tiempo empezó a ponerse brumoso y al mismo tiempo se alzaba una ligera brisa. Tan pronto como desapareció del todo, Parker se volvió hacia mí con una expresión en su semblante que me produjo escalofríos. Había en él un aire de resolución que yo no había advertido hasta ese momento, y antes de que despegase los labios el corazón me reveló lo que iba a decirme. Propuso, en pocas palabras, que uno de nosotros debía morir para salvar las vidas de los otros.

CAPÍTULO XII

LLEVABA tiempo sospechando que tendríamos que llegar a este último y terrible extremo. En mi fuero interno, aceptaba la idea de morir en cualquier forma y bajo cualquier circunstancia con tal de no tener que echar mano de tal recurso. El hambre intensa no me había hecho flaquear en esta determinación. Ni Peters ni Augustus oyeron la propuesta. Por eso, llevé a Parker a un lado y, rogándole a Dios que me infundiera la capacidad de disuadirlo del horrible propósito que abrigaba, disputé con él durante un buen rato, rogándole por lo que él considerase lo más sagrado, y oponiéndole todos los argumentos que lo extremado del caso requería, para que abandonase la idea y no se la mencionase a los otros dos.

Lo escuchó todo sin tratar de rebatir ninguno de mis argumentos, y yo empezaba a creer que lo había convencido. Pero cuando dejé de hablar, me espetó que sabía muy bien que todo lo que yo había dicho era verdad, que recurrir a tal extremo era la alternativa más horrible que podía concebir la mente humana, pero que él había soportado hasta donde la naturaleza humana puede resistir, y que era innecesario que pereciesen todos, cuando bastaba con la muerte de uno solo para que se salvasen los demás. Añadió que yo podía evitarme el trabajo de amonestarlo por tal propósito, pues ya lo había resuelto aun antes de la aparición del barco, y que sólo el avistamiento de éste le había impedido sacar antes el asunto a colación.

Le rogué entonces que, ya que no quería desistir de su empeño, al menos lo aplazara, por si entretanto aparecía algún otro barco que pudiera salvarnos. Recurrí de nuevo a todos los argumentos que consideré más adecuados para ablandarlo. Pero me contestó que no había hablado con nadie hasta considerar la situación irreversible: no podía vivir por más tiempo sin tomar sustento de algún tipo, y si esperaba otro día más ya sería demasiado tarde, pues al día siguiente habría fallecido.

En vista de que el talante razonable no me conducía a ninguna parte, cambié de actitud y le dije que tuviese presente que yo era el que menos había sufrido de todos a consecuencia de nuestras calamidades; que, por consiguiente, mi salud y mis fuerzas se habían conservado hasta el momento mucho mejor que las de Augustus o Peters y que las de él. En resumen, que, de ser necesario, estaba en condiciones de imponerle mi voluntad por la fuerza, y que si trataba de compartir con los demás su designio sanguinario y caníbal, no vacilaría en arrojarlo al mar. Al oír esto, se me echó al cuello, sacó una navaja e hizo varios esfuerzos infructuosos para clavármela en el estómago. Pero estaba tan débil que le resultó imposible culminar semejante atrocidad. Mientras tanto, yo, poseído por la ira, lo empujaba hacia el costado del barco, con la clara intención de arrojarlo por la borda. Pero se salvó de ese destino gracias a la intervención de Peters, quien se acercó y nos separó. Luego nos preguntó la causa de nuestra desavenencia, y Parker se la explicó antes de que yo pudiera impedírselo.

El efecto de estas palabras fue aún más terrible de lo que me había figurado. Tanto Augustus como Peters, quienes al parecer se planteaban desde hacía tiempo la misma idea que Parker tan sólo había sido el primero en expresar, se unieron a su propósito, insistiendo en que se llevase a cabo de inmediato. Yo había calculado que al menos uno de ellos conservaría la suficiente fuerza de voluntad para ponerse de mi lado y resistir cualquier tentativa de llevar a cabo tan espantoso designio. Si uno de ellos me ayudaba, no dudaba que podría impedir su consumación. Al resultar fallidas mis esperanzas, me vi obligado a atender a mi propia seguridad, pues aquellos hombres hambrientos podrían considerar mi resistencia como causa suficiente para prescindir del juego limpio en la tragedia que sin duda no tardaría en desencadenarse.

Les dije que estaba dispuesto a acatar la propuesta, no sin rogarles que la aplazasen una hora, hasta comprobar si la niebla se disipaba y divisábamos de nuevo el barco que habíamos visto. Conseguí arrancarles la promesa de que aguardarían durante este tiempo, y, como había calculado (pues una brisa se acercaba a toda prisa), la niebla se disipó antes de que hubiera transcurrido la hora. Al no aparecer ningún barco a la vista, nos dispusimos a echarlo a suertes.

Relataré, vencido por la repugnancia, la espantosa escena que siguió, y que, en sus más minuciosos detalles, ningún acontecimiento posterior ha podido borrar de mi memoria en lo más mínimo. Su horrendo recuerdo me amargará la existencia mientras viva. Pasaré, pues, por esta parte de mi relato con la mayor rapidez que me permita la narración de los acontecimientos. El único medio que se nos ocurrió para llevar a cabo la terrorífica lotería en la que íbamos a tomar parte consistió en jugárnoslo todo a la pajita más corta. Hicimos unas astillitas, y se acordó que fuera yo quien las sostuviese. Me retiré a un extremo del barco, mientras mis pobres compañeros se situaron en el opuesto, dándome la espalda, en silencio. El momento más amargo de ansiedad que experimenté durante este drama horrible fue el tiempo que estuve ocupado en la colocación de las astillas. En pocas ocasiones es posible dejar de sentir el más profundo interés por la conservación de la vida, y este interés aumenta de manera momentánea con la fragilidad del asidero al que se aferra la vida. Pero ahora que el silencioso, definitivo y grave asunto en que estaba comprometido (tan distinto de los tumultuosos peligros de la tempestad de los cada vez más inminentes horrores del hambre) me permitió reflexionar sobre las pocas probabilidades que tenía de librarme de la más espantosa de las muertes —una muerte concebida para el más espantoso de los fines—, todas las partículas que podían constituir mi energía volaron como plumas llevadas por el viento y me dejaron desamparado y presa del más abyecto y lastimoso terror. Al principio no tuve ni fuerzas suficientes para reunir las pequeñas astillas de madera, pues mis dedos se negaban por completo a cumplir su oficio y las rodillas entrechocaban con violencia. Por mi cerebro pasaron a toda prisa miles de excusas absurdas con las que evitar la participación en tan terrible lotería. Pensé dejarme caer de rodillas ante mis compañeros, suplicándoles que me permitiesen librarme de aquella exigencia; lanzarme de repente sobre ellos y, matando a uno, hacer inútil aquella apelación al azar; en una palabra, hacer todo lo que fuera preciso menos seguir adelante con lo que tenía en las manos. Por último, después de esperar durante mucho tiempo en esta actitud estúpida, la voz de Parker me devolvió a la realidad. Me apremiaba para sacarlos de la terrible ansiedad que sufrían. Ni aun entonces acertaba a colocar las astillas en mi mano, pues sólo pensaba en toda clase de argucias para que a cualquiera de mis amigos le tocase la paja corta, que sería la que dictaminase quién debía morir para la salvación de los demás. Antes de que alguien me condene por esta aparente crueldad, lo insto a ponerse en mi lugar.

Ya no cabían más demoras y, con el corazón a punto de salirse del pecho, avancé hacia el castillo de proa, donde me aguardaban mis compañeros. Tendí la mano con las astillas, y Peters sacó de inmediato una de ellas. Se había salvado; al menos, su astilla no era la más corta. Ahora contaba con otra posibilidad en mi contra. Hice acopio de fuerzas y le ofrecí las astillas a Augustus. También sacó una sin pensárselo dos veces, y también se salvó. En ese momento tenía las mismas probabilidades de morir que de vivir. Se apoderó de mi alma toda la fiereza del tigre, me dirigí hacia mi pobre compañero Parker, con el odio más intenso y diabólico. Pero este sentimiento no duró mucho y, al fin, con un estremecimiento convulso y cerrando los ojos, le tendí las dos astillas restantes. Transcurrieron más de cinco minutos antes de que se decidiese a extraerla. Durante todo este tiempo de inquietud descorazonadora no abrí los ojos ni una sola vez. Me arrancó de las manos una de las dos astillas. La decisión estaba tomada, pero yo no sabía si era favorable o contraria a mis intereses. Reinaba el silencio, y yo no me atrevía a mirar la astilla que tenía en la mano. Peters me tomó del brazo y me obligó a abrir los ojos. Vi de inmediato en el semblante de Parker que me había salvado y que él era el condenado. Perdido el resuello, caí sin sentido sobre la cubierta.

Volví en mí a tiempo de ver cómo se consumaba la tragedia de ver morir a quien había sido el instrumento principal de su cumplimiento. Sin embargo, no opuso resistencia, y cayó muerto en el acto de una cuchillada en la espalda que Peters le infligió. No me detendré a relatar la horrible comida que siguió a continuación. Estas cosas hay que imaginárselas, pues no existen las palabras capaces de impresionar el espíritu con el tremendo horror de su realidad. Baste decir que, después de apaciguar en cierta medida la rabiosa sed que nos consumía gracias a la sangre de la víctima, y de desechar, de común acuerdo, las manos, los pies y la cabeza, que arrojamos al mar junto con las entrañas, devoramos el resto del cuerpo, en pedazos, durante los cuatro eternamente memorables días del 17 al 20 de aquel mes.

El día 19 cayó un chaparrón que duró quince o veinte minutos y conseguimos cierta cantidad de agua con ayuda de la manta que habíamos pescado en la cámara al dragarla después de la tempestad. No debimos de reunir más de unos dos litros, pero incluso una provisión tan escasa nos infundió fuerza y esperanza.

El día 21 nos vimos reducidos de nuevo a la más extrema necesidad. El tiempo seguía cálido y apacible, con nieblas ocasionales y brisas ligeras, generalmente de norte a oeste.

El día 22, mientras estábamos sentados muy juntos, meditando sobre nuestra lamentable situación, se me ocurrió de repente una idea que brilló como un rayo de esperanza. Recordé que, cuando se cortó el trinquete, Peters me entregó una de las hachas y me encargó ponerla en el sitio más seguro posible. Pocos minutos antes de que la última ola fuerte rompiese contra el bergantín, llenándolo de agua, yo había dejado el hacha en el castillo de proa en una de las camas de babor. En ese momento pensé que con la ayuda del hacha podríamos abrir un boquete en la cubierta sobre la despensa y de este modo sacar las provisiones con más facilidad.

Cuando les comuniqué esta idea a mis compañeros, lanzaron un débil grito de alegría y nos dirigimos todos al castillo de proa. El descenso entrañaba más dificultad que la que habíamos tenido para bajar a la cámara,

pues la abertura era mucho más pequeña. Como se recordará, el mar había arrancado todo el armazón de la escotilla de la cámara, mientras que la escotilla del castillo de proa, apenas un hueco de sólo tres pies cuadrados, había permanecido intacta. Sin embargo, no vacilé en tratar de descender. Me até una cuerda al cuerpo como en las anteriores ocasiones, me sumergí resueltamente, de pie, me dirigí con rapidez a la litera y al primer intento me apoderé del hacha. Recibimos ésta con las mayores aclamaciones de alegría y triunfo, y la facilidad con que la había conseguido se consideró un buen augurio de nuestra salvación definitiva.

Comenzamos, pues, a abrir un boquete en la cubierta con esperanzas renovadas. Peters y yo nos turnábamos en el manejo del hacha, pues Augustus no podía ayudarnos debido al estado de su brazo. En nuestra debilidad, apenas nos teníamos en pie. Al no poder trabajar más de un par de minutos sin hacer una pausa, presentimos que aquella tarea, esto es, abrir un boquete lo suficientemente amplio para dejar paso libre a la despensa, nos llevaría muchas horas. Pero no por ello perdimos el ánimo y, trabajando toda la noche a la luz de la luna, conseguimos llevar a cabo nuestro propósito al amanecer del día 23.

Peters se ofreció a bajar y, una vez hechos los preparativos, descendió. No tardó en regresar con un pequeño tarro que, para alegría nuestra, resultó estar lleno de aceitunas. Después de repartírnoslas y devorarlas con la mayor avidez, le dejamos bajar de nuevo. Esta vez el resultado fue más allá de nuestras expectativas, pues regresó con un gran jamón y una botella de vino de Madeira. Echamos un trago moderado, pues habíamos experimentado en carne propia por las perniciosas consecuencias de una excesiva liberalidad. El jamón no estaba en condiciones de comerse, excepto una porción de unas dos libras cerca del hueso. El agua marina lo había echado a perder. Nos repartimos la parte aprovechable. Augustus y Peters, incapaces de dominar su apetito, se la comieron al instante, pero yo fui más prudente y sólo comí una pequeña porción de la mía, por temor a la sed que me produciría. Luego descansamos un rato de nuestra tarea, que había sido terriblemente dura.

Al mediodía, sintiéndonos algo repuestos y fortalecidos, retomamos la búsqueda de provisiones. Peters y yo nos turnamos para bajar, siempre con más o menos éxito, hasta que se puso el sol. Tuvimos la buena suerte de reunir en total cuatro tarritos más de aceitunas, otro jamón, una garrafa que contenía cerca de quince litros de un excelente vino de Madeira y, lo que nos causó más alegría, una pequeña tortuga de las islas Galápagos, pues el capitán Barnard había llevado a bordo varias: el Grampus las había tomado de la goleta Mary Pitts, que regresaba de su viaje al Pacífico.

Más adelante hablaré una y otra vez de esta especie de tortugas. Se encuentra sobre todo, como la mayoría de mis lectores sabrá, en el archipiélago llamado de las Galápagos, que viene del nombre de este animal (la palabra española *galápago* significa 'tortuga de agua dulce'). Debido a su forma peculiar y sus movimientos, se les ha dado a veces el nombre de tortuga elefante. Suelen alcanzar tamaños considerables. Yo he visto algunas que pesaban de mil doscientas a mil quinientas libras, aunque no recuerdo que ningún navegante refiera haberlas visto de más de ochocientas. Tienen un aspecto extraño y hasta repugnante. Su marcha es muy lenta, mesurada y pesada, y su cuerpo apenas se levanta un pie del suelo. Su cuello es largo y excesivamente delgado; su longitud ordinaria oscila de dieciocho pulgadas a dos pies, y yo he matado a una cuya distancia del hombro a la extremidad de la cabeza no bajaba de tres pies y diez pulgadas. La cabeza tiene un sorprendente parecido con la de la serpiente. Pueden vivir sin comer durante un tiempo increíblemente largo. Se han conocido casos en que, tras ser arrojadas a la bodega de un barco, han permanecido en ella dos años sin alimento alguno, al cabo de los cuales se las ha encontrado tan gordas y sanas como el primer día. Por una particularidad de su organismo, estos animales se asemejan al dromedario. En una bolsa situada en el nacimiento de su cuello llevan una provisión de agua. En algunos casos, al matarlos después de haberlos privado durante un año de todo alimento, se han encontrado en sus bolsas hasta unos doce litros de agua fresca y potable. Se alimentan sobre todo de perejil silvestre y apio, además de verdolaga y otras verduras que abundan en las vertientes de las colinas cerca de la costa donde se encuentra este animal. Constituyen un sustancioso y nutritivo alimento y han servido sin duda alguna de medio para conservar las vidas de miles de marineros empleados en la pesca de la ballena y en otros menesteres en el océano Pacífico.

La que tuvimos la suerte de sacar de la despensa no era de gran tamaño, debía de pesar sesenta y cinco o setenta libras. Era hembra, se encontraba en excelente estado, acaso excesivamente gorda, y guardaba en la bolsa del cuello más de un litro de agua fresca y limpia. Esto era, ciertamente, un tesoro para nosotros. Caímos de rodillas todos a la vez y dimos fervientes gracias a Dios por tan oportuno socorro.

Nos costó mucho trabajo sacar al animal por el boquete, pues se resistía con una furia y una fuerza prodigiosas. Estaba a punto de escaparse de las manos de Peters y caer de nuevo en el agua cuando Augustus le echó al cuello una cuerda con un nudo corredizo. De este modo la retuvo hasta que salté al interior del agujero y, colocándome al lado de Peters, lo ayudé a subirla.

Trasladamos cuidadosamente el agua de la bolsa al cántaro, que, como se recordará, ya habíamos sacado de la cámara. Una vez hecho esto, rompimos el cuello de una botella de modo que formara, con el corcho, una especie de vaso, cuya capacidad no excedería de la media pinta. Dispusimos una de estas medidas para cada uno y decidimos limitarnos a beber esa cantidad por día durante tanto tiempo como durase la provisión.

Como habíamos tenido un tiempo seco y agradable durante los dos o tres últimos días, tanto las mantas que habíamos sacado de la cámara como nuestras ropas se habían secado por completo, de modo que pasamos la noche del día 23 con relativo bienestar, gozando de un merecido reposo, después de regalarnos con aceitunas y jamón, y un mesurado trago de vino. Temerosos de que durante la noche perdiéramos algunas de nuestras provisiones si se levantara brisa, las aseguramos lo mejor posible con una cuerda a los restos del cabrestante. En cuanto a nuestra tortuga, que deseábamos a toda costa conservar viva mientras pudiéramos, la pusimos boca arriba y también la atamos cuidadosamente.

CAPÍTULO XIII

24 DE JULIO. Esta mañana nos hallábamos extraordinariamente restablecidos, en los planos físico y moral. A pesar de la peligrosa situación en que nos hallábamos, ignorantes de nuestra posición, aunque a buen seguro muy lejos de tierra, sin provisiones para más de quince días, y sólo si hacíamos gran economía, casi sin agua y flotando a merced de los vientos y de las olas en el más simple naufragio del mundo, los peligros y las angustias más terribles de los que tan milagrosamente acabábamos de escapar nos hacían considerar nuestros actuales sufrimientos como un mal menor; tan cierto es que la felicidad y la desgracia son relativas.

Al salir el sol nos preparamos para reanudar las tentativas de sacar algo de la despensa, pero un fuerte chaparrón, con algún relámpago, nos obligó a preocuparnos de conseguir agua con el paño que ya habíamos utilizado a tal efecto. No teníamos más medio de hacerlo que tendiendo la sábana colocando en su centro uno de los herrajes de los portaobenques del trinquete. El agua, conducida de este modo al centro, desaguaba en nuestro cántaro. Lo habíamos casi llenado por este procedimiento cuando una violenta racha, procedente del norte, nos obligó a desistir, pues el barco comenzó a balancearse con tal violencia que no podíamos mantenernos de pie. Entonces nos dirigimos a proa y, amarrándonos con firmeza a los restos del cabrestante como antes, esperamos los acontecimientos con más calma de la que preveíamos o de la que cabía imaginar en aquellas circunstancias. A mediodía amainó el viento, pero por la noche se convirtió en un fuerte vendaval, acompañado de un tremendo oleaje. La experiencia nos había enseñado, sin embargo, la mejor manera de arreglar nuestras amarras, y capeamos el temporal aquella triste noche con relativa seguridad, a pesar de que a cada instante nos veíamos inundados y en peligro de que nos barriera el mar. Por fortuna, el tiempo era tan cálido que hacía casi agradable el contacto con el agua.

25 de julio. Al amanecer, la tempestad se había convertido en una simple brisa de diez nudos, y el mar había bajado tanto que casi podíamos andar en seco por la cubierta. Para nuestro pesar, descubrimos que las olas se habían llevado dos tarros de aceitunas y todo el jamón, pese al cuidado con que los habíamos atado. No nos decidimos a matar la tortuga aún, y nos contentamos por el momento con desayunar unas cuantas aceitunas y una medida de agua cada uno, mezclada a partes iguales con vino. Este brebaje nos infundió ánimos y vigor, sin sumirnos en la embriaguez que nos había producido el oporto. El mar seguía demasiado movido como para buscar más provisiones en la despensa. Varios artículos, carentes de importancia para nosotros en nuestra actual situación, subieron a través del boquete a lo largo del día, y las olas los barrieron de inmediato. También observamos que el barco estaba aún más inclinado, de modo que no podíamos permanecer de pie ni un instante sin atarnos, por lo que pasamos un día sombrío y molesto. Al mediodía, el sol caía casi en vertical. De este modo supimos que la larga sucesión de vientos del norte y del noroeste nos había arrastrado casi a las cercanías del ecuador. Hacia el anochecer vimos varios tiburones. Nos alarmó la audacia con que se acercó a nosotros uno de enorme tamaño. En cierta ocasión en que un fuerte bandazo nos sumergió bajo el agua en la cubierta, el monstruo pasó nadando por encima de nosotros y coleteando por unos momentos sobre la escala de toldilla, le dio un violento coletazo a Peters. Por fin, una fuerte ola lo arrastró fuera, para alivio nuestro. De haber tenido un tiempo más moderado, lo habríamos capturado sin problemas.

26 de julio. Esta mañana, al encontrar que el viento había amainado mucho y que la mar estaba menos gruesa, decidimos reanudar nuestras tentativas de llegar a la despensa. Después de trabajar mucho durante todo el día, llegamos a la conclusión de que no podíamos sacar nada de allí, pues los mamparos del aposento se habían roto durante la noche, su contenido barrido a la cala. Como cabe suponer, este descubrimiento nos sumió en la desesperación.

27 de julio. El mar estaba casi en calma. Soplaba un suave viento del norte y del oeste. Como el sol calentaba mucho por la tarde, nos dedicamos a secar nuestras ropas. Calmamos en gran manera la sed y sentimos mucho alivio bañándonos en el mar, pero al hacer esto tuvimos que guardar muchas precauciones por temor a los tiburones, algunos de los cuales vimos nadando en torno al bergantín durante el día.

28 de julio. Siguió el buen tiempo. El bergantín comenzó a inclinarse de un modo tan alarmante que temimos que se volviese de quilla al cielo. Nos preparamos lo mejor que pudimos para esta emergencia, atando lo más fuerte posible a sotavento la tortuga, el cántaro del agua y los dos tarros de aceitunas que nos quedaban, colocándolos fuera del casco, por debajo de las cadenas principales. El mar, muy tranquilo todo el día, con poco o ningún viento.

29 de julio. Persistió el buen tiempo. El brazo herido de Augustus comenzó a presentar síntomas de gangrena. Se quejaba de sed excesiva y de modorra, pero no tenía dolores agudos.

Lo único que pudimos hacer por aliviarlo fue frotarle las heridas con un poco de la salmuera de las aceitunas, cosa que al parecer no le hizo ningún bien. Hicimos todo lo que estuvo a nuestro alcance para ahorrarle sufrimientos, y le triplicamos la ración de agua.

30 de julio. Un día excesivamente caluroso, sin ningún viento. Un enorme tiburón se mantuvo cerca del barco toda la mañana. Hicimos varias tentativas infructuosas para capturarlo con un lazo. Augustus estaba mucho peor, y decaía a ojos vista, más por la falta de alimentos apropiados que por los efectos de sus heridas. Rezaba constantemente por verse libre de sus sufrimientos, y no deseaba más que la muerte. Esa tarde nos comimos las últimas aceitunas, y encontramos tan corrompida el agua de nuestro cántaro que no pudimos beberla sin añadirle vino. Decidimos matar la tortuga mañana por la mañana.

31 de julio. Después de una noche de gran ansiedad y fatiga, debido a la posición del casco, nos dispusimos a matar y a descuartizar la tortuga. Ésta resultó ser más pequeña de lo que nos habíamos imaginado, aunque de buena condición. En total, su carne no pesaría más de diez libras. Con el fin de conservar una parte el mayor tiempo posible, la cortamos en finas rajas, llenamos con ellas los tres tarros de aceitunas vacíos y la botella de vino (todo lo cual habíamos conservado) y después los rellenamos con el vinagre de las aceitunas. De esta manera teníamos en conserva unas tres libras de la tortuga. No pensamos tocarla mientras nos durase el resto. Decidimos reducir la ración a unas cuatro onzas de carne al día, con lo cual la tortuga duraría trece días. Al anochecer sobrevino un recio aguacero, acompañado de grandes truenos y relámpagos, pero su breve duración sólo nos permitió conseguir media pinta de agua. De común acuerdo, se la dimos íntegra a Augustus, quien parecía estar en las últimas. Bebía el agua de la sábana a medida que la conseguíamos (sosteniéndola sobre él, que estaba echado, para que le cayera en la boca), pues no nos quedaba ahora nada donde conservar el agua, a menos que prefiriéramos vaciar el vino de la garrafa o el agua corrompida del cántaro. De haber persistido el aguacero, habríamos tenido que poner en práctica cualquiera de estas soluciones.

Augustus parecía no sentir gran alivio con la bebida. Tenía el brazo completamente negro desde la muñeca hasta el hombro, y sus pies estaban fríos como el hielo. A cada momento esperábamos verlo exhalar el último suspiro. Estaba espantosamente consumido. Si pesaba unos sesenta kilos al salir de Nantucket, ahora no debía de pesar más de veinticinco. Tenía los ojos tan hundidos en las cuencas que apenas se le veían, y la piel de las mejillas le colgaba tan floja que le impedía masticar cualquier alimento o incluso beber cualquier líquido, sin grandes dificultades.

1 de agosto. Persistió el mismo tiempo de calma, con un sol abrasador que nos hizo sufrir mucho. Padecimos mucha sed, pues el agua del cántaro estaba completamente corrompida y llena de bichos. Sin embargo, nos vimos obligados a tomar un poco, mezclándola con vino, pero apenas nos apagó la sed. Encontramos más alivio en los baños en el mar, pero sólo pudimos tomarlos muy de tarde en tarde, debido a la continua presencia de los tiburones. Entonces vimos que Augustus no se salvaría, que se estaba muriendo a ojos vista. No pudimos hacer nada por aliviar sus sufrimientos, que parecían insoportables. A eso de las doce expiró entre violentas convulsiones y sin haber hablado durante varias horas. Su muerte nos colmó de sombríos presagios y ejerció sobre nuestros espíritus una impresión tan poderosa que pasamos todo el día inmóviles junto al cadáver sin decirnos nada. Hasta bien entrada la noche no tuvimos valor para arrojarlo al mar. Aquello resultó espantoso, indeciblemente horrible, pues estaba tan descompuesto que, cuando Peters intentó levantarlo, se le quedó entre las manos una pierna entera. Cuando la masa putrefacta se deslizó por encima de la cubierta del barco al mar, el resplandor de la luz fosfórica del agua que nos rodeaba nos dejó ver siete u ocho grandes tiburones, mientras el crujir de aquellos horribles dientes, desgarrando la presa en pedazos entre ellos, podía oírse a una milla de distancia. Ante lo sobrecogedor del ruido, nos abismamos aterrados.

2 de agosto. Continuó el mismo espantoso tiempo de calor y calma. La aurora nos sorprendió en un deplorable estado de abatimiento físico y moral. El agua del cántaro estaba ya completamente echada a perder, es una especie de masa gelatinosa, una masa compuesta de gusanos y limo. La tiramos, lavamos el cántaro hundiéndolo en el mar y después le echamos un poco de salmuera de nuestros tarros de tortuga en conserva. Apenas pudimos soportar la sed y tratamos en vano de aliviarla con vino, que era como echar leña al fuego, pues nos excitó hasta alcanzar un alto grado de embriaguez. Después procuramos calmar nuestros sufrimientos mezclando el vino con agua del mar. De inmediato nos atacaron las más violentas náuseas, por lo que no volvimos a probar esta mezcla. Pasamos todo el día acechando con ansiedad una oportunidad para bañarnos, pero sin éxito, pues el barco estaba completamente asediado por los tiburones, sin duda los mismos monstruos que habían devorado a nuestro infortunado compañero la noche antes y que estaban esperando otro festín semejante. Esta circunstancia nos produjo el más amargo sentimiento, y nos llevó los presentimientos más deprimentes y desconsoladores. Habíamos experimentado un gran alivio cuando nos bañábamos, y vernos obligados a prescindir de este recurso de una manera tan espantosa era más de lo que podíamos soportar.

También nos preocupaba el peligro inmediato, pues al menor resbalón o movimiento en falso quedaríamos al alcance de esos monstruos voraces, que no dejaban de avanzar hacia nosotros, nadando por barlovento. Ni nuestros chillidos ni nuestros golpes parecieron asustarlos. Aun cuando el hacha de Peters alcanzó uno de los más grandes, hiriéndolo de gravedad, persistieron en sus intentos de lanzarse sobre nosotros. Una nube oscureció el cielo al caer la noche, pero, para gran angustia nuestra, pasó sin llover. Era completamente imposible imaginar los sufrimientos que nos causaba la sed en este momento. Pasamos la noche sin dormir, tanto por la sed como por el miedo a los tiburones.

3 de agosto. No había perspectivas de salvación, y el bergantín se inclinaba cada vez más, de modo que ni siquiera pudimos mantenernos de pie sobre cubierta. Nos ocupamos en atar el vino y la carne de tortuga, de suerte que no los perdiésemos en caso de que el barco diese la vuelta. Arrancamos dos fuertes cabos del portaobenque del trinquete y los clavamos con el hacha en el casco, por el lado de sotavento. De este modo quedó como medio metro dentro del agua, no muy lejos de la quilla, pues estábamos ya casi de costado. Sujetamos nuestras provisiones a estos clavos, pues nos pareció que estarían más seguras allí que en el sitio donde las teníamos antes, debajo de las cadenas. Sufrimos una terrible agonía a causa de la sed durante toda la jornada, pues no tuvimos la menor posibilidad de bañarnos: los tiburones no nos abandonan ni un instante. Nos fue imposible dormir.

4 de agosto. Un poco antes del amanecer notamos que el barco estaba dándose la vuelta, y nos despertamos de inmediato para impedir que el movimiento nos arrojase al agua. Al principio la vuelta fue lenta y gradual, y nos apresuramos a trepar a sotavento, después de haber tomado la precaución de dejar colgando unas cuerdas de los clavos en que habíamos sujetado

nuestras provisiones. Pero no calculamos suficientemente la aceleración del impulso, pues se hizo tan excesivamente violenta que no pudimos contrarrestarlo y, antes de que nos diésemos cuenta de lo que sucedía, nos vimos lanzados bruscamente al mar, y tuvimos que forcejear a varias brazas debajo de la superficie, con el enorme barco justo encima de nosotros.

Al hallarme bajo el agua me vi obligado a soltar la cuerda y en vista de que estaba completamente debajo del barco y mis fuerzas casi agotadas, apenas luché por la vida y me resigné a morir en unos instantes. Pero volví a equivocarme, pues no había tenido en cuenta el rebote natural del casco por el lado de sotavento. El torbellino ascendente del agua, que el barco originó al volverse en parte hacia atrás, me devolvió a la superficie con mucha mayor brusquedad de lo que me había sumergido. Al llegar arriba me encontré a unos veinte metros del casco, hasta donde pude calcular. El barco se hallaba con la quilla al aire, balanceándose violentamente de un lado para otro, y el mar estaba muy agitado girando en todas direcciones y formando grandes remolinos. No podía ver a Peters. Una barrica de aceite flotaba a pocos metros de mí, y otros artículos del bergantín aparecían esparcidos.

Mi terror principal eran ahora los tiburones, que sabía rondaban los alrededores. A fin de disuadirlos de que se acercasen a mí, sacudí vigorosamente el agua con los pies y las manos mientras nadaba hacia el barco, haciendo mucha espuma. Estoy seguro de que este ardid tan sencillo fue lo que me salvó la vida, pues todo el mar alrededor del bergantín, momentos antes de volcarse, estaba tan plagado de aquellos monstruos que debí de estar, y realmente estuve, en contacto con algunos de ellos durante mi avance hacia el barco. Por suerte, alcancé sin novedad el costado de la embarcación, aunque tan debilitado por el violento ejercicio que no habría podido encaramarme en lo alto sin la oportuna ayuda de Peters, quien ahora, para alegría mía, apareció a mi vista (se había encaramado a la quilla por el lado opuesto del casco) y me arrojó el cabo de una de las cuerdas que estaban atadas a los clavos.

Apenas libres de este peligro, fijamos la atención en la espantosa inminencia de otro: el de nuestra absoluta inanición. Las olas habían barrido nuestra reserva de provisiones, a pesar de todo el trabajo que nos tomamos para asegurarlas. Al no ver la más remota posibilidad de obtener más, nos entregamos a la desesperación, llorando como niños, sin tratar de consolarnos el uno al otro. Es difícil imaginarse una debilidad semejante, y quienes nunca se han hallado en una situación parecida sin duda la considerarán inverosímil, pero debe recordarse que nuestros cerebros estaban completamente trastornados por la larga serie de privaciones y terrores a que habíamos estado sometidos. A esas alturas no se nos podía considerar seres racionales. En peligros posteriores, casi tan grandes, si no mayores, soporté con enteresa todos los males de mi situación, y Peters, como se verá, dio muestras de una filosofía estoica casi tan increíble como su actual y pueril derrumbamiento. La diferencia se debe a nuestra distinta condición mental.

Ni el vuelco del bergantín ni las consiguientes pérdidas del vino y de la tortuga habrían empeorado mucho más nuestra situación de no ser por la desaparición de las sábanas con las que conseguíamos el agua de lluvia y del cántaro que empleábamos para guardarla. Encontramos todo el casco, desde medio metro a un metro de las cintas hasta la quilla, así como la quilla misma, cubierto por una espesa capa de grandes percebes, que resultaron ser un alimento excelente y muy nutritivo. Por tanto, en dos aspectos importantes, el accidente que tanto habíamos temido nos benefició más que nos perjudicó: nos proporcionó una reserva de provisiones que, si la consumíamos con moderación, bien podría durarnos un mes y contribuyó en gran medida a proporcionarnos una posición mucho más cómoda, pues nos hallábamos más a gusto y con menos peligro que antes.

Pero la dificultad de conseguir agua nos impedía ver todos los beneficios resultantes de ese cambio. A fin de estar listos para aprovecharnos de inmediato de cualquier posible chaparrón, nos quitamos las camisas para utilizarlas como habíamos hecho con las sábanas, aunque, por supuesto, no esperásemos que este medio nos permitiese conseguir más que un cuartillo cada vez, por favorables que fuesen las circunstancias. No hubo señales de nubes durante todo el día y las angustias de la sed se hicieron casi intolerables. Por la noche, Peters consiguió dormir una hora, aunque muy inquieto, pero mis intensos sufrimientos no me dejaron pegar los ojos ni un solo instante.

5 de agosto. Se levantó una suave brisa que nos llevó a través de una gran cantidad de algas, entre las cuales tuvimos la suerte de encontrar once pequeños cangrejos, que nos proporcionaron varias deliciosas comidas. Como su caparazón era muy blando, nos los comimos enteros, y nos encontramos con que nos daban menos sed que los percebes. Al no ver rastro de tiburones entre las algas, nos aventuramos a bañarnos y permanecimos en el agua cuatro o cinco horas, durante las cuales nuestra sed disminuyó de manera considerable. Esto nos proporcionó gran alivio, pasamos la noche algo más confortables que la anterior y los dos logramos conciliar un poco el sueño.

6 de agosto. Este día recibimos la bendición de una lluvia abundante y continua, que duró desde el mediodía hasta el anochecer. Lamentamos con amargura la pérdida del cántaro y de la garrafa, pues, pese a los pocos medios que teníamos para conseguir el agua, habríamos llenado no una sino ambas vasijas. Para calmar los embates de la sed nos tuvimos que contentar con dejar que las camisas se empapasen y retorcerlas luego, de modo que el precioso líquido nos cayese en la boca. En esta ocupación hemos pasado todo el día.

7 de agosto. Justo al despuntar el día, mi compañero y yo, al mismo tiempo, descubrimos una vela hacia el este, que evidentemente venía hacia nosotros. Saludamos la gloriosa aparición con un prolongado aunque débil grito de enajenación, y de inmediato comenzamos a hacer todas las señales que pudimos, agitando las camisas al aire, saltando tan alto como nuestro débil estado nos lo permitía e incluso gritando con toda la fuerza de nuestros pulmones, aunque el barco debía de estar lo menos a quince millas de distancia. Sin embargo, el buque seguía acercándose a nuestro casco, y veíamos que, si mantenía su rumbo, se acercaría tanto que tendría que vernos. Cosa de una hora después de que lo descubriéramos, vimos claramente gente sobre cubierta. Era una goleta larga y baja, con la arboladura muy inclinada a popa y con la tripulación aparentemente completa. Entonces comenzamos a alarmarnos, pues no podíamos imaginar que no nos viesen y temimos que nos dejasen abandonados a nuestra suerte, acto de diabólica barbarie que, por increíble que parezca, se ha perpetrado repetidas veces en el mar, en circunstancias muy similares a la nuestra, y por seres a quienes considerábamos como pertenecientes a la especie humana.[2] En este caso, la misericordia de Dios nos deparaba un chasco agradabilísimo. Pues enseguida advertimos una repentina conmoción en la cubierta del barco desconocido, el cual izó una bandera inglesa y, ceñido por el viento, avanzó en línea recta hacia nosotros. Media hora después, nos hallábamos en su cámara. Resultó ser la Jane Guy, de Liverpool. Su capitán, Guy, se dedicaba a pescar y a traficar por los mares del Sur y el océano Pacífico.

---

2   El caso del bergantín Polly, de Boston, viene tan al pelo y su suerte, en muchos aspectos, fue tan notablemente similar a la nuestra que no resisto a la tentación de citarlo. Este barco, de unas ciento veinte toneladas de capacidad, salió del puerto de Boston con un cargamento de maderas y provisiones, con destino a Santa Cruz, el día 12 de diciembre de 1811, al mando del capitán Casneau. Iban a bordo ocho hombres además del capitán: el piloto, cuatro marineros y el cocinero, más un tal Mr. Hunt y una muchacha negra que pertenecía a éste. A los quince días, después de pasar por el bajío de Georges, el barco hizo agua a causa de un vendaval procedente del sudeste, y finalmente zozobró, pero, después de caer al mar los mástiles rotos, el barco se enderezó. Permanecieron en esta situación, sin lumbre y con muy pocas provisiones, durante un periodo de ciento noventa y un días (desde el 15 de diciembre hasta el 12 de junio), en que el capitán Casneau y Samuel Badger, los únicos supervivientes, fueron salvados del naufragio por la Fame, de Hull, cuyo capitán, Featherstone, se dirigía a su patria desde Río de Janeiro. Cuando los rescataron se hallaban a 28° de latitud norte y 13" de longitud oeste, habiendo navegado más de dos mil millas. El 19 de junio la Fame se encontró con el bergantín Dromeo, del capitán Perkins, quien desembarcó a las dos víctimas en Kennebeck. De su relato reunimos los últimos detalles en los siguientes términos: «Es natural preguntarse cómo se puede flotar a través de tan vasta distancia, por la región más frecuentada del Atlántico, sin ser descubiertos en todo ese tiempo. Vieron pasar más de una docena de velas, una de las cuales llegó tan cerca de ellos que podían ver claramente a la gente que había sobre cubierta y sobre la arboladura contemplándolos; mas, con inexpresable decepción de los dos hombres, famélicos y muertos de frío, desoyendo los dictados de la compasión, enarbolaron las velas y los abandonaron despiadadamente a su suerte».

CAPÍTULO XIV

L A JANE GUY era una hermosa goleta de ciento ochenta toneladas de capacidad. Era extraordinariamente fina de costados, y con viento y tiempo moderado, el velero más rápido que jamás he visto. Sin embargo, sus cualidades como buque no eran tan buenas, y su calado era demasiado para el oficio a que se la había destinado. Para este servicio especial es más conveniente un barco más grande, de un calado proporcionalmente ligero, es decir, un barco de trescientas a trescientas cincuenta toneladas. Debería estar aparejada como un barco y, en otros aspectos, ser de una construcción diferente de la habitual de los barcos de los mares del Sur. Era absolutamente necesario que estuviera bien armada. Debía tener, por ejemplo, diez o doce cañonadas de doce libras, y dos o tres cañones largos del doce, con bocas de bronce, y cajas impermeables en cada cofa. Las áncoras y los cables debían ser de mayor resistencia que los que se requieren para otros oficios; y, sobre todo, su tripulación tenía que haber sido más numerosa y eficaz. Para un barco como el que he descrito, se necesitaban no menos de cincuenta o sesenta hombres vigorosos y capaces. La Jane Guy tenía una tripulación de treinta y cinco hombres, todos ellos hábiles marineros, además del capitán y del piloto, pero no estaba ni bien armada ni equipada, como un navegante conocedor de los peligros y dificultades del oficio habría deseado. El capitán Guy era un caballero de modales muy corteses y de una gran experiencia en el tráfico del Sur, al que había dedicado durante la mayor parte de su vida. Pero le faltaba energía y, en consecuencia, ese espíritu emprendedor que es aquí un requisito imprescindible. Era copropietario del barco en que navegaba y tenía plenos poderes para navegar por los mares del Sur con el primer cargamento que le viniese a mano. Como suele suceder en estos viajes, llevaba a bordo cuentas de cristal, espejos, eslabones, hachas, hachuelas, sierras, azuelas, cepillos, cinceles, escofinas, barrenas, rebajadores de rayos, raspadores, martillos, clavos, cuchillos, tijeras, navajas de afeitar, agujas, hilo, porcelanas, telas, baratijas y otros artículos semejantes.

La goleta zarpó de Liverpool el 10 de julio, cruzó el trópico de Cáncer el día 25, a los 20° de longitud oeste, y llegó a Sal, una de las islas de Cabo Verde, el día 29, donde cargó sal y otros artículos necesarios para el viaje. El día 3 de agosto abandonó el archipiélago de Cabo Verde con rumbo al sudoeste, llegó hasta la costa de Brasil y cruzó el ecuador entre los meridianos 28° y 30° de longitud oeste. Éste es el derrotero que suelen seguir los barcos que van desde Europa al cabo de Buena Esperanza o que hacen la ruta a las Indias Orientales. Al seguir este rumbo evitan las calmas y las fuertes corrientes contrarias que reinan constantemente en la costa de Guinea, por lo que, a fin de cuentas, ésta resulta ser la vía más corta, pues nunca faltan vientos del oeste una vez que se ha llegado al Cabo. La intención del capitán Guy era hacer su primera escala en la tierra de Kerguelen, no sé bien por qué razón. El día en que nos rescató, la goleta se hallaba a la altura del cabo San Roque, a 31° de longitud oeste. Así pues, cuando nos encontraron habíamos ido a la deriva, probablemente, de norte a sur, no menos de veinticinco grados.

A bordo de la Jane Guy nos trataron con todas las atenciones que requería nuestra desventurada situación. A eso de los quince días, durante los cuales seguíamos rumbo al sudeste, con brisas suaves y buen tiempo, tanto Peters como yo nos repusimos por completo de los efectos de pasadas privaciones y espantosos sufrimientos, y comenzamos a recordar lo que había pasado, más como una pesadilla de la que felizmente habíamos despertado que como unos acontecimientos que hubiesen sucedido en la realidad. Más tarde he podido comprobar que esta especie de olvido parcial se debe a la repentina transición de la alegría a la pena, o de la pena a la alegría, y el grado de olvido es proporcional al grado de diferencia en el cambio. Por eso, en mi caso, me sentía incapaz de darme plena cuenta de las fatigas que había soportado durante los días pasados en el barco. Los incidentes se recuerdan, pero no los sentimientos que nos produjeron en el momento de ocurrir. Sólo sé que, cuando sucedieron, entonces, pensé que la naturaleza humana no podía soportar mayor grado de angustia.

Continuamos nuestro viaje durante varias semanas sin otros incidentes que los ocasionales encuentros con balleneros y más frecuentemente con ballenas negras o francas, llamadas así para distinguirlas de las *espermaceti*. Pero éstas se encuentran sobre todo al sur del paralelo 25. El día 16 de septiembre, mientras nos hallábamos en las cercanías del cabo de Buena Esperanza, la goleta sufrió la primera borrasca seria desde su salida de Liverpool. En estas aguas, pero sobre todo al sur y al este del promontorio (nosotros estábamos hacia el oeste), es donde los navegantes deben pelear a menudo con tempestades del norte que se desencadenan con gran furia. Van acompañadas siempre por mar gruesa, y una de sus características más peligrosas es el instantáneo virar en redondo del viento, que a veces se produce en lo más recio de la tempestad. Sopla un huracán en un momento de norte a noreste, y en el siguiente momento no se siente ni una ráfaga en esa dirección, mientras viene del sudoeste con una violencia casi inconcebible. Un claro hacia el sur es el indicio más seguro de que se avecina el cambio, y los barcos se aprovechan de ello para adoptar las oportunas precauciones.

Eran más o menos las seis de la mañana cuando comenzó la borrasca con un oportuno chubasco procedente, como siempre, del norte. Hacia las ocho había aumentado mucho la intensidad, agitando ante nosotros uno de los mares más tremendos que jamás he visto. Se había preparado todo con el mayor cuidado, pero la goleta sufría en exceso, lo que denotaba sus malas cualidades como buque, hincando el castillo de proa bajo el agua a cada cabeceo, y levantándose con la mayor dificultad del embate de una ola, antes de que fuese sumergida en la siguiente. Poco antes de la puesta del sol, el claro por el que habíamos estado acechando hizo su aparición por el sudoeste, y una hora después vimos nuestra pequeña vela de proa flameando con indiferencia contra el mástil. Dos minutos más tarde, a pesar de nuestras precauciones, nos lanzó de costado, como por arte de magia, y un espantoso torbellino de espuma rompió sobre nosotros en ese instante. Pero el vendaval, que procedía del sudoeste, resultó ser por fortuna tan sólo una ráfaga, y tuvimos la buena suerte de enderezar el barco sin perder ni un palo. Un mar muy agitado nos causó gran inquietud durante varias horas después de esto, pero ya de madrugada nos hallábamos casi en tan buenas condiciones como antes de la tempestad. El capitán Guy consideró que se había salvado poco menos que de milagro.

El 13 de octubre avistamos la isla del Príncipe Eduardo, que se halla a 46° 53' de latitud sur y 37° 46' de longitud este. Dos días después nos encontrábamos cerca de la isla Posesión, y luego dejábamos atrás la isla de Crozet, a 42° 59' de latitud sur y 48° de longitud este. El día 18 alcanzamos la isla de Kerguelen o isla de la Desolación, en el océano Índico meridional, y fuimos a anclar en el puerto de Navidad, con cuatro brazas de agua.

Esta isla, o más bien archipiélago, se ubica al sudeste del cabo de Buena Esperanza, del que dista unos cuatro mil quinientos kilómetros. La descubrió en 1772 el barón de Kergulen, o Kerguelen, de nacionalidad francesa, quien pensó que esta tierra formaba parte de un extenso continente meridional y llevó a su patria mucha información que causó gran sensación en su tiempo. El Gobierno tomó cartas en el asunto y envió de nuevo al barón al año siguiente con el propósito de hacer un examen crítico de su descubrimiento. Entonces se descubrió el error. En 1777, el capitán Cook llegó al mismo archipiélago y le dio a la isla principal el nombre de isla de la Desolación, título que ciertamente es muy merecido. Pero, al acercarse a tierra, el navegante podría equivocarse y suponer otra cosa, pues las laderas de la mayor parte de las colinas, desde septiembre hasta marzo, están cubiertas de un verdor muy brillante. Esta apariencia engañosa se debe una pequeña planta, parecida a la saxífraga, que es abundante y crece en amplias sendas sobre una especie de musgo blando. Aparte de esta planta, apenas hay vestigios de vegetación en la isla, si se exceptúan algo de césped corriente y espeso, cerca del puerto, algunos líquenes y un arbusto que se asemeja a una col espigada y que tiene un sabor amargo y acre.

El aspecto de aquel terreno es montañoso, aunque de ninguna de sus colinas puede decirse que sea elevada. Sus picos están cubiertos de nieves perpetuas. Hay varios puertos, de los cuales el de Navidad es el más conveniente. Es el primero que se encuentra al lado noroeste de la isla después de pasar el cabo François, que señala el lado septentrional y que sirve, por su forma peculiar, para indicar el puerto. Su punta termina en una roca muy alta, en la que se abre un gran agujero, que forma un arco natural. La entrada está a 48° 40' de latitud sur y a 69° 6' de longitud este. Al pasar aquí, se puede encontrar un buen fondeadero al abrigo de varios islotes, que forman una protección suficiente contra todos los vientos del este. Avanzando hacia el este a partir de este fondeadero se llega a la bahía de Wasp, a la entrada del puerto. Es una pequeña dársena, completamente cerrada por la tierra, en la que se puede entrar con cuatro brazas de agua y encontrar de diez a tres brazas para el anclaje, con un fondo de légamo compacto. Un barco puede permanecer allí todo el año, con su mejor ancla de proa, sin peligro. Hacia el oeste, a la entrada de la bahía de Wasp, corre un pequeño arroyo de excelente agua, que uno puede procurarse con facilidad.

En la isla de Kerguelen todavía se encuentran algunas focas de piel y pelo, y abundan los elefantes marinos. Las bandadas de aves abundan. Son numerosísimos los pingüinos, de los que hay cuatro clases diferentes. El pingüino real, llamado así a causa de su tamaño y hermoso plumaje, es el mayor. La parte superior de su cuerpo suele ser gris y a veces de matiz lila; la parte inferior es del blanco más puro que pueda imaginarse. La cabeza es de un negro lustroso muy brillante, así como las patas. Pero la principal belleza del plumaje consiste en dos amplias franjas de color oro, que bajan desde la cabeza a la pechuga. El pico es largo, unas veces sonrosado y otras de color rojo vivo. Estas aves caminan erguidas, con pasos majestuosos. Llevan la cabeza alta, con las alas colgando como dos brazos, y como la cola se proyecta fuera del cuerpo, formando una línea con las patas, la semejanza con la figura humana es muy sorprendente y podría engañar al espectador que dirigiera una rápida mirada entre las sombras del crepúsculo. Los pingüinos reales que encontramos en la tierra de Kerguelen eran algo más gruesos que gansos. Los otros géneros son el macaroni o de penacho anaranjado, el africano o de anteojos y el pingüino de Magallanes. Son mucho más pequeños, de plumaje menos bello y diferentes en otros aspectos.

Además del pingüino, se encuentran allí otras muchas aves, entre las que se pueden mencionar pájaros bobos, petreles azules, cercetas, ánades, gallinas de Port Egmont, cuervos marinos, pichones de El Cabo, el *nelly,* golondrinas de mar, gaviotas, petreles gigantes, paíños y, por último, los albatros.

El petrel gigante es tan grande como el albatros común y además carnívoro. Con frecuencia se le llama quebrantahuesos o águila osífraga. Estas aves no son esquivas del todo y, cuando se guisan convenientemente, constituyen un alimento sabroso. A veces, cuando vuelan, pasan junto a la superficie del agua con las alas extendidas, sin moverlas en apariencia, ni utilizarlas en modo alguno.

El albatros es una de las aves más grandes y voraces de los mares del Sur. Pertenece a la especie de las gaviotas y caza su presa al vuelo sin posarse nunca en tierra más que para ocuparse de las crías. Entre estas aves y el pingüino existe la amistad más singular. Sus nidos están construidos con gran uniformidad conforme a un plan concertado entre las dos especies: el del albatros se halla colocado en el centro de un pequeño cuadro formado por los nidos de cuatro pingüinos. Los navegantes han convenido en llamar *colonia* a este conjunto de tales nidos. Estas colonias se han descrito más de una vez, pero como no todos mis lectores habrán leído estas descripciones, y como ya no tendré ocasión de hablar del pingüino y del albatros, no me parece inoportuno seguir hablando de su género de vida y de cómo hacen sus nidos.

Cuando llega la época de la incubación, estas aves se reúnen en gran número y durante varios días parecen deliberar acerca del rumbo más apropiado que deben seguir. Por último, se lanzan a la acción. Eligen un trozo de terreno llano, de extensión conveniente, que suele comprender tres o cuatro acres, y situado lo más cerca posible del mar, aunque siempre fuera de su alcance. Escogen el sitio en relación con la lisura de la superficie y prefieren el que está menos cubierto de piedras. Una vez resuelta esta cuestión, las

aves se dedican, de común acuerdo y como movidas por una sola voluntad, a realizar, con exactitud matemática, un cuadrado o cualquier otro paralelogramo, como mejor requiera la naturaleza del terreno, de un tamaño suficiente para acoger cómodamente a todas las aves congregadas, y ninguna más, pareciendo sobre este particular que se resuelven a impedir la entrada a futuros vagabundos que no han participado en el trabajo del campamento. Uno de los lados del lugar así señalado corre paralelo a la orilla del agua y queda abierto para la entrada o la salida.

Después de haber trazado los límites de la colonia, las aves comienzan a limpiarla de toda clase de desechos, reuniendo piedra por piedra, y echándolas fuera de las lindes, pero muy cerca de ellas, de modo que forman un muro sobre los tres lados que dan a tierra. Junto a este muro, por el interior, se forma una avenida perfectamente llana y lisa, de dos a dos metros y medio de anchura, que se extiende alrededor del campamento y sirve así de paseo general.

A continuación, hay que dividir toda el área en pequeñas parcelas de un tamaño exactamente igual. Para ello hacen sendas estrechas, muy lisas, que se cruzan en ángulos rectos por toda la extensión de la colonia. En cada cruce de estas sendas se construye el nido de un albatros, y en el centro de cada cuadrado, el nido de un pingüino, de modo que cada pingüino está rodeado de cuatro albatros y cada albatros, de un número igual de pingüinos. El nido del pingüino consiste en un agujero abierto en la tierra, poco profundo, sólo lo suficiente para impedir que ruede el único huevo que pone la hembra. El del albatros es menos sencillo en su disposición, pues erige un pequeño montículo de unos veinticinco centímetros de altura por cincuenta de diámetro. Lo hace con tierra, algas y moluscos. En lo alto construye su nido.

Las aves ponen un cuidado especial en no dejar los nidos desocupados ni un instante durante el periodo de incubación, e incluso hasta que la progenie es suficientemente fuerte como para valerse por sí misma. Mientras el macho está ausente en el mar, en busca de alimento, la hembra se queda cumpliendo con su deber, y sólo al regreso de su compañero se aventura a salir. Los huevos no dejan nunca de incubarse. Cuando un ave abandona el nido, otra anida en su lugar. Esta precaución es indispensable a causa de la tendencia a la rapacidad que prevalece en la colonia, pues sus habitantes no tienen escrúpulos en robarse los huevos unos a otros en cuanto se les presenta la ocasión.

Aunque existen algunas colonias en las que el pingüino y el albatros constituyen la única población, en la mayoría se encuentra una gran variedad de aves oceánicas, que gozan de todos los privilegios del ciudadano, esparciendo sus nidos aquí y allá, en cualquier parte que puedan encontrar sitio, pero sin dañar jamás los puestos de las especies mayores. El aspecto de tales campamentos, cuando se ven a distancia, es sumamente singular. Toda la atmósfera justo encima de la colonia se halla oscurecida por una multitud de albatros (mezclados con especies más pequeñas) que se ciernen continuamente sobre ella, ya sea cuando van al océano o cuando regresan al nido. Al mismo tiempo, se observa una multitud de pingüinos, unos paseando arriba y abajo por las estrechas calles, y otros caminando con ese contoneo militar que les es característico, a lo largo del paseo general que rodea a la colonia. En resumen, se mire como se mire, no hay nada más asombroso que el espíritu de reflexión evidenciado por esos seres emplumados, y seguramente no hay nada mejor calculado para suscitar la meditación en toda inteligencia humana ponderada.

A la mañana siguiente de nuestra llegada a Christmas Harbour, el primer piloto, míster Patterson, arrió los botes (aunque la estación estaba poco avanzada) para ir en busca de focas y dejó al capitán y a un joven pariente suyo en un paraje de tierra inhóspita hacia el oeste, pues tenían que gestionar algún asunto, cuya naturaleza yo ignoraba, en el interior de la isla. El capitán Guy se llevó consigo una botella, dentro de la cual había una carta sellada, y se dirigió desde el punto en que había desembarcado hacia uno de los picos más altos del lugar. Es probable que tuviese el propósito de dejar la carta en aquella altura para el capitán de algún barco que esperaba para más adelante. Tan pronto como le perdimos de vista, empezamos (pues Peters y yo íbamos en el bote del primer piloto) nuestro viaje por mar en torno a la costa, en busca de focas. Esta tarea nos ocupó durante unas tres semanas, en el transcurso de las cuales examinamos con gran cuidado cada esquina y cada rincón no sólo de la tierra de Kerguelen, sino también de varios islotes de las cercanías. Pero nuestros esfuerzos no fueron coronados por ningún éxito importante. Vimos muchísimas focas, pero todas tan esquivas que apenas pudimos procurarnos trescientas cincuenta pieles en total. Los elefantes marinos eran abundantes, sobre todo en la costa oeste de la isla principal; pero no matamos más que una veintena, y esto con muchas dificultades. En los islotes descubrimos una gran cantidad de focas, pero no las molestamos. El día 11 volvimos a la goleta, donde encontramos al capitán Guy y a su sobrino, quienes nos dieron muy malos informes del interior, que describieron como uno de los territorios inhóspitos más yermos y desolados del mundo. Habían permanecido dos noches en la isla, debido a un error, por parte del segundo piloto, con respecto al envío de un bote desde la goleta para llevarlos a bordo.

ALMA CLÁSICOS ILUSTRADOS

978-84-17430-30-6

978-84-17430-42-9

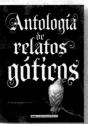

978 84-17430-51-1

978-84-17430-59-7

978-84-17430-45-0

978-84-17430-47-4

978-84-17430-48-1

978-84-15618-88-1

978-84-17430-29-0

978-84-17430-32-0

978-84-17430-46-7

978-84-17430-06-1

www.editorialalma.com

ALMA CLÁSICOS ILUSTRADOS

reúne obras maestras de la literatura universal con
un diseño acorde con la personalidad de cada título.
La colección abarca libros de todos los géneros, épocas y lugares en
cuidadas ediciones, e incluye ilustraciones creadas por talentosos artistas.
Magníficas ediciones para ampliar su biblioteca y
disfrutar del placer de la lectura con todos los sentidos.

978-84-15618-89-8

978-84-17430-04-7

978-84-17430-08-5

978-84-17430-09-2

978-84-15618-79-9

978-84-15618-78-2

978-84-15618-82-9

978-84-15618-69-0

978-84-15618-70-6

978-84-15618-83-6

978-84-15618-71-3

978-84-15618-68-3

Síguenos en: 📷 @almaeditorial ⨍ Almaeditorial

CAPÍTULO XV

—— • ——

EL DÍA 12 nos hicimos a la vela desde el puerto de Navidad, desandando nuestro camino hacia el oeste y dejando a babor la isla de Marion, una de las del archipiélago de Crozet. Pasamos después la isla del Príncipe Eduardo, dejándola también a nuestra izquierda; luego, navegando más hacia el norte, llegamos en quince días a las islas de Tristán da Cunha, a 37° 8' de latitud sur y 12° 8' de longitud oeste.

Este archipiélago, ya muy conocido y que consta de tres islas circulares, lo descubrieron los portugueses y visitaron después los holandeses en 1643 y los franceses en 1767. Las tres islas forman en conjunto un triángulo y distan unas de otras unas diez millas, existiendo entre ellas anchos pasos. La costa en todas ellas es muy alta, sobre todo en la de Tristán da Cunha propiamente dicha. Ésta es la más grande del archipiélago, pues tiene quince millas de perímetro, y tan elevada que se la puede divisar, con tiempo claro, a una distancia de ochenta o noventa millas. Una parte de la costa hacia el norte se eleva a más de trescientos metros en perpendicular sobre el mar. A esta altura una meseta se extiende casi hasta el centro de la isla, y desde ella se alza un elevadísimo cono volcánico como el del Teide, en Tenerife. La mitad inferior de este cono está cubierta de árboles de gran tamaño, pero la región superior es roca desnuda, por lo general oculta entre las nubes y cubierta de nieve durante la mayor parte del año. No hay bajos fondos ni otros peligros en los alrededores de la isla, cuyas costas son notablemente escarpadas y de profundas aguas. En la costa del noroeste se halla una bahía, con una playa de arena negra donde puede efectuarse con facilidad un desembarco con botes, siempre que sople viento del sur. Allí se puede uno procurar enseguida gran cantidad de agua excelente, y también se pescan con anzuelo y caña el bacalao y otros peces.

La isla siguiente en cuanto al tamaño, y la más al oeste del grupo, es la llamada Inaccesible. Su posición exacta es 37° 17' de latitud sur y 12° 24' de longitud oeste. Tiene siete u ocho millas de perímetro, y por todos sus lados presenta un aspecto espantoso e inaccesible. La cumbre es perfectamente llana, y toda la región es estéril. En ella no crece nada, excepto unos cuantos arbustos raquíticos.

La isla de Nightingale, la más pequeña y meridional, se halla situada a 37° 26' de latitud sur y a 12° 12' de longitud oeste. Lejos de su extremo meridional se halla un alto arrecife de islotes rocosos. Se ven también algunos de un aspecto similar hacia el nordeste. El terreno es irregular y estéril, y un profundo valle lo divide en parte.

Las costas de estas islas son ricas, en la estación propicia, en leones marinos, elefantes marinos y focas, junto con una gran variedad de aves oceánicas de toda clase. También abundan las ballenas en sus cercanías. Debido a la facilidad con que se capturaba a estos animales, el archipiélago ha sido muy visitado desde su descubrimiento. Los holandeses y los franceses lo frecuentaron desde los primeros tiempos. En 1790, el capitán Patten, que mandaba el barco Industry, de Filadelfia, fue a Tristán da Cunha, donde permaneció siete meses (desde agosto de 1790 hasta abril de 1791) con el objeto de reunir pieles de vacas marinas. Durante este tiempo consiguió no menos de cinco mil seiscientas, y afirmó que no le habría costado ninguna dificultad cargar de aceite un barco grande en tres semanas. A su llegada no encontró cuadrúpedos, a excepción de unas cuantas cabras salvajes. En la isla abundan nuestros más preciosos animales domésticos, que los navegantes han ido introduciendo de manera gradual.

Creo que fue poco después de la visita del capitán Patten cuando el capitán Colquhoun, al mando del bergantín estadounidense Betsey, hizo escala en la más grande de las islas con la intención de avituallarse. Plantó cebollas, patatas, coles y todo tipo de verduras, que ahora se encuentran allí en abundancia.

En 1811, el capitán Heywood, del Nereus, visitó la isla de Tristán da Cunha. Encontró allí a tres estadounidenses, que residían en la isla para preparar aceite y pieles de foca. Uno de aquellos hombres se llamaba Jonathan Lambert, quien se daba a sí mismo el título de soberano del territorio. Había roturado y cultivado unos setenta acres de tierra y dedicaba toda su atención a introducir el café y la caña de azúcar que le había proporcionado el embajador estadounidense en Río de Janeiro. Pero este establecimiento fue abandonado, y en 1817 el Gobierno inglés tomó posesión de las islas, enviando un destacamento desde el cabo de Buena Esperanza a tal efecto. Sin embargo, aquellos colonos no permanecieron mucho tiempo. Después de la evacuación del territorio como posesión británica, dos o tres familias inglesas fijaron en él su residencia, con independencia del gobierno. El 25 de marzo de 1824, el Berwick, del capitán Jeffrey, que partió de Londres con destino a la tierra de Van Diemen, hoy llamada Tasmania, arribó a la isla donde encontró a un inglés llamado Glass, otrora cabo de la artillería inglesa. Se arrogaba el título de gobernador supremo de las islas, y tenía bajo su mando a veintiún hombres y tres mujeres. Dio un informe muy favorable de la salubridad del clima y de la productividad del suelo. La población se ocupaba sobre todo de conseguir pieles de focas y aceite de elefante marino, con los que traficaban con El Cabo, pues Glass era dueño de una pequeña goleta. En la época de nuestra llegada, el gobernador residía aún allí, pero su pequeña comunidad se había multiplicado hasta alcanzar los cincuenta y seis efectivos, además de un pequeño establecimiento de siete personas en la isla de Nightingale. No encontramos ninguna dificultad para procurarnos todo género de provisiones que necesitábamos: ovejas, cerdos, cebús, conejos, volatería, cabras, pescado en gran variedad y legumbres. Echamos el ancla muy cerca de la isla grande, con dieciocho brazas de profundidad, y embarcamos muy convenientemente todo cuanto necesitábamos a bordo. El capitán Guy le compró también a Glass quinientas pieles de foca y cierta cantidad de marfil. Permanecimos allí una semana, durante la cual soplaron los vientos del norte y del oeste, con un tiempo algo brumoso. El 5 de noviembre nos hicimos a la vela hacia el sudoeste, con la intención de realizar una búsqueda por entre un grupo de islas llamadas Aurora, sobre cuya existencia hay división de opiniones.

Se dice que estas islas fueron descubiertas a principios de 1762 por José de la Llana, comandante del barco Aurora. En 1790, el capitán Manuel de Oyarvide, en el barco Princesa, perteneciente a la Real Compañía de Filipinas, navegó, según afirma él, por estos lugares. En 1794, la corbeta española Atrevida partió con el propósito de determinar su situación exacta, y en un informe publicado por la Real Sociedad Hidrográfica de Madrid en el año 1809 se habla de esta expedición en los siguientes términos: «La corbeta Atrevida practicó, en sus inmediatas cercanías, del 21 al 27 de enero, todas las observaciones necesarias y midió con cronómetros la diferencia de longitud existente entre estas islas y el puerto de Soledad, en las Malvinas. Estas islas son tres; están casi en el mismo meridiano; la del centro, algo más baja, y las otras dos pueden verse a nueve leguas de distancia».

Las observaciones hechas a bordo del Atrevida dieron los siguientes resultados en cuanto a la situación exacta de cada isla. La más septentrional se halla a 52° 37' 24" de latitud sur y a 47° 43' 15" de longitud oeste; la del centro, a 53° 2' 40" de latitud sur y a 47° 55' 15" de longitud oeste, y la más meridional, a 53° 15' 22" de latitud sur y a 47° 57' 15" de longitud oeste.

El 27 de enero de 1820 el capitán James Weddel, de la Armada Británica, se hizo a la vela desde Staten Land, también en busca de las Aurora. Informó de que, después de haber realizado las búsquedas más diligentes y de haber pasado no sólo inmediatamente a los puntos indicados por el comandante de la Atrevida, sino en todas direcciones por las cercanías de aquellos lugares, no pudo encontrar indicio alguno de tierra. Estos informes contradictorios indujeron a otros navegantes a buscar dichas islas. Cosa extraña, mientras algunos navegantes recorrieron cada pulgada de mar donde suponían que podían estar, sin encontrarlas, había no pocos que declararon de manera tajante haberlas visto, e incluso haber estado cerca de sus costas. La intención del capitán Guy era hacer todos los esfuerzos que estuvieran a su alcance para poner en claro esta cuestión tan discutida.[3]

Mantuvimos nuestra ruta, entre el sur y el oeste, con tiempo variable, hasta el 20 del mismo mes, en que nos encontramos sobre el terreno debatido, hallándonos a 53° 15' de latitud sur y a 47° 58' de longitud oeste, es decir, muy cerca del sitio indicado como la situación del archipiélago más meridional. No divisando señal alguna de tierra, continuamos hacia el oeste por el paralelo 53° de latitud sur, hasta el meridiano 50° de longitud oeste. Luego subimos hacia el norte hasta el paralelo 52° de latitud sur, donde viramos hacia el este y mantuvimos nuestro paralelo por altitudes dobles, mañana y noche, y altitudes meridianas de los planetas y la Luna. Después de haber ido así hacia el este al meridiano de la costa occidental de las islas Georgias del Sur, seguimos ese meridiano hasta volver a la latitud de donde habíamos partido. Seguimos entonces derroteros diagonales a través de toda la extensión del mar circunscrito, manteniendo un vigía constantemente en el tope de gavia, y repitiendo nuestro examen con gran cuidado por espacio de tres semanas, durante las cuales gozamos de un tiempo notablemente bueno y agradable, sin bruma alguna. Por supuesto, quedamos por completo convencidos de que, si habían existido alguna vez islas en aquellas cercanías en una época anterior, no quedaba vestigio alguno de ellas en la actualidad. Después de regresar a mi país he sabido que la misma ruta ha sido seguida, con igual cuidado, en 1822, por el capitán Johnson, de la goleta estadounidense Henry, y por el capitán Morrell, de la goleta estadounidense Wasp, que en ambos casos han obtenido el mismo resultado que nosotros.

---

3   Entre los barcos que en diversas épocas han pretendido haber encontrado «las Aurora», puede mencionarse el San Miguel, en 1769; el Aurora, en 1774; el bergantín Pearl, en 1779, y el Dolores, en 1790. Todos ellos concuerdan al dar la medida de 53° de latitud sur.

CAPÍTULO XVI

—————— • ——————

UNA VEZ satisfecha su curiosidad con respecto a la existencia de las Aurora, el capitán Guy tenía intención de avanzar por el estrecho de Magallanes y subir a lo largo de la costa occidental de Patagonia, pero una información recibida en Tristán da Cunha lo indujo a dirigirse hacia el sur, con la esperanza de arribar a alguno de los islotes que decían se hallaban alrededor del paralelo 60 de latitud sur y a 41° 20' de longitud oeste. En el caso de que no descubriese estas tierras, se proponía, si la estación era favorable, avanzar hacia el polo. Por consiguiente, el 12 de diciembre nos hicimos a la mar en aquella dirección. El 18 nos encontramos cerca del lugar indicado por Glass, y cruzamos durante tres días por aquellas cercanías sin hallar rastro alguno de las islas que él había mencionado. El 21, como hacía un tiempo excepcionalmente agradable, nos hicimos de nuevo a la mar hacia el sur, resueltos a penetrar en aquella ruta lo más lejos posible. Antes de entrar en esta parte de mi relato, tal vez haga bien, para información de aquellos lectores que hayan prestado poca atención al curso de los descubrimientos en estas regiones, en dar una breve idea de las escasas tentativas que se han hecho hasta ahora para llegar al Polo Sur.

La del capitán Cook fue la primera de la que tenemos informes precisos. En 1772, navegó hacia el sur en el Resolution, acompañado del teniente Furneaux, que mandaba el Adventure. En diciembre se encontraba a 58° de latitud sur y a 26° 57' de longitud este. Allí se encontró con unos estrechos bancos de hielo, de un espesor de 20 a 25 centímetros, que se deslizaban del noroeste al sudeste. Este hielo se elevaba en grandes masas, que solían acumularse tan apretadamente que el barco avanzaba con gran dificultad. El capitán Cook supuso, por el gran número de aves que se veían y por otros indicios, que se hallaban en las inmediaciones de alguna tierra. Mantuvo rumbo hacia el sur, con una temperatura excesivamente fría, hasta alcanzar el paralelo 64, en la longitud este 38° 14'. Hizo allí una temperatura benigna, con brisas suaves, durante cinco días. El termómetro marcaba 36 grados Fahrenheit. En enero de 1773, los barcos cruzaron el círculo polar antártico, pero no consiguieron penetrar más allá, pues al alcanzar los 67° 15' de latitud encontraron impedido su avance por un inmenso conglomerado de hielo que se extendía a todo lo largo del horizonte meridional hasta donde la vista podía alcanzar. Aquel hielo era de carácter muy variado y algunos de aquellos inmensos campos de hielo flotantes, de millas de extensión, formaban una masa compacta que se elevaba de cinco y medio a seis metros sobre el agua. Estando avanzada la estación, y sin esperanza de pretender bordear estos obstáculos, el capitán Cook viró con desgana hacia el norte.

En el mes de noviembre siguiente reanudó su búsqueda por el Antártico. A 59° 40' de latitud encontró una fuerte corriente que se dirigía hacia el sur. En diciembre, cuando los barcos se hallaban a 67° 31' de latitud y a 142° 54' de longitud oeste, el frío era excesivo, con recios vendavales y densas nieblas. También allí abundaban las aves, sobre todo el albatros, el pingüino y el petrel. A los 70° 23' de latitud encontraron algunas grandes islas de hielo, y un poco más lejos observaron que las nubes hacia el sur eran de una blancura nívea, indicando la proximidad de bancos de hielo. A los 70° 10' de latitud y a los 106° 54' de longitud oeste, los navegantes se vieron detenidos, como anteriormente, por una inmensa extensión helada, que limitaba toda el área del horizonte meridional. El borde septentrional de aquella extensión era escabroso y quebrado, tan compacto que era de todo punto infranqueable, y se extendía cerca de una milla hacia el sur. Más allá la superficie helada era relativamente lisa hasta cierta distancia, y acababa allá en lontananza en una hilera de gigantescas montañas de hielo descollando unas sobre otras. El capitán Cook dedujo que este extenso banco de hielo llegaba hasta el Polo Sur o que se unía con algún continente. Míster J. N. Reynolds, cuyos grandes esfuerzos y perseverancia han logrado al fin poner en pie una expedición nacional, con el propósito de explorar estas regiones, habla así de la tentativa del Resolution:

No nos sorprende que el capitán Cook haya podido llegar más allá de los 71° 10', pero nos asombra que alcanzase ese punto en el meridiano 106° 54' de longitud oeste. La tierra de Palmer está situada al sur de las Shetland, a los 64° de latitud, y se extiende hacia el sur y el oeste más allá de donde jamás haya penetrado navegante alguno. Cook se dirigía hacia esa tierra cuando su avance fue detenido por el hielo, cosa que tememos sucederá siempre en ese punto, y en una fecha temprana de la estación como lo es el 6 de enero; y no nos sorprendería que una parte de las montañas de hielo descritas estuviese unida al cuerpo principal de la tierra de Palmer, o a algunas otras partes de tierra situadas más lejos hacia el sur y el oeste.

En 1803, el zar ruso Alejandro envió a los capitanes Kreutzenstern y Lisiausky con el propósito de dar la vuelta al mundo. Al intentar avanzar hacia el sur, no pudieron pasar más allá de los 59° 58' y de los 70° 15' de longitud oeste. Allí encontraron fuertes corrientes en dirección oriental. Abundaban las ballenas, pero no vieron hielos. Con relación a este viaje, míster Reynolds observa que, si Kreutzenstern hubiese llegado allí en una estación menos avanzada, habría encontrado hielos: fue en marzo cuando alcanzó la latitud especificada. Los vientos dominantes, cuando soplaban del sur al oeste, habían arrastrado los extensos campos de hielo flotantes, ayudados por las corrientes, hacia esa región de hielos limitada al norte por Georgia, al este por las islas Sandwich del Sur, al sur por la isla Orcadas y al oeste por las islas Shetland del Sur.

En 1822, el capitán James Weddell, de la Armada Británica, con dos barcos muy pequeños, penetró más lejos hacia el sur que cualquier otro navegante anterior, sin encontrar dificultades extraordinarias. Afirma este marino que, aunque estuvo frecuentemente rodeado de hielos antes de alcanzar el paralelo 72, al llegar a él no volvió a descubrir ni un solo témpano, y que, al llegar a los 74° 15' de latitud, no vio bancos de hielo, sino tan sólo tres islas. Es bastante notable que, aunque hubiese visto grandes bandadas de aves y otros indicios habituales de tierra, y aunque al sur de las Shetland el vigía observase costas desconocidas que se extendían hacia el sur, Weddell desecha la idea de que pueda existir un continente en las regiones polares del sur.

El 11 de enero de 1823, el capitán Benjamin Morrell, de la goleta estadounidense *Wasp*, se hizo a la vela desde la tierra de Kerguelen con el propósito de adentrarse lo más posible hacia el sur. El 1 de febrero se encontraba a 64° 52' de latitud sur y a 118° 27' de longitud este. El siguiente pasaje está tomado de su diario de aquella fecha:

El viento refrescaba muy pronto, hasta convertirse en una brisa de once nudos, y aprovechamos esta oportunidad para dirigirnos hacia el este. Pero, como estábamos convencidos de que cuanto más avanzáramos hacia el sur pasando los 64° de latitud, menos tendríamos que temer los hielos, navegábamos un poco hacia el sur, hasta que cruzamos el círculo polar antártico y estuvimos a 69° 15' de latitud este. En esta latitud no había ningún banco de hielo, y muy pocas islas de hielo a la vista.

Con fecha 14 de marzo encuentro también esta anotación:

El mar estaba completamente libre de bancos de hielo, y no había más que una docena de islas de hielo a la vista. Al mismo tiempo, la temperatura del aire y del agua era por lo menos trece grados más alta (más suave) que la que habíamos encontrado entre los paralelos 60° y 72° sur. Estábamos, pues, a 70° 14' de latitud sur, y la temperatura del aire era de 47° y la del agua, de 44°. En esta situación, vi que la variación era de 14° 27' hacia el este, por acimut. [...] He pasado varias veces el círculo polar antártico por diferentes meridianos, y he observado constantemente que la temperatura, tanto la del aire como la del agua, era cada vez más templada a medida que avanzaba más allá de los 65° de latitud sur, y que la variación decrecía en la misma proporción. Mientras me hallaba al norte de esta latitud, es decir, entre los 60 y 65° sur, solíamos encontrar muchas dificultades para abrir paso al barco entre las inmensas y casi innumerables islas de hielo, algunas de las cuales tenían entre una y dos millas de circunferencia y se elevaban a más de ciento cincuenta metros sobre la superficie del agua.

Hallándose casi desprovisto de combustible y de agua, y sin instrumentos apropiados, y estando muy avanzada la estación, el capitán Morrell se vio obligado a retroceder, sin intentar avanzar más hacia el oeste, aunque un mar completamente abierto se extendía ante él. Expresó la opinión de que, si estas consideraciones predominantes no lo hubiesen obligado a retroceder, podría haber penetrado, si bien no hasta el polo mismo, al menos hasta el paralelo 85. He expuesto sus ideas sobre estas cuestiones con alguna extensión para que el lector pueda tener ocasión de ver hasta qué punto han sido corroboradas por mi propia experiencia posterior.

En 1831, el capitán Briscoe, por cuenta de los señores Enderby, propietarios de balleneros de Londres, se hizo a la mar en el bergantín Lively, hacia los mares del sur, acompañado por el cúter Tula. El 28 de febrero, hallándose a 66° 30' de latitud sur y a 47° 31' de longitud este, divisó tierra y descubrió «claramente entre la nieve los negros picos de una cordillera que corría el este-sudeste». Permaneció en aquellas cercanías durante todo el mes siguiente, pero no pudo acercarse a menos de diez leguas de la costa, a causa del estado borrascoso del tiempo. En vista de que era imposible efectuar ningún nuevo descubrimiento durante aquella estación, retornó hacia el norte para invernar en la tierra de Van Diemen.

A comienzos de 1832, se dirigió de nuevo hacia el sur, y el 4 de febrero vio tierra al sudeste, a los 67° 15' de latitud y a los 69° 29' de longitud oeste.

Descubrió muy pronto que era una isla cercana a la parte avanzada del territorio que había descubierto primero. El 21 de este mes logró desembarcar en esta última, y tomó posesión de ella en nombre de Guillermo IV. La llamó isla Adelaida, en honor de la reina inglesa. Estos detalles se pusieron en conocimiento de la Real Sociedad Geográfica de Londres, la cual concluyó «que existe un trecho continuo de tierra que se extiende desde los 47° 30' de longitud este hasta los 69° 29' de longitud oeste y que recorre el paralelo entre los 66° y 67° de latitud sur». Con respecto a esta conclusión, míster Reynolds observa: «No estamos de acuerdo con su exactitud, ni los descubrimientos de Briscoe justifican tal deducción. Dentro de estos límites avanzó Weddell hacia el sur siguiendo un meridiano al este de las Georgias, de las islas Sandwich, de las Orcadas del Sur y de las islas de Shetland». Mi propia experiencia, como se verá, atestigua sin asomo de dudas la falsedad de la conclusión a que llegó la mencionada sociedad científica.

Éstos son los principales intentos realizados para penetrar en las remotas latitudes del sur. Como se puede comprobar, antes del viaje de la Jane quedaban cerca de trescientos grados de longitud en el círculo polar antártico que no habían sido cruzados. Por supuesto, se extiende ante nosotros un ancho campo por descubrir, y oí con más vivo interés al capitán Guy expresar su decisión de avanzar resueltamente hacia el sur.

CAPÍTULO XVII

MANTUVIMOS nuestro rumbo hacia el sur durante cuatro días, después de haber renunciado a la búsqueda de las islas de Grass, sin encontrar nada de hielo. El 26, a mediodía, nos hallábamos a 63° 23' de latitud sur y a 41° 25' de longitud oeste. Entonces vimos varias grandes islas de hielo y un banco que no era por cierto de gran extensión. Los vientos solían soplar del sudeste o del norte, pero eran muy flojos. Siempre que teníamos viento del oeste, lo que sucedía raras veces, iba acompañado invariablemente de rachas de lluvia. Todos los días nevaba algo. El día 27, el termómetro marcaba 35°.

1 de enero de 1828. Este día nos encontramos rodeados por completo por los hielos, y nuestras perspectivas parecían en realidad muy tristes. Un fuerte vendaval sopló durante toda la mañana, procedente del nordeste, y lanzó contra el timón y la bovedilla grandes témpanos con tal violencia que todos temblábamos por las consecuencias. Al anochecer, cuando el vendaval soplaba aún con furia, un gran banco de hielo se rompió frente a nosotros y pudimos, haciendo fuerza de vela, abrirnos paso entre los pedazos más pequeños hasta más allá del mar abierto. Mientras nos acercábamos a este lugar, fuimos arriando las velas de manera gradual y, cuando al fin nos vimos libres, nos pusimos al pairo con una sola vela de trinquete con rizos.

2 de enero. Hizo un tiempo bastante tolerable. Al mediodía nos hallábamos a 69° 10' de latitud sur y a 42° 20' de longitud oeste. Cruzamos el círculo polar antártico. Vimos muy pocos hielos hacia el sur, aunque grandes bancos de hielo se divisaban a popa. Este día aparejamos unos utensilios de sonda, utilizando un gran puchero de hierro de una capacidad de veinte galones, y un cable de doscientas brazas. Encontramos la corriente que se dirigía hacia el norte, a casi un cuarto de milla por hora. La temperatura del aire era hoy de unos 33 grados Fahrenheit. Comprobamos que la variación acimutal era de 14° 28' hacia el este.

5 de enero. Seguimos avanzando hacia el sur con grandes impedimentos. Sin embargo, esta mañana, cuando nos hallábamos a 73° 15' de latitud sur y a 42° 10' de longitud oeste, nos encontramos de nuevo ante una inmensa extensión de hielo firme. No obstante, vimos más abierto el mar hacia el sur, y no nos cabía duda alguna de que llegaríamos a alcanzarlo. Nos mantuvimos hacia el este a lo largo del borde del banco de hielo, y llegamos por último a un paso de casi una milla de ancho, a través del cual nos abrimos camino al ponerse el sol. El mar en el cual nos hallábamos estaba en aquel momento densamente cubierto de islas de hielo, pero, como no había bancos, avanzamos resueltamente como antes. El frío no parecía aumentar, aunque nevase con frecuencia y de cuando en cuando cayesen rachas de granizo de gran violencia. Inmensas bandadas de albatros volaron hoy sobre la goleta; iban de sudeste a noroeste.

7 de enero. El mar permanece tranquilo, casi despejado, de modo que proseguimos nuestra ruta sin dificultad. Hacia el oeste vimos algunos icebergs de un tamaño increíble, y por la tarde pasamos muy cerca de uno cuya cima no tendría menos de cuatrocientas brazas sobre la superficie del océano. Su contorno era probablemente, en la base, de tres cuartos de legua, y varias corrientes de agua pasaban por las grietas de sus costados. Durante dos días tuvimos esta isla a la vista y sólo la perdimos al desaparecer ésta durante una niebla.

10 de enero. A primera hora de la mañana tuvimos la desgracia de perder a un hombre por la borda. Era un estadounidense llamado Peter Vredenburgh, natural de Nueva York, y uno de los mejores marineros que había a bordo de la goleta. Resbaló al pasar por la proa y cayó entre dos masas de hielo. No volvió a aparecer. Al mediodía de hoy estábamos a 78° 30' de latitud y a 40° 15' de longitud oeste. El frío era ahora excesivo y tuvimos rachas continuas de granizo procedentes del norte y del este. En esta última dirección también vimos varios icebergs inmensos, y todo el horizonte hacia el este parecía estar bloqueado por un campo de hielo, elevándose y sobreponiéndose en masas como un anfiteatro. Durante la noche vimos algunos bloques de madera que flotaban, y una gran cantidad de aves revoloteaban por encima, entre las cuales había *nellies,* petreles, albatros y un voluminoso pájaro de un brillante plumaje azul. Aquí, la variación, por acimut, era menor que la precedente al pasar el círculo polar antártico.

12 de enero. Nuestro paso hacia el sur volvía a parecer dudoso, pues sólo veíamos en dirección al polo un banco ilimitado en apariencia, respaldado por una verdadera cordillera de hielo, en la que un precipicio se elevaba toscamente sobre otro. Navegamos hacia el oeste hasta el día 14, con la esperanza de hallar una entrada.

14 de enero. Esta mañana alcanzamos el extremo oeste del banco que nos había impedido el paso y, al doblarlo, llegamos a mar abierto, sin un témpano. Al sondar con un cable de doscientas brazas descubrimos una corriente en dirección sur a una velocidad de media milla por hora. La temperatura del aire era de 47 grados Fahrenheit; la del agua, de 34. Navegamos hacia el sur sin encontrar ninguna interrupción de momento, hasta el día 16, en que, al mediodía, nos hallábamos a 81° 21' de latitud y a 42° de longitud oeste. Aquí sondeamos de nuevo, y descubrimos una corriente que se dirigía también hacia el sur a una velocidad de tres cuartos de milla por hora. La variación por acimut disminuyó, y la temperatura del aire era suave y agradable, marcando el termómetro hasta 51 grados Fahrenheit. En este periodo no se veía ni un témpano. Toda la gente de a bordo estaba ahora segura de alcanzar el polo.

17 de enero. El día estuvo lleno de incidentes. Innumerables bandadas de aves revoloteaban sobre nosotros hacia el sur, y a varias las disparamos desde cubierta. Una de ellas, una especie de pelícano, nos proporcionó un alimento excelente. Hacia mediodía, el vigía vio un pequeño banco de hielo por el lado de babor, y sobre el cual parecía hallarse algún animal voluminoso. Como el tiempo era bueno y estaba casi en calma, el capitán Guy ordenó que echasen dos botes al agua para ver qué clase de animal era. Dirk, Peters y yo acompañamos al primer piloto en el bote más grande. Al llegar al banco de hielo, vimos que estaba ocupado por un gigantesco oso polar, cuyo tamaño excedía en mucho el del mayor de estos animales. Como íbamos bien armados, no vacilamos en atacarlo enseguida. Se dispararon varios tiros en rápida sucesión, la mayoría de los cuales lo alcanzaron, al parecer, en la cabeza y en el cuerpo. Sin desfallecer, no obstante, el monstruo se arrojó al agua desde el hielo y nadando con las fauces abiertas se dirigió al bote en que estábamos Peters y yo. Debido a la confusión que se originó entre nosotros ante el inesperado giro de los acontecimientos, nadie estaba preparado para disparar de inmediato un segundo tiro, y el oso logró apoyar la mitad de su corpulenta masa sobre nuestra borda y sujetar a uno de los hombres por los riñones, antes de que se adoptase alguna medida eficaz para rechazarlo. En este trance tan peligroso, sólo nos salvó de la muerte la prontitud y agilidad de Peters. Al saltar sobre el lomo de la enorme bestia, hundió la hoja de su cuchillo por detrás del cuello y le alcanzó de un golpe la médula espinal. La bestia cayó al mar, muerta y sin luchar, y arrastró a Peters en su caída. Éste se recobró con rapidez, le arrojamos una cuerda y ató con ella al animal antes de entrar en el bote. Entonces volvimos triunfales a la goleta remolcando nuestro trofeo. Una vez lo hubimos medido, este oso resultó que medía casi cinco metros en total. Su pelaje era completamente blanco, muy áspero y rizado. Los ojos eran de un color rojo sangre, más grandes que los del oso polar; el hocico, también más redondeado, y se parecía al de un bulldog. La carne era tierna, pero excesivamente rancia y de olor a pescado, aunque los hombres la devoraron con avidez y la calificaron de excelente.

Apenas habíamos llevado nuestra presa a bordo, cuando el vigía lanzó el alegre grito de: «¡Tierra a estribor!». Todos los marineros se pusieron alerta, y después de levantarse una brisa muy oportuna del norte y este, nos acercamos pronto a la costa. Resultó ser un islote bajo y rocoso, como de una legua de perímetro, y totalmente desprovisto de vegetación, con la salvedad de una especie de chumbera. Al acercarnos por el norte, vimos un singular arrecife que avanzaba en el mar y tenía un gran parecido con las balas de algodón para encordelar. Al rodear este arrecife hacia el oeste encontramos una pequeña bahía, en cuyo seno nuestros botes pudieron amarrar sin problema.

No nos llevó mucho tiempo explorar todos los parajes de la isla, pero, con una sola excepción, no encontramos nada digno de observarse. En el extremo sur, encontramos cerca de la orilla, medio sepultado en una pila de piedras esparcidas, un trozo de madera que parecía haber sido la proa de una canoa. Saltaba a la vista que habían intentado tallar algo en ella, y el capitán Guy creyó descubrir la figura dc una tortuga, pero el parecido no me convenció del todo. Aparte de esta proa, suponiendo que lo fuese, no encontramos ningún otro indicio de que ser vivo alguno hubiese estado allí nunca antes. Alrededor de la costa, descubrimos algunos témpanos, pero éstos eran muy escasos. La situación exacta del islote (al cual el capitán Guy le dio el nombre de islote de Bennett, en honor de su socio copropietario de la goleta) era de 82° 50' de latitud sur y 42° 20' de longitud oeste.

En este momento habíamos avanzado hacia el sur más de ocho grados más que todos los navegantes anteriores, y el mar se extendía aún completamente abierto ante nosotros. También advertimos que la variación disminuía de manera uniforme a medida que avanzábamos y, lo que era aún más sorprendente, que la temperatura del aire y después la del agua se hacían más suaves. Podía decirse que el tiempo era agradable, y teníamos una brisa constante pero apacible, que soplaba siempre desde algún punto septentrional de la brújula. El cielo estaba despejado, por lo general; de cuando en cuando, un leve y tenue vapor aparecía en el horizonte meridional, pero era invariablemente de breve duración. Sólo dos dificultades se presentaban a nuestra vista: escaseaba el combustible y se habían manifestado síntomas de escorbuto en varios hombres de la tripulación. Estas consideraciones comenzaban a influir en el ánimo del capitán Guy, que sentía la necesidad de regresar, y hablaba de ello a menudo. Por mi parte, confiado como estaba en

la pronta llegada a tierra de alguna consideración en la ruta que seguíamos, y dado que tenía toda clase de razones para creer, por las presentes apariencias, que no hallaríamos el suelo estéril encontrado en las latitudes árticas más elevadas, defendí calurosamente la idea de perseverar, al menos durante unos días, en la dirección que habíamos seguido hasta entonces. Una oportunidad tan tentadora de resolver el gran problema con respecto al continente antártico no se le había presentado aún a ningún hombre, y confieso que me sentí indignado ante las tímidas e inoportunas sugerencias de nuestro capitán. En realidad, creo que lo que no pude contenerme de decirle sobre este punto surtió el efecto de inducirlo a seguir adelante. Por eso, aunque no pueda por menos que lamentar los acontecimientos desdichados y sangrientos que acarreó mi consejo, debe permitírseme sentir cierta satisfacción por haber sido el instrumento indirecto que reveló a los ojos de la ciencia uno de los secretos más intensamente emocionantes que jamás hayan absorbido su atención.

CAPÍTULO XVIII

━━━ ◆ ━━━

18 DE ENERO. Esta mañana[4] continuamos hacia el sur, con el mismo tiempo agradable que antes. El mar estaba completamente en calma, el viento soportablemente templado y procedente del nordeste, y la temperatura del agua, a 53 grados Fahrenheit. Realizamos de nuevo nuestra operación de sondeo y, con un cable de ciento cincuenta brazas, encontramos la corriente en dirección hacia el polo con una velocidad de una milla por hora. Esta tendencia constante hacia el sur, tanto del viento como de la corriente, fue motivo de reflexión, e incluso de alarma, entre las gentes de la goleta. Se veía a las claras que esta circunstancia impresionó en gran medida al capitán Guy. Sin embargo, enemigo de caer en el ridículo, conseguí que se riese él mismo de sus aprensiones. La variación era ahora muy poca. En el curso del día vimos varias ballenas grandes de la especie franca,

---

4 Los términos *mañana* y *tarde,* de los cuales hago uso para evitar confusiones en mi relato, en la medida de lo posible, no deben, naturalmente, tomarse en su sentido corriente. Desde hacía ya mucho tiempo no teníamos noche en absoluto, pues la luz del día era continua. Todas las fechas estaban de acuerdo con el tiempo náutico, y los rumbos deben sobrentenderse por la brújula. También deseo hacer observar que no pretendo, en la primera parte de lo que va escrito, una estricta exactitud con respecto a las fechas, latitudes o longitudes, ya que no he llevado un diario regular hasta después del periodo de que trata esta primera parte. En muchos casos me he confiado solo a la memoria.

━━ **175** ━━

e innumerables bandadas de albatros pasaron sobre el barco. También encontramos un arbusto, lleno de bayas rojas, como las del espino blanco, y el cuerpo de un animal terrestre de extraña apariencia. Medía metro y medio de largo y unos quince centímetros de alto, con cuatro patas muy cortas, y las pezuñas armadas de largas garras de un escarlata brillante, muy parecido al coral. El cuerpo estaba cubierto de un pelo sedoso y liso, completamente blanco. La cola era afilada como la de una rata y de unos sesenta centímetros de largo. La cabeza se parecía a la de un gato, menos las orejas, que eran colgantes como las de un perro. Los dientes eran del mismo escarlata brillante que las uñas.

19 de enero. Hoy, estando a 83° 20' de latitud y a 43° 5' de longitud oeste (el mar tenía un color oscuro extraordinario), volvimos a ver tierra desde el mastelero mayor, y después de un examen minucioso resultó ser una isla de un archipiélago muy grande. La costa era escarpada, y el interior parecía estar lleno de árboles, circunstancia que nos causó gran alegría. Unas cuatro horas después de descubrir esta tierra echamos el ancla, con diez brazas y fondo arenoso a una legua de distancia de la costa, pues una violenta resaca, con fuertes remolinos aquí y allá, hacía peligrosa la aproximación. Se nos ordenó echar al agua los dos botes mayores, y un grupo bien armado (en el cual estábamos Peters y yo) se encargó de buscar una abertura en el arrecife que parecía circundar la isla. Después de haber rebuscado por algún tiempo, descubrimos una ensenada, en la cual íbamos a entrar, cuando vimos cuatro grandes canoas que salían de la orilla, llenas de hombres que parecían estar bien armados. Esperamos a que se acercasen y, como maniobraban con gran rapidez, no tardaron en ponerse al alcance de la voz. El capitán Guy alzó un pañuelo blanco en la punta de un remo, y los extranjeros se detuvieron de pronto y comenzaron enseguida a farfullar en voz alta, intercalando gritos aislados entre los cuales podíamos distinguir las palabras «¡Anamoo-moo!» y «¡Lama-Lama!». Continuaron así por lo menos media hora, durante la cual tuvimos ocasión de observar su aspecto a nuestras anchas.

En las cuatro canoas, que podían tener unos quince metros de largo y uno y medio de ancho, habría poco más de cien salvajes en total. Tenían la estatura media de los europeos, pero eran de constitución más musculosa y membruda. Su tez era de un negro azabache, con el pelo espeso, largo y lanoso. Iban vestidos con pieles negras de un animal desconocido, tupidas y sedosas, ajustadas al cuerpo con cierta habilidad, quedando el pelo hacia dentro, excepto alrededor del cuello, las muñecas y los tobillos. Sus armas consistían sobre todo en cachiporras, de una madera oscura y al parecer muy pesada. También vimos en poder de algunos de ellos lanzas con punta de piedra y algunas hondas. El fondo de las canoas estaba lleno de piedras negras de un tamaño aproximado al de un huevo grande.

Cuando concluyeron su arenga (pues era evidente que consideraban como tal aquella algarabía), uno de ellos, que parecía ser el jefe, se irguió en la proa de su canoa y nos hizo señas de que avanzásemos nuestros botes a lo largo del suyo. Simulamos no entender esta señal, pensando que el plan más sensato era mantener, dentro de lo posible, cierta distancia entre nosotros, pues su número era cuatro veces mayor que el nuestro. Adivinando este propósito, el jefe ordenó a las otras tres canoas que permaneciesen atrás, mientras él avanzaba hacia nosotros en la suya. Tan pronto como llegó, saltó a bordo de la mayor de nuestras canoas y se sentó al lado del capitán Guy, señalando al mismo tiempo hacia la goleta y repitiendo las palabras «¡Anamoo-moo!» y «¡Lama-Lama!». Luego volvimos hacia el barco, y las cuatro canoas nos siguieron a poca distancia.

Al llegar al costado, el jefe dio claras muestras de una sorpresa y deleite sumos. Comenzó a palmotear, golpearse los muslos y el pecho, y reír de manera estrepitosa. Sus seguidores se unieron a su contento, y durante unos minutos reinó tal alboroto que nos ensordeció por completo. Tranquilo al fin por hallarse en el barco, el capitán Guy ordenó que izasen los botes, como precaución necesaria, y dio a entender al jefe (cuyo nombre no tardamos en descubrir que era Too-wit) que no podía admitir a la vez a más de veinte de sus hombres en el puente. Aquello pareció satisfacerlo por completo, e impartió algunas órdenes a las canoas. Una de ellas se acercó, y las demás quedaron a unos cincuenta metros de distancia. Veinte de los salvajes subieron a bordo y se pusieron a dar vueltas por todas partes sobre cubierta, trepando por el aparejo, comportándose como si estuvieran en su casa y examinando cada objeto con gran curiosidad.

Quedaba de manifiesto que no habían visto nunca a seres de la raza blanca, cuyo cutis parecía, en realidad, repugnarles. Creían que la Jane era un ser viviente y parecían temer herirla con la punta de sus lanzas, que volvían cuidadosamente hacia arriba. Nuestra tripulación se divirtió mucho con la conducta de Too-wit en un principio. El cocinero estaba partiendo leña cerca de la cocina y, por casualidad, clavó el hacha en la cubierta y abrió una hendidura de considerable profundidad. El jefe acudió enseguida y, echando al cocinero bruscamente a un lado, comenzó un semiquejido, un semiaullido, que denotaba de un modo enérgico la simpatía con que consideraba los sufrimientos de la goleta, acariciando y alisando la hendidura con sus manos, y lavándola con un cubo de agua de mar que estaba al lado. Esto revelaba un grado de ignorancia para el que no estábamos preparados, y por mi parte no pude por menos que pensar que había en ello cierto fingimiento.

Cuando los visitantes satisficieron, en la medida de lo posible, su curiosidad con respecto a nuestra obra muerta, los condujeron abajo, donde su asombro superó todos los límites.

Su estupefacción parecía ahora demasiado profunda para expresarla con palabras, pues vagaban en silencio, tan sólo roto con exclamaciones en voz baja. Las armas les proporcionaron mucho motivo de reflexión, y se les permitió que las manejasen y las examinasen a placer. Creo que no abrigaban la menor sospecha sobre su uso verdadero, sino que más bien las tomaban por ídolos, viendo la manera en que las cuidábamos y la atención con que vigilábamos sus movimientos mientras las manejaban. Su asombro se redobló ante los grandes cañones. Se acercaron a ellos con todos los síntomas del más profundo respeto y temor, pero se abstuvieron de examinarlos con minuciosidad. Había dos grandes espejos en la cámara, que les depararon una inmensa sorpresa. Too-wit fue el primero en acercarse a ellos. Había llegado al centro de la cámara, de cara a uno de ellos y de espaldas al otro, antes de haberlos visto realmente. Al levantar los ojos y verse reflejado en la luna, creí que el salvaje iba a volverse loco, pero, cuando se volvió a toda prisa para retirarse y se contempló de nuevo en la dirección opuesta, temí que expirase allí mismo. No hubo manera de convencerlo de que se mirase otra vez. Por el contrario, se arrojó al suelo, ocultó la cara entre las manos y permaneció así hasta que nos vimos obligados a arrastrarlo hasta la cubierta.

De este modo se admitió a bordo a todos los salvajes, en grupos de veinte. A Too-wit se le permitió permanecer allí durante todo el tiempo. No vimos en ellos ninguna inclinación al robo, ni desapareció un solo objeto después de su marcha. A lo largo de su visita, dieron muestras de la mayor cordialidad. Sin embargo, había algunos detalles en su comportamiento que nos resultó imposible comprender. Por ejemplo, no conseguimos que se acercasen a varios objetos inofensivos, tales como las velas de la goleta, un huevo, un libro abierto o un cuenco de harina. Intentamos averiguar si poseían algunos artículos válidos para comerciar con ellos, pero nos resultó muy difícil hacernos comprender. Sin embargo, descubrimos muy asombrados que en las islas abundaba la gran tortuga de las Galápagos, una de las cuales vimos en la canoa de Too-wit. Vimos también algún pepino de mar en manos de uno de los salvajes, que lo devoraba con avidez en su estado natural. Estas anomalías —pues las considerábamos como tales debido a la latitud— indujeron al capitán Guy a desear realizar una exploración por el territorio, con la esperanza de explicarse aquel fenómeno.

Por mi parte, deseoso como estaba de conocer algo más de estas islas, me sentía aún más inclinado a proseguir el viaje hacia el sur sin demora. Gozábamos entonces de buen tiempo, pero nada podía garantizarnos cuánto nos iba a durar. Nos hallábamos ya en el paralelo 84, con un mar abierto ante nosotros, una corriente que se dirigía impetuosa hacia el sur y buen viento, y no podía ya oír con paciencia ninguna proposición de detenernos más que lo estrictamente necesario por el bien de la salud de la tripulación y para avituallarnos a bordo de reserva de combustible y de provisiones frescas. Le hice ver al capitán que nos sería fácil atracar en aquel archipiélago a nuestro regreso y pasar el invierno allí en caso de quedarnos bloqueados por los hielos. A la postre fue de mi opinión (pues no sé por qué había adquirido gran ascendiente sobre él) y por último se resolvió que, aun en el caso de que encontrásemos pepinos de mar, sólo permaneceríamos allí una semana para abastecernos y luego nos dirigiríamos hacia el sur mientras pudiésemos.

Por consiguiente, hicimos los preparativos necesarios y, bajo la guía de Too-wit, condujimos la Jane por entre los arrecifes sin tropiezo, echando el ancla más o menos a una milla de la costa, en una bahía idónea para ello, completamente rodeada de tierra, en la costa sudeste de la isla principal, y con diez brazas de agua y un fondo arenoso negro. En el extremo de esta bahía corrían tres arroyuelos (según nos dijeron) de agua buena, y vimos abundantes bosques en las cercanías. Las cuatro canoas nos seguían, pero mantenían una respetuosa distancia. Too-wit permanecía a bordo, y cuando echamos el ancla, nos invitó a acompañarlo a la orilla y a visitar su aldea en el interior. A esto accedió el capitán Guy. Después de dejar diez salvajes a bordo como rehenes, doce de nosotros nos dispusimos a seguir al jefe. Tuvimos cuidado de armarnos bien, aunque sin demostrar desconfianza. La goleta había puesto sus cañones en posición de tiro, izado las redes de abordaje y se habían adoptado todas las precauciones apropiadas para defenderse de cualquier sorpresa. Se le dieron instrucciones al primer piloto para que no admitiese a nadie a bordo durante nuestra ausencia y, en el caso de que no apareciésemos al cabo de doce horas, enviase el cúter a buscarnos alrededor de la isla con una colisa.

A cada paso que dábamos por aquella tierra adquiríamos la forzosa convicción de que nos hallábamos en un territorio esencialmente diferente de todos los visitados hasta entonces por hombres civilizados. Nada de lo que veíamos nos era familiar. Los árboles no se parecían a los que crecían en las zonas tropical, templada o fría del norte, y se diferenciaban por completo de los que habíamos encontrado en las latitudes meridionales más bajas que acabábamos de atravesar. Las mismas rocas eran distintas por su masa, su color y su estratificación; y los arroyos, por increíble que esto parezca, tenían tan poco en común con los de otros climas que nos daba aprensión beber, e incluso costaba convencernos de que sus cualidades fuesen puramente naturales. En un arroyuelo que cruzaba nuestra senda (el primero que encontramos), Too-wit y sus acompañantes hicieron un alto para beber. Debido a la peculiar naturaleza del agua, nos negamos a probarla, pues suponíamos que estaba echada a perder, y sólo al cabo de un buen rato logramos comprender que aquél era el aspecto de los arroyos en

todo el archipiélago. No sé cómo dar una idea clara de la naturaleza de aquel líquido, ni puedo hacerlo sin emplear muchas palabras. Aunque fluyese con rapidez por todas las pendientes, como cualquier arroyo normal, no tenía nunca, excepto cuando caía como una cascada, la transparencia habitual del agua. Sin embargo, era en realidad tan límpida como cualquier agua calcárea existente. La diferencia estribaba tan sólo en su aspecto. A primera vista, y sobre todo en los casos en que el declive era poco pronunciado, se parecía, en cuanto a su consistencia, a una densa disolución de goma arábiga en agua común. Pero ésta era la menos potable de sus extraordinarias cualidades. No era incolora, ni tenía ningún color uniforme. Cuando fluía, presentaba a la vista todos los matices posibles de la púrpura, como los visos de una seda tornasolada. Esta variación en el matiz originó en nuestros espíritus un asombro tan profundo como los espejos lo habían hecho en el de Too-wit. Al meterla en un recipiente y dejar que se asentase, observamos que toda la masa del líquido estaba constituida por cierto número de venas distintas, cada una de un tinte diferente; que estas venas no se mezclaban, y que su cohesión era perfecta con respecto a sus propias partículas e imperfecta con respecto a las venas próximas. Al pasar la hoja de un cuchillo a través de las venas, el agua se cerraba de inmediato detrás de ellas, como ocurría a nuestro paso, y al sacarlo, todas las huellas del paso del cuchillo se borraban al instante. Sin embargo, cuando la hoja se interponía con cuidado entre las venas, la separación perfecta que se verificaba no cesaba de inmediato por la fuerza de cohesión. El fenómeno de esta agua constituyó el primer eslabón concreto de aquella extensa cadena de milagros aparentes que por algún tiempo iban a presentarse ante mis ojos.

CAPÍTULO XIX

TARDAMOS casi tres horas en llegar a la aldea, que se hallaba a unos quince kilómetros tierra adentro. La senda se deslizaba a través de una zona escarpada. Mientras caminábamos, el grupo de Too-wit (todos los más de cien salvajes de las canoas) quedaba reforzado a cada instante por pequeños destacamentos, de dos a seis o siete hombres, que se nos unían, como por casualidad, en las diferentes revueltas del camino. Había en todo aquello una especie de propósito sistemático que me hizo sentir desconfianza, y compartí mis inquietudes con el capitán Guy. Pero ya era demasiado tarde para retroceder y convinimos en que lo mejor para nuestra seguridad sería demostrar una confianza absoluta en la buena fe de Too-wit. Seguimos adelante, pues, con los ojos muy abiertos con respecto a los manejos de los salvajes, sin permitirles dividir nuestras filas irrumpiendo entre ellas. Así, al atravesar un barranco escarpado, llegamos al fin a un grupo de viviendas que, según nos dijeron, eran las únicas existentes en las islas. Cuando estábamos a la vista de ellas, el jefe dio un grito, repitiendo con frecuencia la palabra «Klock-klock», que supusimos sería el nombre de aquella aldea, o tal vez el nombre genérico de todas ellas.

Las cabañas eran del aspecto más miserable que imaginarse pueda y, diferenciándose en esto incluso de las razas salvajes más inferiores que la humanidad haya conocido, no estaban construidas siguiendo un plan uniforme. Algunas de ellas (las pertenecientes a los wampoos o yampoos, los personajes prominentes de la isla) consistían en un árbol cortado a cosa de un metro de la raíz, con una gran piel negra echada por encima, que colgaba en pliegues sueltos sobre el suelo. Allí debajo se acurrucaba el salvaje. Otras estaban hechas con toscas ramas de árboles, llenas de hojarasca seca, dispuestas de modo que se reclinaban, formando un ángulo de cuarenta y cinco grados, contra un banco de barro amontonado, sin forma regular, hasta una altura de metro y medio a dos metros. Otras incluso eran simples agujeros excavados en perpendicular en la tierra y cubiertos con ramas semejantes, que el habitante de la morada tenía que apartar al entrar y que debía colocar de nuevo cuando había entrado. Algunas estaban construidas entre las ramas ahorquilladas de los árboles, tal como crecían, cortando a medias las ramas superiores, de modo que cayesen sobre las inferiores, formando así un cobijo más denso contra el mal tiempo. Pero la mayoría consistía en pequeñas cavernas, poco profundas, raspadas al parecer en la cara de un escarpado arrecife de piedra negra, cortada a pico, y muy parecida a la tierra de batanero, muro que rodeaban tres lados de la aldea. A la entrada de cada una de aquellas cavernas primitivas había una roca pequeña, que el morador colocaba con cuidado ante la abertura cuando abandonaba su residencia, ignoro con qué propósito, pues la piedra no era nunca más que del tamaño suficiente para cerrar una tercera parte de la abertura.

Esta aldea, si merece semejante nombre, estaba situada en un valle de cierta profundidad, al cual sólo se podía llegar por el sur, pues el escabroso arrecife del que ya he hablado cortaba todo acceso en otras direcciones. Por el centro del valle corría un arroyo susurrante, de la misma agua de apariencia mágica que ya he descrito. Alrededor de las viviendas vimos varios animales extraños, todos al parecer perfectamente domesticados. Los más grandes recordaban a nuestro cerdo común, tanto en la estructura del cuerpo como en el hocico, pero el rabo era peludo y las patas, delgadas como las del antílope. Su marcha era muy torpe e indecisa, y nunca lo vimos tratando de correr. Encontramos también otros animales de aspecto muy similar, pero más largos de cuerpo y cubiertos de lana negra. Había una gran variedad de aves domésticas merodeando por los alrededores, que parecían constituir el alimento principal de los nativos. Para nuestro asombro, vimos albatros negros entre las aves en completo estado de domesticación, que iban periódicamente al mar en busca de alimento, pero regresaban siempre a la aldea como a su hogar, y utilizaban la orilla sur de las cercanías como lugar de incubación. Allí se juntaban con sus amigos los pelícanos, según costumbre, pero éstos no les seguían nunca hasta las viviendas de los salvajes. Entre las otras clases de aves domésticas había patos, que diferían muy poco del pato marino de nuestro país, bubias negras y un gran pájaro bastante parecido al buharro, pero que no era carnívoro. Parecía haber allí una gran abundancia de pescado. Durante nuestra visita vimos una gran cantidad de salmones secos, bacalaos, delfines azules, caballas, rayas, congrios, elefantes marinos, múgiles, lenguados, escaros, cueras, triglas, merluzas, rodaballos y otras variedades innumerables. También observamos que en su mayor parte se parecían a los peces que se encuentran en los parajes del grupo de las islas de Lord Auckland, a una latitud tan baja como a los 51° sur. La tortuga de las Galápagos abundaba también. Vimos pocos animales salvajes, y ninguno de gran tamaño o de una especie que nos fuera familiar. Una o dos serpientes de terrible aspecto cruzaron nuestra senda, pero los nativos les prestaron poca atención, de lo que dedujimos que no eran venenosas.

Cuando nos acercábamos a la aldea con Too-wit y su partida, una gran multitud del pueblo se lanzó a nuestro encuentro, dando fuertes gritos, entre los cuales sólo distinguíamos los eternos «¡Anamoo-moo!» y «¡Lama-Lama!». Nos sorprendió mucho ver que, salvo uno o dos, los recién llegados iban completamente desnudos, pues sólo los hombres de las canoas usaban las pieles. Todas las armas del país parecían estar en posesión de estos últimos, pues no había ninguna entre los de la aldea. Había muchas mujeres y niños, y las primeras no carecían de lo que podría llamarse belleza personal. Eran altas, erguidas, bien constituidas y dotadas de una gracia y desenvoltura como no se encuentran en la sociedad civilizada. Sin embargo, sus labios, al igual que los de los hombres, eran gruesos y bastos, hasta el punto de que ni al reír dejaban ver nunca los dientes. Su cabello era más fino que el de los hombres. Entre todos aquellos salvajes desnudos podría haber diez o doce que estaban vestidos, como los de la partida de Too-wit, con pieles negras y armados con lanzas y pesados garrotes. Parecían tener gran influencia entre los demás, quienes al hablarles les dirigían siempre el título de wampoo. También ellos eran los que moraban en los palacios de las pieles negras. El de Too-wit estaba situado en el centro de la aldea y era mucho mayor y algo mejor construido que los otros de la misma especie. El árbol que constituía su soporte había sido cortado a unos tres metros y medio de la raíz, y justo debajo del corte habían dejado varias ramas que servían para extender el techo e impedir de este modo su aleteo contra el tronco. Además, el techo, que consistía en cuatro pieles muy grandes unidas entre sí por pinchos de madera, estaba asegurado en su base con estaquillas que atravesaban la piel y se hundían en la tierra. El suelo estaba sembrado de buena cantidad de hojas secas a modo de alfombra.

Nos condujeron a esta cabaña con gran solemnidad. Se metieron en ella todos los indígenas que cupieron. Too-wit se sentó sobre las hojas y nos hizo señas para que imitáramos su ejemplo. Así lo hicimos, y nos sentimos entonces en una situación especialmente incómoda, si no crítica. Nos hallábamos en el suelo doce en total, en unión de los salvajes, en número de cuarenta, sentados sobre sus corvas y tan apretados a nuestro alrededor que, si hubiese surgido algún disturbio, nos habría sido imposible hacer uso de nuestras armas o incluso ponernos de pie. Las apreturas no eran tan sólo dentro de la tienda, sino también fuera, donde tal vez se hallaran todos los habitantes de la isla, y sólo los continuos esfuerzos y gritos de Too-wit impedían que la multitud nos atropellase hasta matarnos. Sin embargo, nuestra seguridad dependía de la presencia de Too-wit entre nosotros, por lo que decidimos apretarnos a él como la única oportunidad de salvarnos, resueltos a sacrificarlo en el acto a la primera manifestación de hostilidad.

Después de algunas molestias, se hizo cierta tranquilidad cuando el jefe nos dirigió un discurso muy extenso, que se parecía mucho al que nos dedicó en las canoas, con la salvedad de que los «¡Anamoo-moo!» se pronunciaban ahora con más vigor que los «¡Lama-Lama!». Escuchamos en profundo silencio hasta que terminó su arenga. Entonces, el capitán Guy le respondió asegurándole al jefe su eterna amistad y buena voluntad. Concluyó su réplica con el regalo de unos collares de abalorios azules y un cuchillo. Al tomar los primeros, el reyezuelo, para nuestra enorme sorpresa, levantó la nariz con expresión de desprecio, pero el cuchillo lo satisfizo sin duda, y acto seguido ordenó que sirvieran la comida. La sirvieron en la tienda, por encima de las cabezas de los asistentes, y consistía en las entrañas palpitantes de un extraordinario animal desconocido, acaso uno de aquellos cerdos de patas delgadas que habíamos observado al acercarnos a la aldea. En vista de que no sabíamos cómo arreglárnoslas, comenzó, como para darnos ejemplo, a devorar a grandes bocados el suculento alimento, hasta que no pudimos soportar por más tiempo aquel espectáculo. Dimos muestras tan evidentes de náuseas que su majestad esbozó un gesto de asombro sólo inferior al que le habían causado los espejos. Sin embargo, rehusamos compartir las exquisiteces que nos ponían delante, esforzándonos por hacerle comprender que no teníamos apetito alguno, pues acabábamos de tomar un sustancioso *déjeuner*.

Cuando el monarca dio fin a su comida, comenzamos a hacerle una serie de preguntas de la manera más ingeniosa que pudimos imaginar, con el propósito de descubrir qué materiales producía el país, por si pudiéramos sacar provecho de algunos. Por fin pareció comprender lo que queríamos decirle, y se ofreció a acompañarnos hasta una parte de la costa donde nos aseguró (señalando a un ejemplar de aquel animal) que encontraríamos el pepino de mar en gran abundancia. Estábamos encantados de aprovechar esta primera oportunidad de librarnos de las apreturas de la multitud y manifestamos nuestra impaciencia por ponernos en marcha. Luego salimos de la tienda y, acompañados por toda la población de la aldea, seguimos al jefe hasta el extremo sudeste de la isla, no lejos de la bahía donde estaba anclado nuestro barco. Esperamos allí durante cerca de una hora. Los salvajes acercaron entonces las cuatro canoas hasta donde nos hallábamos. Todo nuestro grupo embarcó en una de ellas, y nos condujeron a lo largo del arrecife antes mencionado, y luego hacia otro más

apartado, donde vimos tal cantidad de pepinos de mar que ni los marineros más viejos de entre nosotros recordaban haberlos visto así en aquellos
archipiélagos de latitudes inferiores, tan renombrados por este producto.

Permanecimos junto a aquellos arrecifes el tiempo suficiente para convencernos de que habríamos podido cargar fácilmente una docena de barcos con aquel animal en caso de necesidad, mientras íbamos a lo largo de
la goleta y nos despedimos de Too-wit, después de hacerle prometer que al
cabo de veinticuatro horas nos llevaría tantos patos marinos y tortugas de
las Galápagos como pudieran cargar sus canoas. En toda esta aventura no
vimos nada en la conducta de los nativos que suscitase sospechas, con la
sola excepción de la sistemática manera como habían reforzado su banda
durante nuestro trayecto desde la goleta a la aldea.

CAPÍTULO XX

—— • ——

EL JEFE era un hombre de palabra, y nos abasteció de inmediato con abundantes provisiones frescas. Encontramos las tortugas exquisitas, y los ánades superaban a las mejores especies de aves silvestres, pues eran sumamente tiernos, jugosos y de un sabor excelente. Una vez hicimos comprender nuestros deseos, los salvajes nos llevaron una gran cantidad de apio moreno y coclearia (hierba contra el escorbuto), además de una canoa cargada de pescado fresco y algún salazón. El apio fue realmente un deleite, y la coclearia resultó ser un beneficio incalculable para restablecer a aquellos de nuestros hombres que presentaban síntomas de escorbuto. En muy poco tiempo no había ni una sola persona en la lista de enfermos. Nos dieron también otras muchas provisiones frescas, entre las cuales puede mencionarse una especie de mariscos parecidos por su forma a los mejillones, pero con el sabor de las ostras. También tuvimos en abundancia camarones y quisquillas, y huevos de albatros y de otras aves, de cascarón oscuro. Asimismo embarcamos una buena carga de carne del cerdo que he mencionado antes. La mayoría de nuestros hombres la encontraron muy sabrosa, pero a mí me pareció que su olor a pescado la hacía desagradable.

A cambio de aquellas buenas cosas, les ofrecimos a los nativos abalorios azules, chucherías de latón, clavos, cuchillos y retales de tela roja, y se sintieron muy complacidos con el cambio. Establecimos un mercado regular en la costa, justo bajo los cañones de la goleta, donde nuestros trueques se efectuaban con toda apariencia de buena fe, y con un orden que su conducta en la aldea de Klock-klock no nos hacía esperar de los salvajes.

Los asuntos marcharon así de manera muy amistosa durante varios días, en el transcurso de los cuales las partidas de nativos acudían con frecuencia a bordo de la goleta y las partidas de nuestros hombres que se hallaban con frecuencia en la costa hacían largas excursiones por el interior sin que los molestasen. Viendo la facilidad con que el barco podía cargarse de pepinos de mar, gracias a la amistosa disposición de los isleños y a la prontitud con que nos prestaban su ayuda para conseguirlos, el capitán Guy decidió entablar negociaciones con Too-wit para construir casas adecuadas para curar aquel artículo, dada la utilidad que tanto él como la tribu obtendrían al reunir la mayor cantidad posible, mientras él aprovecharía el buen tiempo para proseguir su viaje hacia el sur. Cuando le explicó su proyecto al jefe, éste pareció muy predispuesto a concertar un acuerdo. Se estipuló, pues, un pacto, perfectamente satisfactorio para ambas partes, por el cual se decidió que, después de realizados los preparativos necesarios, tales como el señalamiento de los terrenos apropiados, la construcción de una parte de los albergues y algunas otras obras para las cuales sería utilizada toda nuestra tripulación, la goleta reanudaría su ruta y dejaría a tres de sus hombres en la isla para vigilar el cumplimiento del proyecto e instruir a los nativos en la salazón del pepino de mar. En cuanto a las cláusulas del compromiso, dependerían de la actividad de los salvajes en nuestra ausencia. Ellos debían recibir una cantidad estipulada de abalorios azules, cuchillos o tela roja, a cambio de que a nuestro regreso se hubiera preparado cierta cantidad de *picules* de pepino de mar que debía estar preparado a nuestro regreso.

Una descripción de la naturaleza de este importante artículo de comercio y del modo de prepararlo podría resultar de algún interés para mis lectores, y no encuentro mejor ocasión para ocuparme del asunto. La siguiente y amplia noticia de esta materia está tomada de una moderna historia de un viaje a los mares del Sur:

Se trata de aquel *mollusca* del océano Índico que se conoce en el comercio con el nombre francés de *bouche de mer* (un delicioso bocado de mar) o pepino de mar. Si no me equivoco mucho, el famoso Cuvier lo llama *Gasteropeda pulmonifera.* Se encuentra en abundancia en las costas de las islas del Pacífico, sobre todo para el mercado chino, donde se cotiza a un alto precio, quizá tanto como esos nidos de pájaros comestibles tan renombrados que están hechos de una materia gelatinosa tomada por una especie de golondrina del cuerpo de estos moluscos. No tienen caparazón, patas ni ninguna parte prominente, excepto dos órganos opuestos, uno *absorbente* y otro *excretorio;* pero, gracias a sus flancos elásticos, como las orugas o gusanos, se arrastran hacia las aguas poco profundas, en las que, cuando baja la marea, pueden ser vistos por una clase de golondrinas, cuyo pico agudo, al clavarse en el blando animal, extrae una sustancia gomosa y filamentosa que, al secarse, se convierte en las sólidas paredes de su nido. De aquí el nombre de *Gasteropeda pulmonifera.*

Este molusco es oblongo y de diferentes tamaños, desde siete a veinte centímetros de largo; y he visto algunos que no tenían menos de sesenta centímetros. Son casi redondos, un poco aplastados por el lado más próximo al fondo del mar, y su grosor es de dos a veinticinco centímetros. Se arrastran hacia las aguas poco profundas en determinadas estaciones del año, probablemente para reproducirse, pues se los ve entonces a menudo en parejas. Cuando el sol cae con más fuerza sobre el agua, templándola, es cuando se acercan a la orilla, y suelen ir a sitios tan poco profundos que, al retirarse la marea, se quedan en seco, expuestos al calor del sol. Pero no engendran sus crías en aguas poco profundas, pues no hemos visto allí nunca ninguna de su progenie, y siempre que se les ha observado remontando de las aguas profundas habían alcanzado ya su pleno desarrollo. Se alimentan sobre todo de esa clase de zoófitos que produce el coral.

El pepino de mar se pesca generalmente a poco más de un metro de profundidad; después se lleva a la orilla y se abre por un lado con un cuchillo. La incisión es de una o más pulgadas, según el tamaño del molusco. A través de esa abertura se sacan las entrañas mediante presión, que se parecen mucho a las de los pequeños habitantes del mar. Luego se lava el animal y después se cuece a cierta temperatura, que no debe ser ni muy elevada ni muy baja. Se sepultan entonces bajo tierra durante cuatro horas, luego se cuecen de nuevo un rato y después se ponen a secar, ya sea al fuego o al sol. Los curados al sol son los mejores, pero mientras que de este modo puedo curar un *picul,* puedo secar treinta *picules* por medio del fuego. Una vez que están convenientemente curados, se pueden conservar en un sitio seco durante dos o tres años sin peligro alguno, pero hay que examinarlos una vez cada pocos meses, es decir, cuatro veces al año, para ver si la humedad los ha atacado.

Los chinos, como ya se ha dicho, consideran el pepino de mar como una exquisita golosina, pues creen que es un alimento asombrosamente fortificante y nutritivo, que reanima los organismos agotados por las voluptuosidades desmedidas. Los de primera calidad alcanzan un precio elevado en Cantón y se venden a noventa dólares el *picul;* los de segunda calidad, a setenta y cinco dólares; los de tercera, a cincuenta dólares; los de cuarta, a treinta dólares; los de quinta, a veinte dólares; los de sexta, a doce dólares; los de séptima, a ocho dólares, y los de octava, a cuatro dólares; pero pequeños cargamentos producen con frecuencia más en Manila, Singapur y Batavia.

Después de llegar al acuerdo, procedimos de inmediato a desembarcar todo lo necesario para preparar los albergues y limpiar el terreno. Elegimos una gran explanada cerca de la costa oriental de la bahía, donde había agua y madera en abundancia, a una distancia conveniente de los arrecifes principales en que podía pescarse el pepino de mar. Nos pusimos todos a la obra seriamente y, enseguida, ante el gran asombro de los salvajes, derribamos un número suficiente de árboles para nuestro propósito, fijándolos rápidamente en orden para el armazón de las casas, que en dos o tres días estuvieron tan avanzadas que pudimos entregar con toda confianza el resto de la obra a los tres hombres que nos proponíamos dejar allí. Éstos eran John Carson, Alfred Harris y Peterson (todos ellos naturales de Londres, según creo), quienes se ofrecieron voluntarios para semejante servicio.

A finales de mes habíamos hecho todos los preparativos para la partida. Sin embargo, habíamos convenido en realizar una visita formal a la aldea, a modo de despedida, y Too-wit insistió con tanta tenacidad en que mantuviéramos nuestra promesa que no creímos prudente correr el riesgo de ofenderlo con una última negativa. Creo que ninguno de nosotros tenía en aquel momento la más ligera sospecha sobre la buena fe de los salvajes. Se habían comportado todos ellos con la mayor corrección, nos habían ayudado con celo en nuestro trabajo, nos habían ofrecido sus mercancías, a menudo gratis, y nunca, en ningún caso, hurtaron un solo objeto, aunque el alto valor que daban a los artículos que teníamos en nuestro poder era evidente por las extravagantes demostraciones de alegría que manifestaban siempre que les hacíamos un regalo. Las mujeres, de manera especial, eran muy serviciales en todo y, en resumen, habríamos sido los seres humanos más desconfiados de haber albergado un solo pensamiento de perfidia por parte de un pueblo que nos trataba tan bien. Nos bastó poco tiempo para probarnos que aquella disposición de aparente amabilidad era tan sólo el resultado de un plan estudiado a conciencia para lograr nuestra destrucción, y que los isleños, que nos inspiraban tan excesivos sentimientos de estima, pertenecían a la raza de los más bárbaros, astutos y sanguinarios malvados que jamás hayan contaminado la faz de la tierra.

El 1 de febrero bajamos con el propósito de visitar la aldea. Aunque, como ya se ha dicho, no albergábamos la más ligera sospecha, no olvidamos las debidas precauciones. Seis hombres permanecieron en la goleta con instrucciones de no dejar que se acercase al barco ninguno de los salvajes durante nuestra ausencia, bajo ningún pretexto, y de estar constantemente sobre cubierta. Se guardaron los enjaretados de abordaje, los cañones recibieron doble carga de metralla y los pedreros fueron cargados con latas de metralla de balas de fusil. El barco estaba atracado, con su ancla a pique, casi a una milla de la costa, y ninguna canoa podía acercarse

a él en dirección alguna sin ser vista claramente y exponerse inmediatamente al fuego graneado de nuestros pedreros.

Al dejar seis hombres a bordo, nuestro destacamento se componía de treinta y dos personas en total. Estábamos armados hasta los dientes con fusiles, pistolas y machetes; además, cada uno llevaba una especie de largo cuchillo de marinero, algo parecido al cuchillo de monte tan usado ahora en nuestras comarcas meridional y occidental. Un centenar de guerreros con pieles negras salió a nuestro encuentro al desembarcar, para acompañarnos por el camino. Advertimos, sin embargo, con alguna sorpresa, que éstos iban completamente desarmados, y cuando preguntamos a Too-wit acerca de esta circunstancia, contestó simplemente que «Mattee non we pa pa si», lo cual quiere decir que nadie necesita armas donde todos son hermanos. Nos tomamos esto como una buena señal, y seguimos adelante.

Habíamos pasado el manantial y el riachuelo de que he hablado antes, y entrábamos ahora en una angosta garganta que serpenteaba a través de la cadena de colinas de esteatita, entre las cuales estaba situada la aldea. Esta garganta era muy rocosa y desigual, hasta el punto de que sólo con mucha dificultad pudimos franquearla en nuestra primera visita a Klock-klock. El barranco en toda su extensión podría tener milla y media de largo, o tal vez dos. En toda su longitud abundaban las revueltas (que, al parecer, había formado, en alguna época remota, el lecho de un torrente), y en ningún caso avanzamos más de veinte metros sin encontrarnos con un abrupto recodo. Estoy seguro de que las laderas de aquel valle se elevaban, por término medio, a veinte o veinticinco metros de altura y estaban cortadas casi a pico, y en algunos sitios se alzaban a una altura asombrosa, oscureciendo el paso de manera tan completa que apenas penetraba la luz del día. La anchura general era de unos doce metros, y a veces disminuía hasta no permitir el paso de más de cinco o seis personas de frente. En una palabra, no podía haber lugar alguno en el mundo más propicio para una emboscada, y era más que natural que mirásemos cuidadosamente nuestras armas al entrar en el barranco. Cuando recuerdo ahora nuestra enorme locura me admiro de que nos hubiésemos aventurado en aquellas circunstancias, poniéndonos a disposición de unos salvajes desconocidos hasta el extremo de permitirles marchar delante y detrás de nosotros a lo largo del camino. Sin embargo, tal fue el orden que seguimos a ciegas, confiando con sumo candor en la fuerza de nuestro destacamento, en que Too-wit y sus hombres iban desarmados, en la segura eficacia de nuestras armas de fuego (cuyos efectos eran aún un secreto para los nativos) y, más que nada, en la simulación de amistad que durante tanto tiempo habían mantenido aquellos infames miserables. Una media docena iba por delante guiándonos. Se afanaban de manera ostensible por apartar las piedras grandes y los desechos del camino. Nuestro grupo marchaba a continuación. Caminábamos muy juntos, con cuidado de evitar toda separación. Detrás venía el cuerpo principal de los salvajes, que observaba un orden y una corrección inusitados.

Dirk Peters, un hombre llamado Wilson Allen y yo íbamos a la derecha de nuestros compañeros. Al caminar examinábamos la singular estratificación del precipicio que colgaba sobre nosotros. Una grieta en la roca blanda atrajo nuestra atención. Era bastante ancha como para que pudiese entrar una persona sin apretarse y se extendía por dentro de la montaña unos seis metros en línea recta, antes de torcer a la izquierda. La altura de la grieta, hasta donde podía verse dentro de ella desde la garganta principal, bien podía ser de unos veinte metros. Entre las hendiduras crecían dos o tres arbustos achaparrados, que parecían una especie de avellano, y sentí la curiosidad de examinarlos y me adelanté a toda prisa con este objeto, arrancando una media docena de nueces en un ramillete, y luego me retiré a toda prisa. Cuando me volvía, vi que Peters y Allen me habían seguido. Les rogué que retrocediesen, pues no había sitio para que pasasen dos personas, y les dije que les daría alguna de mis nueces. Se volvieron, pues, y se estaban deslizando hacia atrás, con Allen junto a la boca de la hendidura, cuando sentí de repente una conmoción que no se parecía a nada de lo que había experimentado hasta entonces y que me hizo creer que se desplomaban hasta los cimientos del globo y que había llegado el día del apocalipsis.

CAPÍTULO XXI

— • —

TAN PRONTO como recobré mis trastornados sentidos, me encontré casi ahogado arrastrándome en una oscuridad completa entre una masa de tierra desprendida, que caía sobre mí con pesadez por todas partes y amenazaba con sepultarme por entero. Terriblemente alarmado por esta idea me esforcé por asentar de nuevo los pies, hasta que al fin lo conseguí. Permanecí entonces inmóvil durante unos momentos, tratando de comprender lo que me había sucedido y dónde estaba. Enseguida oí un profundo gemido junto al oído y, poco después, la voz sofocada de Peters que me pedía auxilio en nombre de Dios. Me arrastré un par de pasos hacia delante, y caí directamente sobre la cabeza y los hombros de mi compañero, quien, como no tardé en descubrir, estaba sepultado hasta la mitad del cuerpo bajo una masa de tierras desprendidas y luchaba a la desesperada por librarse de aquella opresión. Aparté la tierra que había a su alrededor con toda la energía que pude y por fin logré sacarlo de allí.

En cuanto nos recobramos de nuestro susto y de nuestra sorpresa, hasta el punto de ser capaces de entablar una conversación racional, llegamos ambos a la conclusión de que las murallas de la fisura por la que nos habíamos aventurado se habían derrumbado desde lo alto, o bien por alguna convulsión de la naturaleza, o bien por su propio peso, y de que, por tanto, estábamos perdidos para siempre, pues habíamos quedado enterrados vivos. Durante un buen rato nos entregamos con desmayo a la angustia y la desesperación más intensas, como no pueden imaginar quienes no se hayan encontrado nunca en una situación semejante. Creo firmemente que ninguno de los incidentes que pueden ocurrir en el curso de la existencia humana es tan propicio para inspirar el sumo dolor físico y mental como este caso nuestro, de vernos enterrados en vida. La negrura de las tinieblas que envuelven a la víctima, la terrorífica opresión de los pulmones y las sofocantes emanaciones de la tierra húmeda se unían a la aterradora consideración de que nos hallábamos más allá de los remotos confines de la esperanza, y de que compartimos así la región de los muertos, causando al corazón humano tal grado de espanto y terror que resulta intolerable hasta extremos inconcebibles.

Por fin, Peters propuso que intentáramos conocer el alcance exacto de nuestra desgracia, arañando alrededor de nuestra prisión, pues observó que no era imposible que hallásemos alguna abertura por donde escapar. Me acogí ansioso a esta esperanza y, haciendo acopio de energías, intenté abrirme camino entre la tierra desprendida. Apenas había avanzado un paso cuando un rayo de luz se hizo perceptible, hasta convencerme de que, en todo caso, no pereceríamos de inmediato por falta de aire. Nos sentimos un poco reanimados y procuramos alentarnos el uno al otro con la esperanza de que todo mejorase. Después de trepar sobre un montón de escombros que nos impedían el paso en dirección a la luz, nos resultó más fácil avanzar y también experimentamos cierto alivio a la excesiva opresión que atormentaba nuestros pulmones. Luego pudimos echar una ojeada a los objetos que nos rodeaban, y descubrimos que estábamos cerca del borde de la parte recta de la fisura, allí donde torcía hacia la izquierda. Con apenas un esfuerzo más llegaríamos al recodo, en el que, con alegría indecible por nuestra parte, aparecía una larga rendija o grieta que se extendía a una gran distancia, por lo general, en un ángulo de unos cuarenta y cinco grados, aunque a veces era más escarpado. No podíamos ver a través de toda la extensión de esta abertura; pero penetraba allí luz suficiente como para que no tuviésemos la menor duda de encontrar en lo alto de aquélla (si es que podíamos llegar por algún medio hasta allí) una salida al aire libre.

Me di cuenta entonces de que éramos tres quienes habíamos entrado en la fisura desde la garganta principal y de que nuestro compañero, Allen, seguía perdido. Decidimos volver sobre nuestros pasos para buscarlo. Después de una larga búsqueda, con el gran peligro de que se desplomase la tierra sobre nosotros, Peters me gritó al fin que había encontrado uno de los pies de nuestro compañero y que todo su cuerpo estaba sepultado debajo de los escombros, sin posibilidad de extraerlo. No tardé con comprobar la veracidad de sus palabras. Eso implicaba que hacía tiempo que estaba muerto. Con el corazón afligido abandonamos, pues, el cuerpo a su destino y de nuevo nos abrimos paso hacia el recodo.

La anchura de la rendija apenas era suficiente para permitirnos pasar y, tras esfuerzos infructuosos para subir, desesperamos de nuevo. Ya he dicho que la cadena de colinas entre las cuales corría la garganta principal estaba formada por una especie de roca blanda parecida a la esteatita. Los lados de la resquebrajadura por la que intentábamos trepar ahora eran de la misma materia y tan escurridizos, por estar húmedos, que apenas podíamos afirmar nuestros pies incluso sobre las partes menos escabrosas. En algunos sitios, donde el ascenso era casi perpendicular, la dificultad se agravaba mucho, y a veces creíamos que eran insuperables. Sin embargo, sacamos fuerzas de flaqueza. Tallamos escalones en la piedra blanda con nuestros cuchillos de monte, y nos colgamos, con riesgo de nuestras vidas, de unas pequeñas prominencias formadas por una especie de roca pizarrosa más dura, que sobresalían aquí y allá de la masa general. De este modo logramos llegar por fin a una plataforma natural, desde la cual se divisaba un retazo de cielo azul, al fondo de una sima densamente poblada de árboles.

Al mirar hacia atrás, con algo más de sosiego, a lo largo del paso por el que habíamos caminado, vimos con claridad, a juzgar por el aspecto de sus laderas, que era de formación reciente, y de ello dedujimos que la conmoción, fuese cual fuese su naturaleza, que nos había sepultado de manera tan inopinada había abierto también, al mismo tiempo, esta senda de salvación. Hallándonos completamente extenuados por el esfuerzo y, en realidad, tan débiles que apenas podíamos mantenernos en pie o articular palabra, Peters propuso que intentásemos pedir socorro a nuestros compañeros disparando salvas con las pistolas que seguían en nuestros cintos, pues habíamos perdido tanto los fusiles como los machetes entre la tierra desprendida que cayó al fondo del precipicio. Los acontecimientos posteriores probaron que, de haber disparado, nos habríamos arrepentido. Pero por suerte surgió en mi mente una vaga sospecha de la infame jugada, y nos abstuvimos de darles a conocer a los salvajes nuestro emplazamiento exacto.

Tras un descanso de casi una hora, nos deslizamos lentamente hacia la cima del barranco. No habíamos caminado mucho cuando oímos una serie de aullidos tremendos. Al fin, alcanzamos lo que podría llamarse la superficie del terreno, pues, desde que dejamos la plataforma, la senda corría por debajo de una bóveda de altas rocas y follaje, a gran distancia de nuestras cabezas. Con gran cautela nos arrastramos hasta una estrecha abertura, a través de la cual divisamos un amplio paraje de la comarca circundante, y todo el espantoso misterio de aquella conmoción se nos reveló de pronto en un instante y a una sola ojeada.

Nuestra atalaya no estaba lejos de la cumbre del pico más alto de la cordillera de colinas de esteatita. La garganta en que había entrado nuestro destacamento de treinta y dos hombres se internaba unos quince metros a nuestra izquierda. Pero, en una extensión de unos cien metros, la cañada o lecho de aquella garganta estaba completamente llena de las ruinas caóticas de más de un millón de toneladas de tierra y piedra que habían sido volcadas en ella de un modo artificial. El medio por el que aquella extensa masa había sido precipitada era tan sencillo como evidente, pues quedaban aún claras huellas de aquella obra asesina. En varios sitios a lo largo de la cima de la ladera este de la garganta (estábamos en aquel momento en la ladera oeste) podían verse estacas de madera clavadas en el suelo. En estos sitios la tierra no había cedido, pero, a lo largo de toda la extensión de la superficie del precipicio desde el que la masa había caído, era evidente, por las señales dejadas en el suelo, parecidas a las que hace la perforación del barrenero, que unas estacas semejantes a las que estábamos viendo habían

sido clavadas, a no más de un metro de distancia unas de otras, en una longitud de tal vez cien metros, y alineadas a unos tres metros más allá del borde del desfiladero. Fuertes sarmientos de vid estaban adheridos aún a las estacas subsistentes en la colina. Y era evidente que semejantes ligamentos habían sido adheridos a cada una de las otras estacas. He hablado ya de la singular estratificación de estas colinas de esteatita, y la descripción que acabo de dar de la estrecha y profunda fisura a través de la cual nos libramos de ser enterrados vivos proporcionará una idea más completa de su naturaleza. Ésta era tal que cualquier convulsión natural podía, sin duda, dividirla en capas perpendiculares o líneas de división paralelas entre sí. Un esfuerzo moderado podía servir también para conseguir el mismo resultado. Los salvajes se habían servido de esta estratificación para realizar sus fines traidores. No había duda alguna, por la línea continua de estacas, de que había tenido lugar una ruptura parcial del suelo, probablemente a una profundidad de treinta o sesenta centímetros, y de que un salvaje que tirase desde el extremo de cada uno de estos ligamentos (ligamentos que estaban adheridos a la punta de las estacas y que se extendían detrás del borde del barranco), conseguiría una enorme potencia de palanca capaz de lanzar, a una señal dada, toda la ladera de la colina al fondo del abismo. El destino de nuestros pobres compañeros ya no era ninguna incertidumbre. Sólo nosotros nos habíamos librado de la tempestad de aquella destrucción aniquiladora. Éramos los únicos hombres blancos con vida en la isla.

CAPÍTULO XXII

NUESTRA situación, tal como se nos presentó entonces, apenas era menos aterradora que cuando creímos estar enterrados para siempre. No veíamos ante nosotros más perspectivas que la de ser inmolados por los salvajes o la de arrastrar una existencia miserable de cautividad entre ellos. Ciertamente, podíamos ocultarnos por un tiempo a su observación entre la fragosidad de los montes o, como último recurso, en el barranco de donde acabábamos de salir, pero moriríamos de frío y de hambre durante el largo invierno polar, o nos descubrirían al esforzarnos por conseguir recursos.

La comarca entera parecía un hormiguero de salvajes, cuyas multitudes, que percibíamos ahora, habían llegado desde las islas hasta la parte sur en balsas nuevas, sin duda con el propósito de prestar su ayuda en la captura y saqueo de la Jane. El barco permanecía aún tranquilamente anclado en la bahía, pues los de a bordo no parecían darse cuenta en absoluto de que los amenazase ningún peligro. ¡Cómo ansiábamos en aquel momento estar con ellos, para ayudarlos en su fuga, o para morir con ellos al intentar defenderlos! No veíamos ninguna posibilidad de advertirles del peligro sin provocar nuestra muerte inmediata, sin tener siquiera la remota esperanza de que aquello resultase beneficioso para ellos. Un disparo habría bastado para informarlos de que había ocurrido algo malo pero este aviso no bastaría para hacerles comprender que su única perspectiva de salvación consistía en levar anclas enseguida, ni decirles que ningún principio de honor los obligaba ahora a quedarse, puesto que sus compañeros ya no se contaban entre los vivos. Aunque oyesen la descarga, no por eso se encontrarían mejor preparados para enfrentarse con el enemigo, que estaba ahora dispuesto al ataque, mucho más de lo que lo habían estado. Por eso, nuestro disparo no podía depararles ningún bien, y sí un daño infinito. Así pues, y tras una madura reflexión, nos abstuvimos de hacerlo.

Albergábamos la idea de precipitarnos hacia el barco, apoderarnos de una de las cuatro canoas que estaban a la entrada de la bahía y abrirnos paso a la fuerza hasta la goleta. Pero no tardó en hacerse evidente la absoluta imposibilidad de conseguirlo mediante esta tarea desesperada. Aquello era un hervidero de nativos, que acechaban entre los arbustos y escondrijos de las colinas de modo que no fuesen vistos desde la goleta. De manera especial en nuestras cercanías, y cerrando la única senda por la que podíamos alcanzar la orilla en su punto adecuado, estaba apostada toda la banda de los guerreros de pieles negras, con Too-wit a la cabeza. Al parecer, sólo esperaba algún refuerzo que lo ayudase a abordar la Jane. También las canoas situadas a la entrada de la bahía estaban tripuladas por salvajes, desarmados, cierto es, pero con las armas al alcance de la mano. Por tanto, nos vimos obligados, en contra de nuestro buen deseo, a quedarnos en nuestro escondrijo, como meros espectadores del conflicto que no tardó en entablarse.

Al cabo de una media hora vimos sesenta o setenta balsas, o barcas planas, con batangas, llenas de salvajes que doblaban la punta sur de la bahía. No parecían tener más armas que unas mazas cortas y piedras amontonadas en el fondo de las balsas. Acto seguido, otro destacamento, aún más numeroso, apareció en dirección opuesta y con armas similares. También las cuatro canoas se llenaron rápidamente de nativos, que salían de entre los arbustos, a la entrada de la bahía, avanzando con celeridad, para unirse a los otros grupos. Así, en menos tiempo del que he tardado en decirlo, y como por arte de magia, la Jane se vio cercada por una inmensa multitud de malhechores evidentemente resueltos a apresarla a toda costa.

No nos cabía ni la menor duda de que lo conseguirían. Por encarnizada que fuera la defensa, los seis hombres que habíamos dejado en el barco eran pocos para asegurar el manejo adecuado de los cañones o para sostener un combate con semejante desequilibrio numérico. A duras penas cabía imaginar que opusieran resistencia alguna. Me equivocaba de medio a medio, pues vi enseguida que guardaban el cable, presentando el costado de estribor, de modo que la andanada cayese sobre las canoas, que estaban entonces a tiro de pistola, pues las balsas se hallaban como a un cuarto de milla a sotavento. Por alguna causa desconocida, tal vez la agitación de nuestros pobres amigos al verse en situación tan desesperada, la descarga falló por completo. No alcanzó canoa alguna, ni hirió a un solo salvaje. El disparo quedó tan corto que hicieron fuego de rebote sobre sus cabezas. El único efecto que les causó fue de asombro ante el humo y la inesperada detonación. Se asombraron hasta tal punto que, por unos momentos, llegué a pensar que iban a abandonar de lleno su propósito y regresar a la orilla. Y es lo que sin duda habrían hecho de haber sostenido nuestros hombres la andanada con una descarga de fusilería. De ese modo, al estar las canoas tan cerca de ellos, no habrían dejado de causar alguna baja, suficiente para impedir que la banda avanzase más, hasta que ellos hubiesen largado otra andanada sobre las balsas.

En lugar de esto, dejaron que los hombres de las canoas se recobrasen del ataque de pánico y, mirando a su alrededor, comprobasen que no habían sufrido daño alguno, mientras ellos corrían a babor para prepararse contra las balsas.

La descarga de babor produjo el más terrible de los efectos. La metralla y la doble carga de los cañones de gran calibre partieron por la mitad siete u ocho balsas y mataron a unos treinta o cuarenta salvajes en el acto, mientras que al menos un centenar caían al agua, casi todos mortalmente heridos. Los demás, despavoridos, iniciaron enseguida una retirada precipitada, sin esperar siquiera a sus compañeros mutilados, que nadaban en todas direcciones, lanzando gritos y aullidos de socorro. Sin embargo, este gran triunfo llegó demasiado tarde para salvar a nuestros fieles compañeros. La banda de las canoas estaba ya a bordo de la goleta en número de más de ciento cincuenta hombres, la mayoría de los cuales habían logrado trepar por las cadenas y por las redes de abordaje, incluso antes de que se hubieran aplicado las mechas a los cañones de babor. Nada podía resistir su rabia brutal. Nuestros hombres fueron derribados enseguida, aplastados, pisoteados y hechos pedazos en un instante.

Al ver esto, los salvajes de las balsas se repusieron de su espanto y acudieron en manada al saqueo. Al cabo de cinco minutos la Jane era el escenario lamentable de una devastación y saqueo tumultuosos. Los puentes fueron cortados y hundidos; el cordaje, las velas y todas las cosas movibles sobre cubierta, demolidos como por arte de magia. Mientras, a fuerza de empujarla por la popa, arrastrándola con las canoas y remolcándola por los lados, pues nadaban a miles alrededor del barco, los miserables consiguieron hacerla encallar en la orilla (pues se habían soltado las amarras), y la entregaron a los buenos oficios de Too-wit, quien, durante todo el combate, había permanecido como un experto general en su atalaya de las colinas. Una vez garantizada la victoria, condescendió a unirse con sus guerreros de piel negra y participar en el saqueo.

El descenso de Too-wit nos permitió abandonar nuestro escondite y hacer un reconocimiento por la colina en las cercanías del barranco. A unos cincuenta metros de la boca de éste vimos un pequeño manantial, en el que apagamos la sed ardiente que nos consumía. No lejos del manantial descubrimos varios avellanos. Probamos sus frutos; los encontramos agradables y de un sabor muy parecido al de la avellana común inglesa. Llenamos nuestros sombreros de inmediato, las depositamos en el barranco y volvimos a por más. Mientras nos ocupábamos en recolectarlas deprisa, nos alarmó un movimiento que advertimos en los arbustos. Cuando estábamos a punto de escabullirnos hacia nuestro escondite, una gran ave negra de la especie de las garzas reales se elevó lenta y pesadamente por encima de los matorrales. Me sentí tan sobrecogido que no sabía qué hacer, pero Peters tuvo la suficiente presencia de ánimo como para lanzarse sobre ella antes de que pudiera escapar, sujetándola por el cuello. Sus forcejeos y chillidos eran tremendos, y pensamos en soltarla, por miedo a que el ruido alarmase a alguno de los salvajes que podían estar emboscados en las cercanías. Pero un certero golpe dado con el cuchillo de monte la derribó al fin al suelo, y la arrastramos al barranco. Nos felicitamos porque, en todo caso, habíamos conseguido una provisión de alimento que nos duraría una semana.

Salimos de nuevo para observar a nuestro alrededor y nos aventuramos a una distancia considerable por la ladera sur de la colina, pero no encontramos nada que pudiera servirnos de alimento. Por tanto, reunimos una buena cantidad de madera seca y regresamos. Vimos una o dos partidas de nativos encaminándose hacia la aldea, cargados con el botín del barco. Podían descubrirnos al pasar por la falda de la colina.

Nuestra preocupación más inmediata consistió en hacer nuestro escondite lo más seguro posible. A tal efecto colocamos algunas matas sobre la abertura de que he hablado antes, aquélla por la que habíamos visto un retazo de cielo azul, cuando al remontar la sima llegamos a la plataforma. No dejamos más que un pequeño agujero lo bastante ancho para que pudiésemos ver la bahía, sin riesgo de que nos descubrieran desde abajo. Una vez hecho esto, nos felicitamos por la seguridad de nuestra posición, pues ahora estaríamos completamente libres de ser observados, durante tanto tiempo como quisiéramos permanecer en el barranco, sin aventurarnos a subir a la colina. No vimos ningún rastro de que los salvajes hubiesen estado nunca en aquel agujero. Al reflexionar acerca de la probabilidad de que la fisura a través de la cual habíamos llegado se acabase de formar por el derrumbamiento del acantilado opuesto, y de que no podía descubrirse ningún otro camino para llegar a ella, el regocijo dio paso al temor a que no hubiera ni el menor medio para emprender el descenso. Decidimos explorar la cumbre de toda la colina en cuanto se nos presentase una ocasión propicia. Entretanto, vigilábamos los movimientos de los salvajes.

Habían devastado por completo el barco y se disponían a prenderle fuego. Casi de inmediato vimos la humareda ascender en enormes nubes desde la escotilla principal. Poco después, una densa masa de llamas brotó del castillo de proa. El aparejo, los mástiles y lo que quedaba de las velas ardieron inmediatamente, y el fuego se propagó, rápido, a lo largo de los

puentes. Aún seguía en sus puestos alrededor del barco una gran multitud de salvajes, golpeando con grandes piedras, hachas y balas de cañón en los pernos y en las forjas de hierro y cobre. En la playa, a bordo de las canoas y balsas, había, en la inmediata vecindad de la goleta, no menos de diez mil nativos, además de las bandas que, cargadas con su botín, se encaminaban hacia el interior o hacia las islas vecinas. Preveíamos entonces una catástrofe, y no estábamos equivocados. Primero vino una repentina sacudida (que sentimos tan bien como si hubiésemos sufrido una ligera descarga eléctrica), pero que no fue seguida por ningún signo visible de explosión. Los salvajes se quedaron sobrecogidos e interrumpieron por un instante su tarea y sus aullidos. Estaban a punto de reanudarlos, cuando una masa de humo surgió de repente de los puentes. Se parecía a una negra y pesada nube de tormenta. Luego, como si saliese de sus entrañas, se elevó una larga columna de llama viva, hasta una altura aparente de un cuarto de milla. Después se produjo una súbita expansión circular de la llama. A continuación, toda la atmósfera quedó mágicamente henchida, en un solo instante, de un siniestro caos de madera, metal y miembros humanos; y, por último, vino la conmoción en toda su furia, que nos derribó de manera impetuosa, mientras los ecos en las colinas multiplicaban el tumulto, y una densa lluvia de menudos fragmentos de los restos caía con profusión y nos rodeaba.

Los estragos entre los salvajes fueron mayores de lo que esperábamos, y cosecharon, en verdad, los frutos maduros y perfectos de su traición. Un millar de hombres debieron de perecer por la explosión, y otros tantos debieron de resultar mutilados de mala forma. Toda la superficie de la bahía estaba literalmente cubierta de aquellos miserables, que luchaban. Mientras tanto, la cosa era aún peor en la orilla. Parecían aterrados hasta más no poder por lo repentino y total de su desconcierto, y no se esforzaban en absoluto por socorrerse entre ellos. Al fin, observamos un cambio total en su comportamiento. Del estupor absoluto parecieron pasar sin solución de continuidad al grado más alto de excitación, y se lanzaron enloquecidamente, corriendo de acá para allá, a cierto lugar de la bahía, con las más extrañas expresiones de horror, de rabia y de intensa curiosidad pintadas en sus rostros, y gritando con toda la fuerza de sus pulmones: «¡Tekeli-li! ¡Tekeli-li!».

No tardamos en ver cómo un nutrido grupo se retiraba hacia las colinas, de donde regresaron al poco rato con estacas de madera. Las llevaron al sitio donde la multitud estaba más apiñada. Entonces se separaron como para revelarnos el objeto de toda aquella excitación. Percibimos algo blanco en el suelo, pero en aquel momento no pudimos saber lo que era. Al fin, vimos que se trataba de la osamenta del extraño animal de dientes y garras de color escarlata que la goleta había encontrado en el mar el día 18 de enero. El capitán Guy había hecho conservar el cuerpo con la intención de disecar la piel y llevarlo a Inglaterra. Recuerdo que me había dado algunas instrucciones al respecto, antes de nuestra llegada a la isla, y que lo habíamos conducido a la cámara y metido en una de las alacenas. Había salido despedido hasta la orilla por la explosión. Pero no conseguíamos comprender por qué causaba tal inquietud entre los salvajes. Aunque se apiñasen alrededor de la osamenta, a poca distancia, ninguno parecía desear acercarse del todo. Los hombres de las estacas las clavaron en círculo alrededor del esqueleto, y tan pronto como completaron esta disposición, toda la inmensa multitud se precipitó hacia el interior de la isla, lanzando aquellos fuertes gritos de «¡Tekeli-li! ¡Tekeli-li!».

CAPÍTULO XXIII

— • —

DURANTE los seis o siete días siguientes permanecimos en nuestro escondite de la colina. Sólo salimos algunas veces y con muchas precauciones en busca de agua y de avellanas. Habíamos hecho una especie de cobertizo sobre la plataforma, disponiéndolo con un lecho de hojas secas, y colocando en él tres grandes piedras llanas, que nos servían de chimenea y de mesa. Encendimos fuego sin dificultad cortando dos trozos de madera seca, uno blando y otro duro. El ave que habíamos atrapado en tan buen momento nos proporcionó una excelente comida, aunque su carne era algo correosa. No se trataba de un ave oceánica, sino de una especie de garza real, de un plumaje negro azabache y pardusco, y alas diminutas en proporción a su tamaño. Después vimos tres de la misma especie en las inmediaciones del barranco, que parecían buscar a la que habíamos capturado pero, como no llegaron a posarse, no tuvimos ocasión de cazarlas.

Mientras nos duró la carne de esta ave, no sufrimos nada por nuestra situación, pero cuando la consumimos por completo se nos hizo completamente necesario salir en busca de alimento. Las avellanas no satisfacían las angustias del hambre y, además, nos causaban unos fuertes cólicos y, si las tomábamos en abundancia, violentos dolores de cabeza. Habíamos visto a algunas grandes tortugas cerca de la orilla, al este de la colina, y observamos que podríamos capturarlas con facilidad si lográbamos llegar allí sin que los nativos nos descubrieran. Decidimos, pues, intentar una salida.

Comenzamos por descender a lo largo de la ladera sur, que parecía presentar menos dificultades, pero no habíamos avanzado cien metros cuando nuestra marcha (como habíamos previsto a tenor de nuestras observaciones desde la cumbre de la colina) quedó interrumpida por un ramal de la garganta en la que habían perecido nuestros compañeros. Pasamos a lo largo del borde de esta garganta por espacio de un cuarto de milla. Entonces nos detuvo otro precipicio de inmensa profundidad. Como no podíamos abrirnos paso a lo largo de su margen, nos vimos obligados a volver sobre nuestros pasos por el barranco principal.

Luego nos dirigimos hacia el lado este, pero con una suerte parecida. Después de gatear durante una hora, con riesgo de rompernos la crisma, descubrimos que habíamos descendido a una amplia sima de granito negro, cuyo fondo estaba cubierto de fino polvo y desde la cual no había más salida que la senda escarpada por donde habíamos bajado. Remontamos otra vez esa senda y nos dirigimos al borde septentrional del monte. Allí tuvimos que maniobrar con las mayores precauciones posibles, pues la menor imprudencia nos exponía de lleno a la vista de los salvajes del pueblo. Por tanto, nos arrastramos sobre nuestras manos y rodillas, y a veces nos vimos obligados a echarnos de bruces arrastrando nuestro cuerpo y asiéndonos a los arbustos. Con todos estos cuidados apenas habíamos avanzado un corto trecho cuando llegamos a un abismo más profundo aún que los que habíamos encontrado hasta entonces y que conducía directamente a la garganta principal. Vimos así confirmados todos nuestros temores: estábamos aislados por completo y sin acceso a la comarca de abajo. Casi extenuados por nuestro esfuerzo, retrocedimos lo mejor que pudimos hasta la plataforma. Nos arrojamos sobre el lecho de hojas y nos dormimos apacible y profundamente durante unas horas.

Después de esta búsqueda infructuosa, nos ocupamos durante varios días de explorar por todas partes la cumbre de la colina, con el fin de informarnos de cuáles eran sus recursos reales. Descubrimos que no nos proporcionaría alimento alguno, a excepción de las nocivas avellanas y una especie de coclearia agria, que crecía en una pequeña parcela de unas cuatro varas cuadradas y que pronto hubiéramos agotado. El 15 de febrero, por lo que puedo recordar, no quedaba ya ni una hoja, y las avellanas empezaban a escasear. Nuestra situación no podía ser más deplorable.[5] El día 16 volvimos a recorrer los muros de nuestra prisión, con la esperanza de hallar alguna vía de escape, pero fue en vano. Bajamos también al socavón en el que habíamos sido sepultados, con la débil esperanza de descubrir, a través de este paso, alguna abertura que diese a la garganta principal. También en este punto nos vimos defraudados, aunque encontramos un fusil y nos lo llevamos.

El día 17 salimos resueltos a examinar con más minuciosidad el abismo de granito negro por el que habíamos caminado en nuestra primera búsqueda. Recordamos que una de las fisuras que había en las paredes de este pozo sólo la habíamos examinado de manera parcial, y nos sentimos impacientes por explorarla, aunque no tuviéramos esperanza de descubrir ninguna salida.

Apenas encontramos dificultades para llegar al fondo del pozo. Estábamos lo suficientemente serenos como para reconocerlo con toda la atención posible. En realidad era uno de los sitios más singulares que uno pueda imaginar, y nos era difícil convencernos de que sólo se trataba de una obra de la naturaleza.

El abismo tenía, de punta a punta, unos quinientos metros de longitud, siguiendo todos sus recodos. La distancia de este a oeste, en línea recta, no sería de más de unos cuarenta o cincuenta metros, por lo que pude calcular, pues no tenía instrumentos exactos de medición. Al principio de nuestro descenso, es decir, hasta unos treinta metros a partir de la cumbre de la colina, las paredes del abismo apenas se parecían entre sí, y no daba la impresión de que hubieran estado unidas nunca. Una de las superficies era de esteatita y la otra, de marga granulada con no sé qué materia metálica. La anchura media del acantilado debía de ser de veinte metros, pero no parecía

---

5   Este día resultó notable, pues observamos en el sur varias enormes espirales de vapor grisáceo, de las que ya he hablado.

haber allí ninguna regularidad en su formación. Sin embargo, más abajo, pasado el límite del que he hablado, el intervalo se contraía con rapidez y los lados comenzaban a ser paralelos, aunque todavía en cierto intervalo volvían a ser diferentes en su materia y en la forma de su superficie. Al llegar a unos quince metros del fondo, comenzaba una regularidad perfecta. Los lados eran ahora uniformes en su sustancia, color y dirección lateral, ya que la materia era un granito muy negro y brillante y la distancia entre las dos caras en todos sus puntos era justo de veinte metros. La forma precisa del abismo se comprenderá mejor por medio de un dibujo tomado sobre el terreno, pues afortunadamente llevaba yo un cuaderno de bolsillo y un lápiz, que he conservado con gran cuidado a través de la larga serie de aventuras subsiguientes, y a los cuales debo notas sobre muchos asuntos que, de otra manera, se hubieran borrado de mi memoria.

Figura 1

Esta figura (véase la figura 1) indica el contorno general de la sima, sin las cavidades menores de los lados, que eran varias, pues cada una de ellas correspondía a una protuberancia opuesta. El fondo del abismo estaba cubierto, hasta una profundidad de tres o cuatro pulgadas, de un polvo casi impalpable, debajo del cual encontramos una prolongación del granito negro. A la derecha, en la extremidad inferior, se observará la indicación de una pequeña abertura; es la fisura a que he aludido más arriba, y cuyo examen, más minucioso que antes, constituía el objeto de nuestra segunda visita. Nos lanzamos, pues, por ella con energía, cortando un montón de zarzas que obstruían nuestro paso y apartando un cúmulo de piedras agudas, algo parecidas en su forma a puntas de flecha. No obstante, nos sentimos animados a perseverar, al percibir una ligera luz que provenía de la última extremidad. Nos abrimos camino, por fin, arrastrándonos durante un espacio de unos diez metros, y vimos que la abertura era una bóveda baja y de forma irregular, cuyo fondo era del mismo polvo impalpable que el del abismo principal. Una luz fuerte nos inundó entonces, y torciendo por un corto recodo, nos encontramos en otra cámara elevada, parecida en todos los aspectos, menos en su forma longitudinal, a la que acabábamos de dejar. Doy aquí su forma general (véase la figura 2).

Figura 2

La longitud total de esta sima, comenzando en la abertura *a* y dando la vuelta por la curva *b* hasta el extremo *d,* era de unos quinientos cincuenta metros. En *c* descubrimos una pequeña abertura semejante a aquélla por la que habíamos salido del otro abismo, y ésta se hallaba obstruida de la misma manera con zarzas y un montón de piedras blancas como puntas de flecha. Nos abrimos camino a través de ella, viendo que tenía unos doce metros de largo y que daba a una tercera sima. Ésta era exactamente como la primera, excepto en su forma longitudinal, que era de este modo (véase la figura 3).

Figura 3   *Figura 5*

La longitud total de la tercera sima era de unos trescientos metros. En el punto *a* había una abertura de unos dos metros de ancho que penetraba más de cuatro metros en la roca, donde terminaba en una capa de marga, no habiendo ningún otro abismo más allá, como esperábamos. Estábamos a punto de abandonar esta fisura, en la que entraba muy poca luz, cuando Peters llamó mi atención para indicarme una hilera de dentellones de singular aspecto en la superficie de la marga que formaba la terminación del *cul-de-sac*. Con un poco de imaginación, la entalladura de la izquierda, es decir, la que se hallaba más al norte de aquellos dentellones, podía tomarse por una deliberada, aunque tosca, representación de una figura humana en posición erecta, con un brazo extendido. Las restantes tenían también alguna pequeña semejanza con los caracteres alfabéticos, y Peters estaba deseando, a todo trance, aceptar tan gratuita opinión. Lo convencí de su error, dirigiendo su atención hacia el suelo de la fisura, donde, entre el polvo, reunimos, trozo por trozo, varios gruesos fragmentos de marga, que a todas luces habían saltado fuera por alguna convulsión de la superficie de la margen donde se veían las entalladuras. Esto probaba que aquello era obra de la naturaleza. La figura 4 muestra una copia exacta del conjunto.

Figura 4

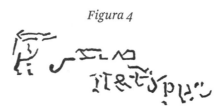

Después de convencernos de que aquellas singulares cavernas no nos proporcionaban ningún medio para escapar de nuestra prisión, volvimos sobre nuestros pasos desalentados y abatidos, hasta la cumbre de la colina. Durante las siguientes veinticuatro horas no sucedió nada digno de mención, excepto que, al examinar el terreno a la parte este del tercer abismo, encontramos dos agujeros triangulares de una gran profundidad, y cuyas paredes también eran de granito negro. No creímos que valiese la pena intentar descender a estos agujeros, pues tenían la apariencia de simples pozos naturales, sin salida. Cada uno de ellos tenía casi veinte metros de circunferencia, y su forma, así como su posición con respecto a la tercera sima, se muestran en la figura 5.

CAPÍTULO XXIV

━━ ◆ ━━

EL DÍA 20 de aquel mes, viendo que nos resultaba absolutamente imposible subsistir más tiempo comiendo avellanas, cuyo consumo nos ocasionaba los dolores más agudos, decidimos hacer una tentativa desesperada de bajar por la vertiente sur de la colina. La pared del precipicio era allí de la especie más blanda de esteatita, aunque casi perpendicular en toda su extensión (de unos cincuenta metros de profundidad, por lo menos), y en muchos sitios incluso sobresaliendo en forma abovedada. Después de una larga búsqueda, descubrimos un estrecho reborde a unos seis metros por debajo de la orilla de la sima. Peters consiguió saltar a él con la ayuda que pude prestarle por medio de una cuerda que hicimos con nuestros pañuelos. Con algo más de dificultad también bajé yo, y vimos entonces la posibilidad de descender todo el camino por el procedimiento que habíamos empleado para subir del abismo en que nos había sepultado el derrumbamiento de la colina, es decir, abriendo escalones con nuestros cuchillos en la pared de esteatita. Apenas puede uno imaginarse lo arriesgada que era la empresa, pero, como no había otro recurso, decidimos intentarla.

Sobre el reborde en que estábamos situados crecían algunos avellanos, y a uno de ellos atamos nuestra cuerda de pañuelos. Sujetando la otra punta alrededor de la cintura de Peters, le fui bajando desde el borde del precipicio hasta que los pañuelos estuvieron tirantes. Entonces se puso a cavar un hoyo profundo en la esteatita (de unas ocho o diez pulgadas), horadando la roca por la parte de arriba, a unos treinta centímetros de altura, poco más o menos, de modo que le permitiese fijar, con la culata de la pistola, una clavija bastante fuerte. Entonces lo alcé unos cuatro metros más arriba, e hizo un agujero similar al de abajo, clavando en él otra clavija como antes, y teniendo así un punto de apoyo para los pies y las manos. Desaté los pañuelos del arbusto y le arrojé la punta, que él ató a la clavija del agujero superior, y después se dejó deslizar suavemente a unos diez metros más abajo que la primera vez, es decir, hasta donde daban de sí los pañuelos. Allí abrió otro agujero y fijó otra clavija. Se alzó por sí mismo, de modo que quedaron sus pies justo en el agujero que acababa de abrir, y metió con las manos la clavija en el de más arriba. Ahora era necesario desatar los pañuelos de la clavija superior, con el fin de atarlos a la segunda; y aquí se dio cuenta de que había cometido un error al abrir los agujeros a tanta distancia. Sin embargo, después de una o dos tentativas arriesgadas e infructuosas para llegar al nudo (tuvo que sujetarse con la mano izquierda, mientras con la derecha procuraba desatarlo), cortó al fin la cuerda y dejó un trozo de seis pulgadas sujeto a la clavija. Atando luego los pañuelos a la segunda clavija, descendió hasta un trecho por debajo de la tercera, procurando no bajar demasiado. Gracias a este medio (medio que nunca se me hubiera ocurrido y que debimos totalmente al ingenio y la intrepidez de Peters), mi compañero logró al fin, ayudándose a veces con los salientes de la pared, llegar al fondo del precipicio sin accidentes.

Pasó un rato antes de que pudiese reunir el valor suficiente para seguirlo, pero al fin me decidí. Peters se había quitado su camisa antes de bajar, y uniéndola a la mía formé la cuerda necesaria para la aventura. Después de tirar el fusil que encontramos en el abismo, sujeté aquella cuerda a los arbustos, y me dejé caer con rapidez, procurando, con el vigor de mis movimientos, dominar el miedo. Esto me dio bastante buen resultado en los primeros cuatro o cinco escalones, pero enseguida mi imaginación se sintió terriblemente excitada pensando en la inmensa profundidad a que tenía que descender aún y en la precaria naturaleza de las clavijas y de los agujeros de esteatita, que eran mi único soporte. En vano me esforzaba por apartar aquellos pensamientos y por mantener mis ojos fijos en la lisa superficie del abismo que tenía ante mis ojos. Cuanto más angustiosamente luchaba por no pensar, más intensamente vivas se tornaban mis ideas, y más terriblemente claras. Al fin, llegó la crisis de la imaginación, tan espantosa en semejantes casos, esa crisis en la que comenzamos a sentir por anticipado lo que sentiremos cuando nos caigamos, imaginándonos la indisposición, el vértigo, la lucha postrera, el semidesmayo y la amargura final de la caída y el despeñamiento. Y comprendí entonces que aquellas imaginaciones creaban sus propias realidades y que todos los horrores imaginados se volcaban sobre mí en realidad. Sentí que mis rodillas se entrechocaban con violencia, mientras mis dedos soltaban gradual pero inevitablemente su presa. Me zumbaban los oídos y me dije: «¡Es el clamor de la muerte!». Y me consumía un deseo irresistible de mirar hacia abajo. No podía, no quería limitar mis miradas al abismo, pero con una ardiente e indefinida emoción, mitad de horror y mitad de angustia aliviada, dirigía mi vista hacia el abismo. Por el momento mis dedos se asieron de manera convulsiva a su presa, mientras, con el movimiento, la idea cada vez más débil de una última y posible liberación vagó, como una sombra, por mi mente, y un instante después mi alma entera se sintió invadida por el ansia de caer. Era un deseo, un anhelo, una pasión completamente irrefrenable. De pronto solté la estaca y, girando el cuerpo a medias sobre el precipicio, permanecí un segundo vacilante contra su desnuda superficie. Pero entonces se produjo una convulsión en mi cerebro; una voz de sonido penetrante y fantasmal resonó en mis oídos; una figura negruzca, diabólica y nebulosa se alzó de inmediato a mis pies y, suspirando, sentí estallar mi corazón y me desplomé en sus brazos.

Me había desmayado, y Peters me alcanzó cuando caía. Había observado mis movimientos desde su sitio, en el fondo del abismo, y, dándose cuenta de mi peligro inminente, había intentado inspirarme valor por todos los medios que se le podían ocurrir, aunque la confusión de mi mente era tan grande que me impidió oír lo que me dijo ni enterarme en absoluto de lo que me hablaba. Por fin, viéndome vacilar, se apresuró a subir en mi auxilio y llegó en el momento preciso para salvarme. Si hubiese caído con todo mi peso, la cuerda de lino se habría roto indefectiblemente y me hubiera precipitado en el abismo; cuando sucedía esto, Peters se las ingenió para sostenerme con cuidado de modo que permanecí suspendido sin peligro hasta que me reanimé, cosa que sucedió al cabo de quince minutos. Al recobrar el conocimiento, mi temblor había desaparecido por completo; me sentí como un nuevo ser y, con una pequeña ayuda de mi compañero, llegué al fondo sano y salvo.

Entonces nos encontramos no lejos del barranco que se había convertido en la tumba de nuestros amigos y hacia el sur del sitio donde la colina se había derrumbado. El lugar era muy agreste, y su aspecto me recordaba las descripciones que hacen los viajeros de las aterradoras regiones que señalan el emplazamiento de las ruinas de Babilonia. Sin hablar de los escombros del risco destrozado, que formaban una barrera caótica hacia el norte, la superficie del terreno en todas las demás direcciones estaba sembrada de enormes túmulos, que parecían las ruinas de algunas gigantescas construcciones de arte, aunque no se veía nada que pareciese artístico. Abundaban las escorias, y grandes e informes bloques de granito negro se mezclaban con otros de marga,[6] ambos granulados de metal. No había ningún vestigio de vegetación en toda la extensión que alcanzaba la vista. Vimos algunos escorpiones inmensos y varios reptiles que no se encuentran siempre en las latitudes altas.

Como el alimento era nuestro objetivo inmediato, decidimos encaminarnos hacia la costa, distante tan sólo media milla, con el propósito de cazar tortugas, algunas de las cuales habíamos observado desde nuestro escondite en la colina. Habíamos avanzado unos cien metros, deslizándonos con precaución entre las enormes rocas y túmulos, cuando, al doblar un recodo, cinco salvajes se lanzaron sobre nosotros desde una pequeña caverna, derribando a Peters al suelo de un garrotazo. Cuando cayó, la partida entera se

---

6   La marga también era negra; en realidad, no vimos en la isla materia alguna de cualquier clase que tuviese un color claro.

abalanzó sobre él para asegurar a su víctima, dándome tiempo para recobrarme de mi asombro. Yo aún tenía el fusil, pero el cañón había quedado tan estropeado al arrojarlo desde el precipicio que lo dejé a un lado como inútil, prefiriendo confiar en mis pistolas, que había conservado cuidadosamente en buen estado. Avancé con ellas hacia mis asaltantes y les disparé uno tras otro. Cayeron dos salvajes, y otro, que iba ya a atravesar a Peters con su lanza, saltó a sus pies sin conseguir llevar a cabo su propósito. Al verse libre mi compañero, no tuvimos ya mayores dificultades. También él conservaba sus pistolas, pero juzgó prudente no utilizarlas, confiando en su gran fuerza personal, que superaba la de todas las personas que he conocido en mi vida. Apoderándose de la maza de uno de los salvajes muertos, les rompió la tapa de los sesos a los tres restantes, matando a cada uno de ellos en el acto de un solo mazazo, y quedamos dueños por completo del campo.

Estos acontecimientos sucedieron con tal rapidez que apenas podíamos creer que fueran ciertos. Permanecimos en pie ante los cadáveres en una especie de contemplación estúpida, hasta que unos gritos a lo lejos nos hicieron volver a la realidad. Era evidente que los disparos habían alarmado a los salvajes y que era harto improbable pasar desapercibidos. Para ganar la sima de nuevo habría sido necesario avanzar en la dirección de los gritos. Aun en el caso de que hubiésemos logrado llegar a su base, nunca habríamos podido subir sin ser vistos. Nuestra situación era de las más peligrosas, y no sabíamos en qué dirección comenzar la huida. Entonces, uno de los salvajes contra quien había disparado, y a quien creía muerto, se puso en pie de pronto e intentó huir. Pero lo atrapamos antes de que hubiese dado unos pasos. Estábamos a punto de matarlo cuando Peters sugirió que podíamos obtener algún beneficio obligándolo a acompañarnos en nuestra tentativa de huida. Lo arrastramos, pues, con nosotros, haciéndole comprender que lo mataríamos si ofrecía resistencia. No tardó en mostrarse sumiso por completo, y corrió a nuestro lado mientras avanzábamos entre las rocas, con dirección a la costa.

Las irregularidades del terreno nos habían ocultado hasta entonces el mar, excepto a trechos. Cuando al fin lo vimos claramente, por primera vez debía de estar a doscientos metros de distancia. Al salir al descubierto en la bahía vimos con gran espanto una inmensa multitud de nativos que acudían desde la aldea y desde todos los lugares visibles de la isla. Se dirigían a nosotros con gesticulaciones de extremado furor y aullando como fieras. Estábamos a punto de darnos la vuelta e intentar ponernos a cubierto entre las fragosidades del accidentado terreno cuando descubrí las proas de dos canoas que sobresalían por detrás de una gran roca que se extendía dentro del agua. Corrimos hacia ellas con todas nuestras fuerzas y, al alcanzarlas, vimos que estaban desocupadas, sin más carga que tres tortugas de las Galápagos y la acostumbrada provisión de remos para sesenta remeros. Nos apoderamos sin demora de una de ellas y, obligando a embarcar a nuestro cautivo, nos lanzamos al mar con todas nuestras fuerzas. Pero no nos habíamos alejado cincuenta metros de la orilla cuando recobramos la suficiente calma para reparar en el gran error que habíamos cometido al dejar la otra canoa en poder de los salvajes, quienes, en este momento, se hallaban a no más del doble de distancia que nosotros de la playa. Avanzaban con rapidez. No había tiempo que perder. En el mejor de los casos, nuestra esperanza era desesperada; pero no teníamos otra. Era muy dudoso que, aun si hiciéramos un esfuerzo supremo, pudiésemos llegar con la suficiente antelación como para apoderarnos de la canoa, pero había una. Si lo conseguíamos, podíamos salvarnos, mientras que, si no lo intentábamos, teníamos que resignarnos a una inevitable carnicería.

Nuestra canoa tenía iguales la proa y la popa. En lugar de virar, nos limitamos a cambiar el movimiento del remo. Tan pronto como los salvajes se dieron cuenta de ello, redoblaron sus aullidos, así como su velocidad, y se acercaron con una rapidez inconcebible. Sin embargo, remábamos con toda la energía que nace de la desesperación, y llegamos al sitio disputado antes de que lo alcanzasen los nativos. Un solo salvaje había llegado a él. Este hombre pagó cara su mayor agilidad, pues Peters le descerrajó un tiro en la cabeza cuando se acercaba a la orilla. La avanzadilla debía de hallarse a unos veinte o treinta pasos de distancia cuando nos apoderamos de la canoa. Nos esforzamos por empujarla hacia dentro del agua, fuera del alcance de los salvajes; pero, al ver que estaba muy firmemente encallada y que no había tiempo que perder, Peters, de uno o dos golpes enérgicos con la culata del fusil, logró hacer saltar una buena porción de la proa y uno de los costados. Entonces la empujamos mar adentro.

Mientras tanto, dos de los nativos se habían asido a nuestra barca, negándose a soltarla en su obstinación, hasta que nos vimos obligados a despacharlos con nuestros cuchillos. Ya no teníamos obstáculos, y avanzamos raudos hacia el mar. El grupo principal de salvajes llegó a la canoa rota y lanzó los gritos más tremendos de rabia y contrariedad que pueda uno concebir.

En verdad, por lo que he podido saber de aquellos desdichados, pertenecían a la raza humana más malvada, hipócrita, vengativa, sanguinaria y completamente diabólica que existe sobre la faz de la tierra. Es evidente que no habrían tenido ninguna misericordia con nosotros de haber caído en sus manos. En una maniobra descabellada, trataron de seguirnos en la canoa averiada, pero, al ver que estaba inservible, exteriorizaron de nuevo su rabia en un espantoso vocerío, y corrieron de nuevo hacia sus colinas.

Así pues, nos habíamos librado del peligro inmediato pero nuestra situación seguía siendo bastante poco halagüeña. Sabíamos que los salvajes habían tenido en su poder cuatro canoas de aquella clase, e ignorábamos el hecho (del que más tarde nos informó nuestro cautivo) de que dos de éstas habían volado hechas pedazos por la explosión de la Jane Guy. Por consiguiente, calculábamos que nuestros enemigos nos perseguirían en cuanto hubiesen dado la vuelta a la bahía (distante unas tres millas), donde las barcas solían estar amarradas. Impulsados por este temor, empleamos todos nuestros esfuerzos en dejar la isla atrás, y avanzamos veloces sobre el agua, obligando al prisionero a tomar un remo. Al cabo de una media hora, cuando debíamos de haber recorrido cinco o seis millas hacia el sur, vimos una nutrida flota de balsas o de canoas planas que surgían de la bahía con el evidente propósito de perseguirnos. Enseguida se volvieron atrás. Habían cejado en el empeño de alcanzarnos.

CAPÍTULO XXV

—— • ——

NOS ENCONTRÁBAMOS ahora en el anchuroso y desolado océano Antártico, a una latitud que excedía de los ochenta y cuatro grados, en una frágil canoa y sin más provisiones que las tres tortugas. Además, el largo invierno polar no podía considerarse lejano, y era imprescindible deliberar sobre la ruta que debíamos seguir. Teníamos a la vista seis o siete islas, que pertenecían al mismo archipiélago y distaban unas de otras cinco o seis leguas, pero no teníamos la menor intención de aventurarnos por ellas. Al venir desde el norte en la Jane Guy habíamos ido dejando gradualmente detrás de nosotros las regiones de los hielos más rigurosos. Esto, aunque no se halle de acuerdo con las ideas generalmente admitidas acerca del Antártico, era un hecho que la experiencia no nos permitía negar. Por tanto, tratar de volver sería una locura, sobre todo en una época tan avanzada de la estación. Sólo una ruta parecía quedar abierta a la esperanza. Decidimos dirigirnos sin demora hacia el sur, donde se nos presentaba al menos la oportunidad de descubrir tierras, y más de una probabilidad de dar con un clima más suave.

Hasta ese punto habíamos venido observando el Antártico, igual que el océano Ártico, libre en particular de borrascas violentas o de oleaje muy revuelto, pero nuestra canoa era de frágil estructura, por grande que fuese, y pusimos manos a la obra para hacerla tan segura como los limitados medios de que disponíamos nos lo permitían. La quilla de la barca era de mera corteza, de la corteza de un árbol desconocido. Las cuadernas, de un mimbre resistente, muy a propósito para el uso a que se destinaba. De proa a popa teníamos un espacio de unos quince metros, por metro y medio o dos de anchura, con una profundidad total de metro y medio. En ese aspecto, estas barcas se diferencian mucho por su forma de las de los demás habitantes de los mares del Sur con quienes tienen trato las naciones civilizadas. Nunca habíamos creído que fueran obra de los ignorantes isleños que las poseían, y unos días después descubrimos, al interrogar a nuestro prisionero, que en realidad las habían construido los nativos de un archipiélago situado al sudoeste de la región donde las encontramos y que habían caído de manera accidental en manos de nuestros bárbaros. A decir verdad, poca cosa podíamos hacer por la seguridad de nuestra barca. Descubrimos algunas grietas anchas cerca de ambos extremos, y nos las ingeniamos para taparlas con trozos de nuestras chaquetas de lana. Con ayuda de los remos sobrantes, que había allí en abundancia, levantamos una especie de armazón en torno a la proa para amortiguar la fuerza de las olas que podían amenazar con colmarnos por esta parte. Erigimos también dos remos a modo de mástiles, colocándolos uno frente a otro, uno en cada borda. De ese modo nos evitamos la necesidad de una verga. Atamos a estos mástiles una vela hecha con nuestras camisas, cosa que nos costó algún trabajo, pues no podíamos pedirle ayuda a nuestro prisionero para nada, aunque nos la había prestado con buena voluntad para trabajar en todas las demás operaciones. La vista de la tela blanca parecía impresionarle de una manera singular. No pudimos convencerlo para que la tocara o se acercase a ella, pues se ponía a temblar cuando intentábamos obligarlo, gritando: «¡Tekeli-li!».

Cuando terminamos los arreglos relativos a la seguridad de la canoa, nos hicimos a la vela hacia el sudeste, por el momento, con la intención de sortear la isla más meridional del archipiélago que se hallaba a la vista. Una vez hecho esto, pusimos proa al sur sin vacilar. El tiempo no podía considerarse desagradable. Teníamos una brisa suave y constante procedente del norte, un mar en calma y día continuo. No se veían hielos por parte alguna; ni siquiera habíamos visto un solo témpano después de franquear el paralelo del islote de Bennet. En realidad, la temperatura del agua era allí demasiado templada como para que pudiera existir hielo. Después de matar la más grande de nuestras tortugas, y obtener de ella no sólo alimento, sino también una buena provisión de agua, proseguimos nuestra ruta, sin ningún incidente por el momento, durante siete u ocho días tal vez, durante los cuales avanzamos una gran distancia hacia el sur, porque el viento no dejaba de soplar a nuestro favor, y una corriente muy fuerte nos llevó constantemente en la dirección que deseábamos.

1 de marzo.[7] Muchos fenómenos inusitados nos indicaban ahora que estábamos entrando en una región de maravilla y novedad. Una alta cordillera de leve vapor gris aparecía omnipresente en el horizonte sur. A veces fulguraba con rayos majestuosos, lanzándose de este a oeste, y otras en dirección contraria, reuniéndose en la cumbre, formando una sola línea. En una palabra, mostraba todas las variaciones de la aurora boreal. La altura media de aquel vapor, tal como se veía desde donde estábamos, era de unos veinticinco grados. La temperatura del mar parecía aumentar por momentos, y el color del agua se alteraba de una manera perceptible.

2 de marzo. Hoy, gracias a un insistente interrogatorio a nuestro prisionero, nos enteramos de muchos detalles relacionados con la isla de la matanza, con sus habitantes y con sus costumbres; pero ¿puedo detener ahora al lector con estas cosas? Sólo diré, no obstante, que supimos por él que el archipiélago comprendía ocho islas; que estaban gobernadas por un rey común, llamado Tsalemon o Psalemoun, el cual residía en una de las más pequeñas; que las pieles negras que componían la vestimenta de los guerreros provenían de un animal enorme que sólo se encontraba en un valle, cerca de la residencia del rey; que los habitantes del archipiélago no construían más barcas que aquellas balsas llanas, siendo las cuatro canoas todo cuanto poseían de otra clase, y éstas las habían obtenido, por mero accidente,

---

7   Por razones obvias, no pretendo una estricta exactitud en estas fechas. Las doy, principalmente, con el fin de esclarecer la narración, y como las encuentro en mi memorándum escrito a lápiz.

en una isla grande situada al sudeste; que el nombre de nuestro prisionero era Nu-Nu; que no tenía conocimiento alguno del islote de Bennet, y que el nombre de la isla que había dejado era Tsalal. El comienzo de las palabras *Tsalemon* y *Tsalal* se pronunciaba con un prolongado sonido silbante, que nos resultó imposible imitar, pese a nuestros repetidos esfuerzos, sonido que era precisamente el mismo de la nota lanzada por la garza negra que comimos en la cumbre de la colina.

3 de marzo. El calor del agua era ahora realmente notable, y su color estaba experimentando un rápido cambio. Ahora perdía la transparencia y adquiría una apariencia lechosa y opaca. En nuestra inmediata proximidad solía reinar la calma, nunca tan agitada como para poner en peligro la canoa, pero nos sorprendíamos con frecuencia al percibir, a nuestra derecha y a nuestra izquierda, a diferentes distancias, súbitas y dilatadas agitaciones de la superficie, las cuales, como advertimos por último, iban siempre precedidas de extrañas fluctuaciones en la región del vapor, hacia el sur.

4 de marzo. Hoy, con objeto de agrandar nuestra vela, mientras la brisa del norte se apagaba sensiblemente, saqué del bolsillo de mi chaqueta un pañuelo blanco. Nu-Nu estaba sentado a mi lado y, al rozarle por casualidad el lienzo en la cara, le acometieron violentas convulsiones. A éstas siguió un estado de estupor y modorra, y unos quedos murmullos de: «¡Tekeli-li! ¡Tekeli-li!».

5 de marzo. El viento había cesado por completo, pero era evidente que seguíamos lanzados hacia el sur, bajo la influencia de una corriente poderosa, y ahora, ciertamente, hubiera sido razonable que experimentásemos alguna alarma ante el giro que estaban tomando los acontecimientos, pero no sentimos ninguna. El rostro de Peters no indicaba nada de este cariz, aunque a veces tuviera una expresión que yo no podía comprender. El invierno polar parecía avecinarse, pero llegaba sin sus terrores. Yo sentía un entumecimiento de cuerpo y de espíritu —una sensación de irrealidad—, pero esto era todo.

6 de marzo. El vapor gris se había elevado ahora muchos grados por encima del horizonte e iba perdiendo gradualmente su tinte grisáceo. El calor del agua era extremado, incluso desagradable al tacto, y su tono lechoso era más evidente que nunca. Hoy se produjo una violenta agitación del agua muy cerca de la canoa. Como de costumbre, la acompañó una fulgurante fluctuación del vapor en su cumbre y una momentánea separación en su base. Un polvo blanco y fino, semejante a la ceniza —pero que ciertamente no era tal—, cayó sobre la canoa y sobre la amplia superficie del agua, mientras la llameante palpitación se disipaba entre el vapor y la conmoción se apaciguaba en el mar. Nu-Nu se arrojó entonces de bruces al fondo de la barca y no hubo manera de convencerlo para que se levantase.

7 de marzo. Hoy le hemos preguntado a Nu-Nu acerca de los motivos que impulsaron a sus compatriotas a matar a nuestros compañeros. Pero parecía dominado, demasiado dominado por el terror para darnos una respuesta razonable. Seguía obstinado en el fondo de la barca, y, al repetirle nuestras preguntas con respecto al motivo de la matanza, sólo respondía con gestos idiotas, tales como levantar con el índice el labio superior y mostrar los dientes que éste cubría. Eran negros. Hasta ahora no habíamos visto los dientes de ningún habitante de Tsalal.

8 de marzo. Hoy flotó cerca de nosotros uno de esos animales blancos cuya aparición en la playa de Tsalal había originado tan extraña conmoción entre los salvajes. Hubiera querido apresarlo, pero me invadió una repentina indiferencia, y me contuve. El calor del agua seguía aumentando, y ya no podíamos mantener mucho tiempo la mano dentro de ella. Peters habló poco, y yo no sabía qué pensar de su apatía. Nu-Nu no hacía más que suspirar.

9 de marzo. Toda la materia ceniciente caía ahora de manera incesante sobre nosotros, y en grandes cantidades. La cordillera de vapor al sur se había elevado prodigiosamente en el horizonte y comenzaba a tomar una forma más clara. Sólo puedo compararla con una catarata ilimitada, que se precipita en silencio en el mar desde alguna inmensa y muy lejana muralla que se alzase en el cielo. La gigantesca cortina corría a lo largo de toda la extensión del horizonte sur. No producía ruido alguno.

21 de marzo. Sombrías tinieblas se cernían sobre nosotros, pero de las profundidades lechosas del océano surgió un resplandor luminoso que se deslizó por los costados de la barca. Estábamos casi abrumados por aquella lluvia de cenizas blanquecinas que caían sobre nosotros y sobre la canoa, pero que se deshacía al caer en el agua. La cima de la catarata se perdía por completo en la oscuridad y en la distancia. Pero era evidente que nos acercábamos a ella a una velocidad espantosa. A intervalos eran visibles en ella unas anchas y claras grietas, aunque sólo de momento, y desde esas grietas, dentro de las cuales había un caos de flotantes y confusas imágenes, soplaban unos vientos impetuosos y poderosos, aunque silenciosos, rasgando en su carrera el océano incendiado.

22 de marzo. La oscuridad había aumentado de manera sensible, atenuada tan sólo por el resplandor del agua reflejando la blanca cortina que teníamos delante. Una infinitud de aves gigantescas y de un blanco pálido volaban sin cesar por detrás del velo, y su grito era el eterno «¡Tekeli-li!» cuando se alejaban de nuestra vista. En este momento, Nu-Nu se agitó en el fondo de la barca; al tocarle vimos que su espíritu se había extinguido. Y entonces nos precipitamos en brazos de la catarata, en la que se abrió un abismo para recibirnos. Pero he aquí que surgió en nuestra senda una figura humana amortajada, de proporciones mucho más grandes que las de ningún habitante de la Tierra. Y el tinte de la piel de la figura tenía la perfecta blancura de la nieve.

NOTA

— • —

LAS CIRCUNSTANCIAS relacionadas con la muerte reciente, repentina y aflictiva de míster Pym son ya bien conocidas del público por medio de la prensa diaria. Es de temer que los escasos capítulos restantes que habían de completar su relato, y que retuvo consigo, mientras se imprimían los anteriores, con el propósito de revisarlos, se hayan perdido sin remedio a causa del accidente que originó la muerte del autor. Sin embargo, podría no ser así, y los papeles, si se acaban encontrando, serán dados a luz para que el público los conozca.

Se han ensayado todos los medios para remediar esta falta. El señor cuyo nombre se menciona en el prefacio, y a quien, por la afirmación que allí se hacía, se supone capaz de llenar el vacío, ha declinado la tarea, y esto por razones comprensibles, relacionadas con la inexactitud general de los detalles que le han proporcionado y por su incredulidad en la completa veracidad de las últimas partes de la narración. Peters, de quien podía esperarse alguna información, vive aún y reside en Illinois, pero no se lo ha podido encontrar hasta ahora. Puede que lo encuentren más adelante y que acceda, sin duda, a proporcionar el material necesario para concluir el relato de míster Pym.

La pérdida de los dos o tres capítulos finales (pues no había más que dos o tres) es tanto más de lamentar cuanto que contenían, y no puede dudarse de ello, el asunto relacionado con el propio polo o, al menos, con las regiones situadas en sus más inmediatas cercanías, y asimismo las afirmaciones del autor en relación con estas regiones pronto podrán confirmarse o refutarse gracias a la expedición que está preparando el Gobierno a los mares del Sur.

Sobre un punto del relato pueden hacerse algunas observaciones, y se congratulará mucho el autor de este apéndice si las observaciones que hace aquí tienen por resultado dar crédito en cierto grado a las muy singulares páginas que ahora se publican. Nos referimos a las hendiduras encontradas en la isla de Tsalal y a las figuras que aparecen en las páginas 194, 195 y 196.

Míster Pym ha dado las figuras de las hendiduras sin comentario, y habla de manera terminante de entalladuras encontradas en la extremidad más oriental de la sima como si guardasen un parecido con los caracteres alfabéticos y, en una palabra, como si realmente no fuesen tales. Esta afirmación se hace de una manera tan simple y se apoya en una especie de demostración tan concluyente (a saber, el encaje de los salientes de los fragmentos encontrados entre el polvo con los dentellones en la pared) que nos vemos obligados a tomarnos en serio al escritor, y ningún lector razonable podrá suponerlo de otro modo. Pero, como los hechos que se relacionan con todas las figuras son de lo más singulares (sobre todo, cuando se cotejan con las afirmaciones hechas en el texto del relato), tal vez sea conveniente decir una o dos palabras con respecto a todas ellas, y esto, además, máxime cuando los hechos en cuestión han escapado, sin duda, a la atención de míster Poe.

La figura 1 y luego las figuras 2, 3 y 5, cuando se juntan una con otra en el orden preciso en que se hallaban en el terreno de las hendiduras y cuando se las despoja de las pequeñas ramas laterales o arcos (que, como se recordará, sólo servían como medio de comunicación entre las cámaras principales, y eran de una naturaleza totalmente distinta), constituyen una raíz etiópica —la raíz ꓥꓥꓥ, ‘ser sombrío’—, de donde provienen todos los derivados referentes a las sombras o tinieblas.

Con respecto al «izquierdo o más hacia el norte» de los dentellones de la figura 4, es más que probable que la opinión de Peters sea correcta y que la apariencia jeroglífica sea realmente obra de arte, proyectado como la representación de una forma humana. El lector tiene ante sí el dibujo y puede (o no) percibir la semejanza sugerida, pero el resto de las entalladuras confirma vigorosamente la opinión de Peters. La hilera superior es, evidentemente, la raíz verbal arábiga ⌐⌐⌐, de donde provienen todos los derivados de *brillantez* y *blancura*. La hilera inferior no queda clara de manera tan inmediata. Los caracteres están algo quebrados y desunidos; no obstante, es indudable que, en su perfecto estado, formaban la palabra egipcia completa Π&ᴜ Υ Ρ ΗϹ, 'la región del sur'. Se observará que estas interpretaciones confirman la opinión de Peters con respecto a la «más hacia el norte» de las figuras. El brazo está extendido hacia el sur.

Tales conclusiones abren ancho campo a la especulación y a las conjeturas incitantes. Tal vez deban considerarse en relación con algunos de los incidentes del relato menos detallados. Aunque en ningún modo visible, ésta es la cadena de la conexión completa. «¡Tekeli-li!» era el grito de los espantados nativos de Tsalal al descubrir el corpachón del animal blanco encontrado en el mar. Ésta era también la estremecedora exclamación del prisionero tsalaliano al encontrarse con los objetos blancos pertenecientes a míster Pym. Éste era igualmente el chillido de las veloces y gigantescas aves blancas que salían desde la cortina de vapor blanco del sur. No se encontraba nada blanco en Tsalal, ni nada diferente en el viaje subsiguiente a la región situada más allá. No es imposible que Tasalal, el nombre de la isla de los abismos, pueda proporcionar, tras un minucioso examen filológico, la revelación de alguna otra conexión con los abismos mismos o alguna referencia a los caracteres etiópicos tan misteriosamente escritos en las paredes de las hendiduras.

Lo he grabado en las colinas, y mi venganza sobre el polvo, en el interior de la roca.